뷰티풀 러브

뷰티풀 러브

신길우 지음

초판 인쇄 / 2017년 4월 10일
발행인 / 이일녕
발행처 / 이얼출판사
주소 / 경기도 동두천시 평화로 2918-18
전화 / 010-6767-3210
팩스 / 031-865-3210
e메일 / lisanya2@gmail.com
출판등록 / 제2017-000003호

ISBN / 979-11-960660-0-0(03810)

뷰티풀 러브

신길우 단편집

-차례-

아름다운 사랑을 희망하거나
추억하는 사람들을 위하여

책의 길

십일월의 마지막 주 토요일 오후, 낙엽 진 나무의 앙상한 가지들만 을씨년스러운 삼청공원 산책길 옆 간단한 운동기구들이 비치돼 있는 공터의 벤치에 앉아 있던 ㅎ출판사 편집부에 근무하는 김정호 대리가 어깨에 둘러매고 있던 가방 속에서 책 한 권을 꺼낸다.

그가 종로에서 점심을 먹은 식당가 빌딩의 지하에 헌책방이 있다는 것을 알고 들렀다가 사 오지 않을 수 없었던 '첫사랑의 연애편지'라는 제목의 책이다. 작년 여름에 ㅎ출판사에서 특별기획으로 1억 원의 현상금을 걸고 전 국민들로부터 모집한 첫사랑의 편지들 가운데 감동적인 글들을 묶어서 간행한 것이다.

김 대리가 밤새워 글쓴이들과 메일을 주고받으며 편집한 책이 간행된 지 몇 개월도 안 지나서 헌책방의 서가에 꽂혀 있었다. 그는 그 책을 거기에 그대로 두고 나올 수 없었다.

어제까지 김 대리는 단편소설집 한 권의 교정작업을 끝내고, 오늘은 시내 구경을 할 겸 점심때 종로에 나왔다. 최근에 세워진 빌딩의 식당가에서 점심을 먹고 들러 본 헌책방이 아직은 널리 알려지지 않은 듯 육십여 평 정도의 매장에 손님들은 서너 명밖에 보이지 않았고, 아르바이트를 하고 있는 여학생들 세 명이 카운터에 앉아서 잡담을 나누고 있었다. 두 사람도 지나다니기가 어려울 만큼 비좁도록 줄지어 세워져 있는 서가들에는 책들이 빼곡하게 꽂혀 있었다.

그가 소설이라는 분류 라벨이 붙어 있는 서가 쪽으로 들어서서 올려다본 윗단에 유명한 소설가들의 책들도 꽂혀 있었다. 그 책들을 사고 싶었지만, 그 자신의 원룸에 아직 다 읽지 못하고 쌓여 있는 책들을 생각하며 아쉬운 시선으로 아래쪽을 훑어보다가 맨 아랫단에서 눈에 익은 책등을 발견했다. 설마, 하는 생각으로 뽑아 보니 그가 지난여름에 편집한 책이었다. 전 국민들로부터 모집한 첫사랑의 연애편지에 담긴 아름다운 감동을 전한다고 했던 띠지는 벗겨지고 없었다.

그 책을 보자 부모 없이 버려져 있는 고아와 같다는 생각이 들어서 코끝이 시큰거렸다. 헌책방의 서가에 꽂혀 있는 모든 책들이 그렇게 버려져 있는 것 같았다. 곧바로 그는 그 책을 구입해서 가방에 넣고 나왔지만, 마땅히 갈 만한 곳이 생각나지 않아서 택시를 타고 삼청공원으로 오게 되었다.

지난봄에 찾아왔을 때 흐드러지게 피어 있던 아카시아 꽃

향기가 매혹적이었고, 그가 살고 있는 익선동에서 멀지 않은 곳이라서 자주 찾아오고 싶었지만 여름과 가을이 다 가도록 찾아와 보지 못했다.

지난번에 왔을 때에는 공원의 입구부터 녹음이 우거져 있어서 도심에서 느낄 수 없었던 싱그러움을 느낄 수 있었지만, 이제는 나무의 낙엽이 진 가지들만 앙상하다. 그가 앉아 있는 맞은편 나뭇가지에 청솔모 한 마리가 무엇을 찾으러 다니는지 부지런히 빈 가지를 타고 오간다. 공터 옆 산책길을 따라서 걷기운동을 하고 있는 듯 중년의 여자가 챙만 달린 모자를 쓰고 운동복 차림으로 빠른 걸음으로 지나간다.

그는 구름 한 점 없는 맑은 하늘을 쳐다보다가 가방에서 꺼내 들었던 책을 펼쳤다. 그 책을 편집하면서 교정한 문장을 메일로 주고받던 글쓴이들 가운데 특별히 기억에 남아 있는 한 남자의 글을 다시 한 번 읽어보고 싶었다.

그 남자는 중학교 3학년 때 첫사랑에 빠졌던 여학생에게 편지를 썼는데, 그의 편지가 책으로 묶어진다는 사실을 알게 되자 당시의 여학생도 그 편지를 읽어 보게 될 것이라는 생각으로 그들 둘이서 찍었던 사진까지 실어 달라고 졸랐다. 그러면서 문장을 몇 번이나 바꾸는 바람에 편집의 마무리가 늦어진 기억이 새로웠다.

지금도 잊지 못하는 현경아, 우리가 중학교 삼 학년 때 졸업을 아쉬워하면서 여러 친구들과 어울려 함께 밤을 지새던 둑길 끝 언덕 위의 초록색 기와집을 기억하느냐? 우리는 그 집의 아랫방에서 마지막 겨울방학을 꿈같이 지냈지? 햇살이 따뜻한 날이면 언덕을 하얗게 덮었던 마른 풀잎을 발길로 바람에 날리며 걸었고, 밤새워 눈이 내려 쌓이면 새벽에 덜 깬 꿈결로 바깥으로 뛰어나가 눈싸움을 하면서 강아지들처럼 즐거워했지! 그 예닐곱 명의 남녀 친구들 가운데 특별히 너와 내가 쌍둥이 오누이처럼 친근함을 느꼈던 것은 무슨 까닭이었을까?

삼 학년 여름방학이 끝나고 2학기가 시작된 지 얼마 지나지 않았던 어느 날 수업시간에 내 짝이었던 영호가 네 이름을 들먹이면서 아느냐고 소곤거리더라. 네 아버지가 우리 초등학교가 있었던 시골의 지서주임으로 부임해 오면서 사학년이었던 우리 교실로 전학을 왔던 네 이름을 어떻게 내가 잊을 수 있었겠니? 나에게 너는 여장군처럼 눈이 부시었다. 학교에서 공부가 끝나고 집에 와서도 저녁에 둥근달이 떠오르면 네 모습을 그리워하며 다 알지도 못하는 유행가 가사를 흥얼거리곤 했었다. 그러다가 공책을 찢어서 쓴 편지를 다음날 아침 일찍 남몰래 네 책상 속에 넣어두곤 했는데, 너는 그 편지를 읽었는지 안 읽었는지도 모르게 시침을 떼면서 내 가슴을 태웠지.

그런데 오 학년이 끝나기도 전에 네 아버지가 다른 곳으로 전근을 가시고 너도 떠나고 말아서 아쉬웠는데, 네 아버지가 영호가 살던 동네의 경찰서로 가시게 된 모양이더구나. 거기서 너는 영호와 함께 초등학교를 졸업하고 우리 중학교가 있었던 군 소재지의 여중학교에 다니다가 나에 대해서 물어봤던 모양이더라. 내가 영호와 중학교 근처에서 월세 방을 얻어 자취를 하면서 공부를 하다가 영호로부터 네 이름을 또 다시 듣게 됐을 때, 자취방의 창밖으로 보이던 밤하늘에 반달이 환하게 떠 있더구나. 그래서 나는 운명처럼 생각했지! 저 반달과 하나가 되어 보름달이 되리라고…….

며칠 후 교내백일장에서 내 시가 입선돼 예쁜 그림과 함께 액자에 표구되어 우리 학교의 교문 앞에 전시돼 있던 것을 너도 보고 축하한다면서 중심가의 유일한 제과점에서 설탕이 하얗게 묻어 있던 도넛을 사 줬지. 그 동그란 도넛을 반쪽씩 나눠 먹으면서 앞으로 두세 달 동안 열심히 공부해서 꼭 원하는 고등학교에 들어가자고 약속하지 않았니? 그러면서 내가 부탁한 추억의 노트를 네 여중학교 3학년 학생들에게 돌려서 빈틈없이 아름다운 글과 그림으로 예쁘게 꾸며 줘서 오랫동안 나에게 소중한 보물이 되었다.

그런데 너는 원하던 고등학교에 진학했지만, 나는 좌절해서 재수를 하게 되자 고등학교에 가거나 못 가는 건 별로 중요하지 않다면서 졸업할 때까지 남은 기간 동안 재미있게 지내자며 몇 명의 친구들과 함께 그 초록색 기와집에서 삼십 년이 지난 지금도 가슴이 설레는 행복한 날들을 보내지 않았니?

그렇다고 그렇게 어울려 지내면서 어른들처럼 해서는 안 될 불장난을 한 기억은 없지만, 밤이 깊어 잠자리에 누워서 서로의 입을 맞출 때 네 체취가 내 후각을 사랑보다 깊이 물들였다. 이후로 지금까지 살아오면서 다른 여자들의 옆에 있을 때에도 네 체취만 느껴지더라. 아무리 향기로운 향수를 뿌린 여자도 예외가 아니었다. 이미, 그때 네 체취가 내 영혼을 완전히 물들여 버렸던 거야. 더 이상 내 사랑은 다른 색깔로 물들 수 없게 된 것이지.

그래서 이제까지 잊지 못하는 현경아, 지금은 어디서 어떻게 살고 있느냐? 그렇게 내가 좋아했지만 제대로 작별의 인사도 못 하고 멀어져 버린 그때의 소녀야, 날이 갈수록 꼭 한 번만이라도 만나보고 싶은 마음이 간절해진다. 몇 년 전에 우리가 함께 꿈을 꾸었던 그곳에 가 봤더니 그 초록색 기와집은 없어지고, 그곳으로 고속도로가 뻗어 있더라. 우리의 아름다웠던 꿈은 어디로 사라져 버렸는지 알 수 없는 아쉬움에 액셀러레이터를 밟으며 달려가 봤지만 황량한 벌판뿐이더라.

이후로 내가 차를 몰고 고속도로를 달리다가 휴게소에 들리면 혹시나, 하는 생각으로 사람들의 얼굴을 살피는 버릇이 생겼다. 이 안타까운 버릇이 언제쯤 고쳐지게 될는지 모르지만, 언젠가는 꼭 놀라운 반가움의 나팔꽃 한 송이 피어날 수 있기를 희망한다. 이 편지글을 통해서 다시 한 번 만날 수 있기를 간절하게 소망한다.

김 대리가 책장을 서둘러 넘겨보니 여러 가지 색깔의 형광펜으로 여기저기 덧칠이 돼 있었다. 독자가 세심하게 읽어 본 것 같았다. 그런데 그 책이 어떻게 헌책방의 서가에 꽂혀 있게 됐는지 알 수 없었다.

하늘의 태양이 구름에 가려서 벤치 위에 그림자가 드리우고, 바람이 살랑거려 냉기가 느껴졌다. 그는 책을 가방 속에 넣어 어깨에 둘러메고 북악산 끝자락의 주름 속으로 들어가듯이 꾸불꾸불 이어지는 산책로를 따라서 걷기 시작했다. 낙엽들이 쌓여 있는 숲에서 까치 한 마리가 겨울 채비를 하는지 도토리 한 알을 낙엽 속에 숨기고 있었다. 그 까치가 나중에 그렇게 숨겨 놓은 도토리를 기억하고 있다가 되찾게 되는지 궁금했다. 그렇지 않으면 그대로 도토리가 겨울을 지나고 봄이 되어 새싹을 틔우게 될지도 모를 일이었다. 길가의 풀 섶에서는 벌레들이 책이라도 읽고 있는 듯 쓰룩쓰룩하는 소리가 들렸다.

그 벌레들의 소리 가운데 조금 전부터 누군가가 속삭이고 있는 것 같은 음성이 김 대리의 귀에 들려오고 있었다. 그는 뒤따라오는 사람이라도 있는가 싶어서 뒤돌아봤지만 아무도 보이지 않았다. 유심히 청각을 곤두세우고 들어 보니 그의 어깨에 둘러메고 있는 가방 속에서 새 나오는 소리였다. 그는 놀라서 가방의 지프를 열었더니 조금 전 공터의 벤치에서 읽다가 집어넣었던 그 책이 애절한 목소리로 자신의 말을 좀 들어 보라고 호소하고 있었다.

"아니, 네가 어떻게……?"

"글쎄, 내 억울한 사정을 좀 들어 보세요. 어떻게 세상에 나온 지 몇 개월도 안 지난 책이 헌책방의 서가에 꽂혀 있게 됐는지 궁금하지도 않으세요?"

"당연히 궁금하지! 그런데 어떻게 네가 그 사정을 얘기해 줄 것이라고 기대할 수 있었겠느냐? 내 스스로 문장을 교정하고 편집한 책이 헌책방의 서가에 꽂혀 있던 것이 안타까워서 너를 사 왔을 뿐인데……."

"오전에 헌책방에서 김 대리가 나를 못 보고 지나칠까 봐 얼마나 내 속을 태웠는지 짐작이나 하겠어요? 김 대리가 서가 앞에서 쪼그리고 앉으며 맨 아랫단까지 눈길을 주었을 때의 그 감격은 말로 다 표현할 수 없어요. 그리고 김 대리가 손을 뻗어서 나를 뽑아 들었을 때의 그 반가움이라니……! 아무튼 고마워요."

"정말로 궁금하다. 조금 전에 너를 펼쳐 봤더니 여기저기에 여러 가지 색깔의 형광펜으로 덧칠이 돼 있던데, 네 독자가 어떤 사람이었는지 궁금하다. 그 사람은 너를 무척이나 아껴 줬을 것 같은데 말이야."

"그랬지요. 나는 그 사람이 서점의 문을 열고 들어올 때부터 알아봤어요. 나를 찾고 있다는 것을 말이에요. 그의 옷차림이 단정하고 알맞게 자란 머릿결은 빗질이 잘 되어 있는 것으로 봐서 사랑에 빠져 있는 것 같았는데, 눈동자에는 사랑하는 사람에게 그의 마음을 전하지 못하는 안타까움으로 가득했지요. 그는 인터넷으로 내 이름을 찾아보고 서점에 온 것처럼 도서검색대에서 내가 있는 곳을 확인하고, 곧바로 내가 꽂혀 있던 서가로 찾아왔어요. 그리고 나를 집어 들고 계산대에서 책값을 지불한 후 그의 집으로 돌아갔지요.

그의 집은 부잣집이었어요. 그가 택시에서 내려서 대문을 열고 들어설 때, 나는 그의 손에 들려 있던 종이봉투 속에서 정원의 새소리를 들을 수 있었어요. 그리고 집안으로 들어설 때에는 앵무새 소리가 들렸지만, 사람의 소리는 들리지 않았어요. 그는 계단을 올라가서 2층 방인 것 같은 자신의 방 안으로 들어갔어요. 그 방 안의 모든 것들은 마땅히 있어야 할 자리에 가지런히 정돈돼 있었던 것으로 봐서 날마다 누군가가 깨끗이 청소를 해 주고 있는 것 같았어요. 한 쪽의 벽에는 책장이 놓여 있었는데, 의학서적들이 꽂혀 있었어요. 그는 의사였던가 봅니다."

"네가 참 복이 많았던가 보구나! 그런 독자를 만나게 됐다니……."

"글쎄, 끝까지 들어 보세요. 그는 방 안에 들어서자마자 옷도 갈아입지 않은 채 책상 앞에 앉아 나를 봉투에서 꺼내 펼치고 읽기 시작했어요. 그의 책상 위에는 형광펜이 색깔

별로 다섯 자루가 있었어요. 그는 그 다섯 자루의 형광펜으로 편지의 서문, 본문1, 본문2, 본문3, 끝부분, 그리고 마지막 인사말로 나눠서 표시하며 읽기 시작했지요. 저녁때가 되어 그의 방문을 노크하면서 저녁을 먹으라고 하던 도우미 아줌마의 목소리를 듣고서야 그는 읽던 그대로 나를 손에 들고 아래층에서 그의 부모가 기다리고 있던 식탁에 가 앉았어요."

"다른 형제들은 없었던가 보네?"

"그랬던 것 같아요. 그가 식탁에 앉자마자 그의 어머니가 입을 열었어요."

'오늘 만나 본 아가씨는 어땠어? 괜찮았지? 그래, 언제 또 만나기로 했어?'

"그의 아버지 목소리도 들렸어요."

'그만한 아가씨면 나무랄 데가 없는 것 같던데…….'

'서로 멀리 떨어져 있으니까 편지를 주고받기로 했어요.'

'아, 그래? 잘했다.'

"그러면서 그의 부모는 안심이 된다는 듯 조용히 저녁을 먹었고, 그도 나한테서 눈을 떼지 못한 채 식사를 끝낸 후 자기 방으로 돌아가서도 형광펜으로 계속해서 표시를 해가며 밤이 깊도록 끝까지 다 읽었어요. 그걸 보니까 집념이 대단한 청년이었던 것 같아요."

"그다음에는 어떻게 했는데……?"

“김 대리도 성격이 급하네요. 저기 철봉에 매달려서 스트레칭이라도 한 번 해 보세요.”

산자락의 주름 속으로 굽어드는 것 같은 산책길을 따라서 걷다가 가장 안쪽까지 들어온 계곡의 길 끝쪽에도 철봉대와 평형대가 놓여 있었다. 김 대리는 책의 말대로 어깨에 메고 있던 가방을 벤치에 내려놓고 철봉대에 매달렸다. 손바닥에 잡히는 철봉의 싸늘한 감촉이 신선했고, 이완되는 척추의 편안함을 느낄 수 있었다. 두 발을 앞으로 차올리며 거꾸로 돌아서 상채를 철봉대 위로 올려 보려고 했지만 실패했다.

초등학교 때 철봉대에 그렇게 매달렸다가 다시 거꾸로 휘돌아 내려오면서 철봉대에 앞니를 부딪쳐서 절반이 깨져 나갔는데, 그 절반을 철 이로 때웠기 때문에 이후로 웃을 때마다 보기가 흉했다. 그가 대학을 졸업하고 결혼하기 위하여 여자들과 맞선을 보기 시작하면서 무허가 치과의사가 그 이를 뽑고 싼 값의 새로운 이를 해 넣어 주었다.

김 대리가 그렇게 이를 고쳐서 해 넣고 맞선을 보기도 했지만 마흔이 지나도록 결혼을 못 했다. 그의 마음에 드는 여자가 없었던 것은 아니다. 그의 마음에 드는 여자를 만나면 여자 쪽에서 마음에 들어 하지 않았고, 그가 마음에 들어 하지 않은 여자는 상대편에서 적극적이었다. 이 땅 위에 새로운 생명이 태어나기 위해서 남자와 여자의 만남부터 간단하게 이뤄지는 것이 아니라는 생각을 한 적이 있었다.

김 대리가 철봉대에 매달릴 때 미어져 나온 티셔츠를 바지 속으로 밀어 넣고 벤치 위에 벗어 놓았던 윗도리를 걸치며 심호흡으로 숨을 고른 후 가방 속에서 책이 입을 다문 채 기다리고 있는가를 확인했다. 가방 속의 책은 그가 철봉대 위로 상채를 밀어 올리지 못한 것을 책망했다.

"벌써 그렇게 몸이 굳어서 어떻게 할래요? 지금부터라도 운동하는 버릇을 들여야 무병장수하는 데 지장이 없을 텐데……."

"그렇게 내 건강을 염려해 주니까 고맙구나! 그런데 어디까지 얘기했지? 아, 그 독자가 너를 밤늦게까지 다 읽었다고 그랬지? 그다음에는 어떻게 됐어?"

"어떻게 되기는요? 다음날 아침부터 그는 나를 책상 위에 놓아 둔 채 출근했어요. 그래서 날마다 나는 몸에 맞지 않은 색동옷을 입은 아이처럼 어색하게 책상 위에 얹혀 있었지요."

"그랬으면 많이 지루했겠다."

"헌책방의 서가에 꽂혀 있을 때에는 옆에 있던 책들과 이런저런 얘기들을 나눌 수 있었는데, 그렇게 책상 위에 혼자 얹혀 있으니까 하루가 얼마나 긴 시간인지 모르겠더라고요."

"헌책방의 서가에서는 네 옆에 어떤 책들이 꽂혀 있었는데……?"

"김 대리가 못 봤어요? 내 왼쪽 옆에 표지가 예쁜 책이 꽂혀 있었잖아요. 본래 그 책의 저자는 프랑스인이었는데, 그의 책이 한글로 번역된 수필집이었어요. 그 책은 프랑스 사람의 생각을 한국인들에게도 전달할 수 있다는 번역본으로서의 자부심이 대단했어요. 그렇게 외국어로 된 책을 다른 나라의 사람들도 읽어 볼 수 있도록 번역한다는 것은 세계인의 마음을 연결시켜 주는 사랑의 행위래요. 그래서 그 자신은 처음의 독자로부터 버림을 받고 헌책방에 와 있었지만, 또 다른 독자가 자신을 읽게 되리라는 희망이 있었기 때문에 슬프지 않다고 했어요."

"그 책의 말이 맞네!"

"그렇지요? 그리고 내 오른쪽에는 한국 소설전집 가운데 이효석의 단편선 '메밀꽃 필 무렵'이 너덜너덜한 표지로 꽂혀 있었지요. 엊그제 저녁에 그 책이 들려주던 내용이 재미있었어요. 장돌뱅이들인 허생원과 조선달 그리고 동이가 봉평 장에서 하루의 장사를 끝내고 육칠십 리 밤길을 걸어 다음날 장이 서는 대화로 나귀를 끌고 가잖아요. 그 밤길가의 메밀밭에 피어 있던 메밀꽃이 밝은 달빛에 소금을 뿌린 듯하고, 그 사이의 좁은 길로 세 사람이 나귀를 타고 외줄로 늘어서서 방울소리를 딸랑딸랑 울리며 흘러가는 풍경이 눈에 보이듯이 훤하더라고요.

그렇게 달이 밝고 메밀꽃이 개울가 어디 없이 하얗게 피었던 밤에 물레방앗간에서 허생원이 봉평의 성서방네 처녀와 꼭 한 번의 첫 일을 치렀던 과거를 얘기하면서 길을 가는데, 꽁무니에서 그 이야기를 들으며 따라가는 동이가 그 성서방네 처녀가 낳은 아이라는 사실이 암시돼 있지요. 끝까지 허생원과 동이가 부자지간의 관계라는 사실은 밝혀지지 않았지만, 두 사람이 똑같이 왼손잡이라고 하면서 그 사실을 은근히 드러내고 있었지요.

그 이야기가 아름답고 감동적이었는데, 요즘의 소설들 가운데에는 너무 기교에 치중하기 때문인지 그렇게 아름답고 감동적인 내용은 많지 않은 것 같아요. 그 헌책방에서 밤이 되면 서가에 꽂혀 있던 책들끼리 이야기를 주고받느라고 떠들썩했는데, 내가 꽂혀 있었던 서가의 윗 단에서 소설들이 주고받던 이야기를 들어 보니까 그런 것 같더라고요. 요즘에는 그렇게 아름답고 감동적인 삶 자체가 없을 뿐만 아니라 소설의 소제도 고갈돼 작가들이 무엇을 써야 할지를 모르고 있다는 사실을 잘 알아요.

아무튼 '메밀꽃 필 무렵'은 그런 이야기를 들려주면서 그 자신의 독자는 고등학교 3학년 남학생이었는데 대학교에 입학하게 되자 그의 부모가 고등학교에서 공부했던 모든 책들을 한꺼번에 고물상에 넘겨 버리더라고 하더군요. 그래서 하마터면 폐지로 팔려 갈 뻔했지만, 그 고물상의 주인이 책들을 따로 모아 뒀다가 넘겨 주는 헌책방을 알고 있어서 그 책은 구사일생으로 살아남아 거기까지 오게 됐다고 했어요."

"우리 출판사에서 내가 편집한 책이기 때문에 이런 말을 하는 것이 아니라 너는 참으로 기특하다. 그렇게 밤마다 떠들썩하게 이야기를 주고받던 헌책방에 있다가 독자의 조용한 책상 위에서 하루하루를 보내게 됐다면 많이 심심했겠다?"

"그랬지요. 그래서 내 독자가 어떤 사람인가를 생각해 봤어요. 처음으로 내가 그의 집에 가게 된 날 저녁에 식탁에서 그의 어머니가 했던 말이 생각났어요. 그날 내 독자가 어떤 아가씨와 맞선을 보고 첫눈에 반했던 것 같아요. 그런데 아가씨가 어디에 살고 있는지 말하지 않았지만, 서로가 멀리 떨어진 곳에 살고 있어서 자주 만날 수 없으니까 편지를 주고받기로 했던 것 같아요.

그랬는데 내 독자는 의사가 될 만큼 공부를 많이 했지만 연애편지 같은 것은 쓸 수가 없었던가 봐요. 그래서 곧바로 서점으로 달려와서 나를 구입하여 여러 가지 색깔의 형광펜으로 편지의 서문, 본문1, 본문2, 본문3, 끝부분, 그리고 마지막 인삿말로 나눠서 표시를 해 나가며 읽었던 것이지요. 다음날부터 그가 퇴근하면 밤마다 그렇게 다른 색깔들로 표시돼 있는 문장들을 컴퓨터에 입력해 놓고 서문이나

본문 혹은 끝부분에서 마음에 드는 문장들을 골라서 편지를 구성하게 될 것이라고 내 나름대로 예상하고 있었는데, 그 예상이 그대로 들어맞았어요.

그는 그렇게 편지를 쓴 것이 아니라 내 문장들 가운데 마음에 드는 문장들을 골라서 짜깁기를 한 편지를 맞선을 본 아가씨에게 몇 차례 보냈어요. 그 아가씨가 어떤 반응을 보였는지 모르겠지만, 결국에는 결혼을 못 했어요. 그 아가씨도 공교롭게 내 이름으로 된 책의 문장들을 읽었는지 모르지요. 그렇게 되니까 어느 날 그 독자는 내 표지에 이거 버려 주세요, 라는 첨지를 붙여서 자신의 책상 위에 올려놓고 출근했어요. 그 방을 청소하던 도우미 아줌마가 읽어 보겠다는 생각으로 나를 그녀의 집으로 가져갔지만, 책장마다 여러 가지로 색칠이 돼 있으니까 읽기가 어려웠던지 폐지를 수집하는 할머니한테 줘 버리고 말았어요.

다행히 그 할머니가 동네에서 버려진 박스와 폐지를 수집해서 찾아간 고물상의 주인도 오랫동안 모아 두었던 책들을 헌책방 코너를 운영하는 인터넷 서점에 넘기려던 참이었어요. 그래서 나까지 포함돼 한 트럭분의 책들이 인터넷 서점으로 넘어가게 됐어요. 그 인터넷 서점에서는 나름대로 책들을 분류하여 어느 정도의 분량을 종로에 있는 그 빌딩의 지하에 있는 헌책방에 기증하게 된 거예요. 그 헌책방에서는 그렇게 기증을 받은 책들을 팔고 있었어요. 내가 그렇게 기증된 책들 가운데 포함돼 거기에 가 있었던 거지요.
그렇게 거기까지 갈 수 있었던 나는 운이 좋았어요. 김 대리를 다시 만날 수 있게 됐으니까요. 대부분 고물상으로 모이는 책들은 폐지로 팔려가게 되는가 봐요. 그러면 그 책을 만들기 위해서 애썼던 작가나 출판사 직원들의 수고가 헛되게 분해돼 다른 새로운 종이로 만들어지게 되지요. 출판사에서 책 한 권이 출간돼 내 독자의 의학서적들처럼 우아한 책장에 꽂혀 있게 되는 것은 참으로 큰 행운이에요."

"그렇겠지. 요즘에는 현실생활에 도움이 되는 실용서적이 아니면 독자를 만나기가 어려운가 봐. 예전처럼 감동적이거나 마음의 양식이 된다는 책들을 출판사에서도 출간하기를 달가워하지 않게 되었어. 그런 책들을 찾는 독자들이 없어서 팔리지 않으니까 말이야. 그런 안타까움이 있었기 때문에 작년에 우리 출판사에서 일 년 동안 특별기획으로 '첫사랑의 연애편지'를 출간했는데, 네 독자를 통해서 알 수 있었던 것처럼 너 같은 책도 감동적이거나 마음의 양식을 얻기 위해서 읽혔던 것이 아니라 단순히 그 독자가 편지를 쓰는 데 도움을 받기 위해서 읽지 않았겠니? 그만큼 오늘을 살아가는 사람들은 생각의 여유가 없는 것인지도 모르겠다."

"김 대리도 바쁘다는 핑계로 읽지 못하고 있는 책들이 방안에 쌓여 있잖아요. 그렇게 모두 다 바쁘게 살아가고 있으니까 책을 사 읽을 수 있는 여유가 없다는 것은 당연한 말이겠지요. 무엇이든지 그것을 찾는 사람들의 수요가 있어야 공급하는 쪽에서 만들어 낼 것인데, 요즘에는 책을 찾는 사람들이 줄어들고 있으니까 작가들이나 출판사에서도 웬만한 책이 아니면 간행하려고 생각하지 않는 것 같아요. 김 대리가 근무하는 출판사에서도 어떤 책을 만들어 보려고 기획안을 짰다가도 얼마나 팔릴 수 있을지 예상이 안 돼서 포기하는 경우가 많은 것으로 알아요."

"어떻게 네가 그것까지 안다고 할 수 있느냐?"

"왜 몰라요? 김 대리의 출판사에서 나에 대한 회의를 하면서도 직원들 가운데 적극적으로 출판해 보자는 사람이 없어서 포기할 뻔했잖아요. 그러나 다행스럽게도 독자들의 반응이 괜찮아서 나 스스로도 출간된 것을 자축할 수 있기는 했지만 말이에요."

겨울로 향하는 하루해가 짧아졌다. 오후 4시쯤에 산그늘이 지고, 산책길의 끝이 가까워지자 삼청터널로 연결되는 차도로 오가는 차량들의 소리가 소란스럽게 들여오고 있었다. 여기서 어린이놀이터 쪽으로 이어지는 길을 따라서 걸어가게 되면 공원입구로 되돌아가게 된다. 그 길을 따라서 조깅을 하는지 트레이닝복을 입은 몇 명의 학생들이 단체로 뛰어가고 있었다. 김 대리는 길옆에 서 있는 정몽주시조비를 돌아본 후 그 학생들이 달려가던 길을 따라서 걸으며 가방 속의 책에게 근심어린 말을 잇는다.

"그런데 말이야, 머잖아서 종이로 만들어지는 책은 출판되지 않게 될지도 몰라. 수년 전에 미국에서 태블릿 PC가 출시됐는데, 그것으로 누구든지 읽고 싶은 책을 다운받아서 읽을 수 있게 된다고 했어. 앞으로 우리나라 사람들도 그런 것을 통해서 책을 읽게 될 거야. 벌써 적지 않은 e북이나 PDF 파일로 편집된 서적들이 컴퓨터 모니터나 휴대폰으로 읽혀지고 있어. 그러니까 종이로 만들어지는 책들이 차츰 줄어들다가 결국에는 책을 찾아보려면 박물관으로 가봐야 할 때가 올지도 모르지. 너무 비관적인 말일지는 모르지만, 너 같은 종이책의 입장에서는 우려하지 않을 수 없는 현실이지."

"그것이 사실이라면 슬픈 얘기네요. 나 같은 책들이 있었기 때문에 오늘날까지 인류의 문화가 이만큼 발전해 올 수 있었는데, 언젠가는 우리의 모습이 인간의 역사에서 사라지게 될지도 모른다니 말이에요."

"그렇지만 너무 걱정하지 마! 사람들이 예상하고 있는 것처럼 당장에 그렇게 되기는 어려울 것이다. 본래 인간의 마음이라는 것이 그렇게 매정하지 못하거든. 무엇이든지 싫증이 나서 외면했다가도 얼마 동안 시간이 지나면 또 다시 그리워하면서 찾게 되는 성향이 있기 때문에 인간의 삶에도 아름다움 같은 것이 있다고 할 수 있는지 모르겠다."

"어쨌거나 우리의 앞길에 그런 어두운 그림자가 드리워져 있다는 사실이 유쾌하지 못해요. 지금 김 대리의 산책길이 끝나고 되돌아오는 공원입구에 어둠이 깔리고 있듯이 말이에요."

가방 속 책의 말대로 그가 다시 공원입구로 돌아오니 날은 어두워지고 있었다. 김 대리는 공원을 나서서 삼청동주민센터가 있는 쪽으로 걸어서 내려갔다. 한국교육평가원 입구의 맞은편에 다방 같은 것이 보였다. 요즘의 다방은 예전과 같지 않아서 커피만 팔고 있는 것이 아니라 맥주 등 주류도 판매하는 카페로 바뀌었기 때문에 술을 마시지 않은 그가 들어가게 되는 경우는 드물다.

그렇지만 평일날 회사에서 일할 때 하루에 두세 잔씩의 커피를 마시다가 오늘은 한 잔도 마시지 않은 커피 맛이 그리웠다. 그래서 차도를 건너서 카페의 문을 열고 안으로 들어갔다. 손님은 아무도 보이지 않은 안쪽에 주인인 듯한 여자가 할 일 없이 탁자에 턱을 괴고 앉아서 텔레비전을 보고 있다가 미소를 지으며 반겼다. 그는 그 여자를 어디서 본 것 같다는 생각을 했다.

그도 텔레비전을 볼 수 있는 쪽에 자리를 잡고 앉아서 커피 한 잔을 주문하고 커피 값을 치렀다. 그럴 경우에 커피 두 잔을 시켜서 주인여자와 잡담이라도 나누면서 마실 수 있으면 좋겠지만, 그는 쑥맥처럼 커피를 한 잔만 주문하고 커피 값까지 계산해 버렸다. 그렇게 되니까 주인여자는 주방 쪽으로 모습을 감췄다. 그녀의 입장에서는 의자에 우두커니 앉아 있기가 불편했을 것이다.

텔레비전에서는 그가 본 적이 있는 영화가 상영되고 있었다. 도시에 독가스가 퍼져서 모든 사람들이 피난을 가거나 죽어서 황폐해져 버린 가운데에서 살아남은 주인공과 한 마리의 개가 또 다른 살아남은 생명을 찾아 헤매는 줄거리였다. 그가 텔레비전 속의 황폐한 도시의 풍경을 보자 모든 책들이 사라져 버린 인간의 을씨년스러운 마음속을 들여다보는 것 같았다.

그렇게 생각하고 커피를 마시며 또 다시 그가 가방 속의 책을 꺼내서 공원에서 읽어 봤던 부분을 펼쳐 보자 생각났다. 이 카페에 들어설 때 보았던 주인여자의 얼굴이 현경의 모습을 닮았던 것이다. 그 편지를 쓴 남자가 자신의 편지와 함께 실어 달라면서 보내 왔던 사진 속의 그 여자와 비슷했다. 그 남자는 전화통화를 하면서 현경이 예전의 어느 여배우처럼 눈썹 꼬리의 위쪽에 새까만 사마귀가 좁쌀만하게 붙어 있어서 어디서든지 쉽게 알아볼 수 있다고 했는데, 조금 전에 보았던 주인여자의 얼굴에서 그 사마귀를 보았던 것이다.

그는 커피 잔을 비우고 책의 뒤표지에 ㅎ출판사 편집부 김 대리라고 밝히고 휴대폰 번호를 적었다. 그리고 그 책을 탁자 위에 올려놓고 조용히 카페의 문을 열고 나왔다. 그 카페의 주인이 현경은 아니어도 상관이 없었다. 텔레비전 아래쪽에 조그만 선반을 만들어서 스무 권 가량의 책들을 예쁘게 진열해 놓은 것으로 봐서 그 여자가 책을 아무렇게나 생각하지는 않을 듯했다. 그녀가 현경이라면 연락해 주기를 기대하면서 그 자신의 휴대폰 번호를 책의 뒷표지에 남겨놓고 나왔던 것이다.

그가 카페의 문을 열고 나설 때 안쪽에서는 아무런 소리도 들리지 않았다. 만약에 그녀가 현경이라면 그 편지를 쓴 남자와 다시 만날 수 있게 해 주고 싶었다. 그것만으로도 '첫사랑의 연애편지'는 출간된 기쁨과 보람을 느낄 수 있는 책의 길을 가게 될 것이다. 그가 종로의 헌책방에서 구입하여 공원의 산책길에서 대화를 나누고, 조금 전 카페의 탁자 위에 조용히 놓아두고 온 그 책에게 마음속으로 아쉬운 안녕의 인사를 전하면서 바라보는 도심의 여기저기에 저녁 불빛들이 점점이 밝아 오고 있었다.

아칸바나의 향기

계간 문예지 '문필시대'의 겨울호 발간기념 및 올해의 신인상 수상자들을 위한 축하모임이 12월 첫 번째 주 금요일 저녁 7시부터 인사동에 있는 ㄱ한식집에서 마련된다는 연락을 받은 송문이 회사의 일을 서둘러 마무리하고 인사동으로 나왔다. 초겨울 바람에 가로수의 낙엽들이 발길에 차이는 거리에서 그가 행사장을 찾느라고 사람들 속에 섞여서 두리번거리며 걷고 있었다.

송문은 소설 창작모임인 '겨자씨' 멤버로서 몇 년 전 겨울에 오키나와로 여행을 다녀온 적이 있었는데, 그 여행을 소제로 한 소설을 신인상 작품모집에 응모하여 지난 봄호에 당선됐다. 그때 간단한 축하의 행사가 있었지만, 연말에도 가을호 당선자들과 함께 모임이 있게 된다고 연락을 받았던 것이다.

그가 종로2가에서 시내버스를 내려 인사동으로 들어가며 아무리 두리번거려 봐도 그 한식집의 간판은 보이지 않았다. 전화상으로 인사동 입구에서 멀지 않은 10길에 있다고 한 말을 들은 것 같아서 사거리까지 들어갔다가 다시 입구 쪽으로 되돌아 나오며 반대편 간판들을 유심히 바라보는데, 뒤에서 그의 이름을 부르는 소리가 들렸다. 뒤돌아보니 겨자씨 멤버들인 여자 세 명이 인사를 하면서 골목 안쪽으로 손가락질을 했다.

그 여자들의 뒤를 따라서 골목으로 들어서니 조그만 물레방아와 지게 위에 말아서 올려놓은 멍석 등 옛날에 시골에서 볼 수 있었던 물건들이 손바닥만한 마당을 둘러싸고 있는 기역(ㄱ) 자 모양의 한옥식당이 있었다. 오늘의 행사를 위하여 식당 전체를 예약한 듯 다른 손님들은 눈에 띄지 않았고, 방안에 서로서로 안면이 있는 사람들끼리 모여앉아서 한담을 나누고 있었다. 주최 측 사람이 새로 들어오는 사람들에게 겨울호 문예지를 나눠주고 참가비를 받으면서 분주하게 움직이고 있었다.

방안에서 바깥쪽으로 내다보고 있던 발행인이 송문의 모습을 보자 손짓을 했다. 그가 들어서는 방안에 그동안 사진으로만 볼 수 있었던 원로시인과 소설가 두 명이 같은 테이블을 사이에 두고 앉아서 얘기들을 나누고 있었다. 발행인이 그에게 자신의 옆자리에 앉으라고 눈짓을 하면서 문인들에게 천부적인 글쓰기의 재능을 갖추고 있지만, 그동안 먹고사는 일이 바빠서 글을 못 쓰고 있다가 지난 봄호에 소설부문 신인상을 받고 등단하게 된 늦깎이 친구라고 송문을 소개했다. 그의 소설이 발표된 후 알게 된 발행인은 동년배였고, 고향도 같은 청주였다. 그래서 곧바로 그 둘은 친근한 사이가 되었다.

이윽고 참석할 만한 사람들은 다 모인 것 같았다. 한 젊은이가 발행인에게 다가와서 축하행사를 시작하겠다고 동의를 구한 후 30여 명이 모여서 떠들고 있던 방안의 소란을 진정시켰다. 그 자신을 총무라고 소개하고 문필시대의 겨울호 발간기념과 올해의 신인상 수상자들을 위한 축하행사를 시작하겠다고 말했다. 그는 겨울호까지의 발간경과를 간략하게 소개한 다음에 올해의 봄호와 가을호에서 신인상을 수상한 송문을 포함한 여섯 명에게 자기소개와 소감을 부탁했다.

송문은 간략한 자기소개와 함께 부족한 글을 당선작으로 뽑아 준 분들에게 감사한다는 인사말을 한 후 난생 처음으로 가 보게 된 오키나와의 이국적인 풍경과 그곳에서 구상한 이야기를 아칸바나라고 부르는 꽃을 매개로 소설을 풀어 봤다고 말했다. 곧이어 기념촬영을 한 후 공식적인 행사의 순서가 끝나고, 저녁식사가 시작되면서 누군가가 그에게 아칸바나는 어떻게 생긴 꽃인가를 물었다.

“아, 예! 저도 잘은 모릅니다만 아칸은 ‘빨강의’라는 말이고요, 바나는 ‘꽃’이라는 뜻으로 알고 있습니다. 그러니까 빨강 꽃이라는 말이 되겠네요. 오키나와는 아열대성 기후권이라서 우리가 그곳에 찾아갔던 겨울에도 여러 종류의 꽃들이 피어 있었는데, 시골마을의 집집마다 아칸바나가 빨갛게 만개한 생나무울타리로 둘러쳐져 있던 풍경이 인상적이었습니다.

그 꽃의 모양은 무궁화와 비슷했는데 빨간색이었습니다. 특히 빨강 기와로 지붕이 덮여 있는 집들은 아칸바나의 색깔과 어울려서 동화 속 그림과 같았습니다. 본래는 하이비스커스라고 하는 꽃이지만, 그곳의 사람들은 그 꽃을 아칸바나라고 부르고 있었습니다. 꽃말은 새로운 사랑, 섬세한 아름다움이라고 하는 것 같습니다. 무궁화도 그 종류들 가운데 하나이니까 꽃 모양이 비슷하게 보였던 것은 당연했겠지요."

송문의 대답을 듣고, 옆에 앉아 있던 사람이 빨강 무궁화가 어떤 꽃인지 한 번 보고 싶다고 말했다.

양반가에서 축하모임이 끝난 후 발행인과 송문을 포함한 또 다른 남자 한 명 그리고 겨자씨 멤버인 세 명의 여자들이 인사동 입구의 맥주 집에서 2차로 모였다. 모두 다 ㄱ한식집에서 축하모임이 끝난 후 집으로 돌아가려고 시내버스를 타기 위하여 종로 쪽으로 나가다가 어울려서 들어오게 된 사십여 평의 그곳은 그때부터 문을 열고 준비해서 심야영업을 하는 것 같았다.

그들은 바깥 날씨가 추웠던 까닭에 갓 작동하기 시작한

온풍기가 서 있는 구석에 자리를 잡고 앉아서 생맥주 한 잔씩을 주문한 다음에 박혜미가 송문을 쳐다보며 물어봤다.

“지금 그 여자와 어떻게 지내고 있어요?”

“그 여자라니……?”

송문은 무슨 말인지 모르겠다는 듯 되물었다. 박혜미는 그보다 일곱 살 아래인 서른 두 살의 대학 후배인데, 그가 몇 번이나 휴학을 하는 바람에 국문과에서 함께 강의를 듣기도 했다. 결국 송문이 먼저 졸업했고, 일년 후 박혜미가 졸업한 후에도 가끔씩 만나곤 했지만 그가 적극적으로 사랑을 표현하지 못했고, 그녀도 부모의 성화에 떠밀려서 치과의사와 결혼했다.

그런데 그녀의 남편이 김천에서 병원을 개업하게 됨으로 말미암아 부부가 떨어져서 생활하게 되었고, 그러면서 출석하기 시작했던 겨자씨에 송문까지 끌어들였다. 그는 박혜미에게 이끌려서 겨자씨에 출석하면서 소설쓰기에 적극적으로 매달렸다. ‘아칸바나’는 그런 그가 겨자씨 멤버들과 함께 난생 처음으로 바다를 건너서 오키나와에 다녀온 후 그곳의 이국적인 풍경을 소설로 써 보게 된 것이다.

다른 두 여자들도 박혜미와 비슷한 연령이지만, 그 둘 가운데 날씬한 몸매로 예민한 성격의 안정숙은 대학시절에 일간지의 신춘문예에 시가 당선돼 등단했다. 이후로 이렇다 할 만한 활동을 하지 못하고 초등학생들을 대상으로 소규모의 글쓰기교실을 열었다 닫았다 하면서 가끔씩 겨자씨에 출석했다. 그들이 오키나와에 갈 때에는 출입국심사대를 통과할 때뿐만 아니라 이후의 여정에서 아무도 일본말을 몰랐던 일행의 든든한 의지가 돼 주었다.

그리고 삼십 대 중반쯤 돼 보이는 남자는 축하행사가 끝난 후 2차 모임에 따라갔다가 잘 모르는 사람들만 모였던 분위기가 어색해서 집으로 돌아갈 생각으로 지하철을 타려고 종로 쪽으로 나오다가 발행인에게 붙들려서 함께 들어오게 되었다. 다시 박혜미가 따지듯이 물었다.

"그 여자라니요? 오키나와에 갔을 때 만난 여자 말이에요. 오빠의 소설에서도 등장하잖아요."

그때 주문했던 맥주가 나왔다. 모두 다 잔을 들고 '위하여'를 외치며 목을 축였다. 송문이 입가의 맥주 거품을 훔치며 말했다.

"그 여자는 그 여자지……! 오키나와에 갔을 때 잠깐 만났을 뿐이야."

안정숙이 의심스러운 눈을 가늘게 뜨며 대꾸했다.

"나도 그 소설을 읽어 보니까 그렇게 단순한 인연이 아닌 것 같던데요. 그 소설에서 여자가 어떻게 나와요? 아마도 배 위에서 만났던 것 같은데……."

발행인이 손가방의 지프를 열고 문예지의 봄호를 꺼내서 테이블 위에 올려놓았다.

"오늘 저녁에 신인상 수상자들의 축하모임에 필요할 것 같아서 가지고 왔어요."

이수진이 그 문예지를 집어 들고 송문의 소설을 펼쳐서 모두 다 들을 수 있는 목소리로 읽기 시작했다.

"오늘은 오키나와에서 나흘째인 마지막 날, 여자들은 쇼핑을 나섰다. 나는 좋은 글감을 찾아보고 싶었기 때문에 북쪽의 이에지마라고 하는 조그만 섬으로 가 보고 싶다고 생각했다. 그 섬에는 5만 명 정도의 사람들이 살고 있으며, 나고시로부터 가까운 모토부라는 항구에서 10킬로미터 떨어져 있는 곳에 있다. 동서 약 8킬로미터, 남북 3킬로미터, 그리고 둘레 22킬로미터인데 북쪽의 해안은 60미터에 이르는 절벽으로 이뤄져 있고 남쪽의 해안 대부분은 모래사장이다. 그 섬에 오키나와의 모든 것이 집약돼 있을 것이라고 판단했던 것이다……."

오키나와는 면적이 약 2,300평방킬로미터이고, 인구는 140만 명으로 인천공항에서 비행시간 두 시간 거리의 남쪽에 위치해 있는 섬이다. 해마다 여름에 일기예보에서 오키나와 남단 몇 킬로미터에서 태풍이 북상 중에 있다고 하는 기상예보를 자주 듣게 돼 우리의 귀에도 낯설지 않은 지명이다.

기온은 연평균 22도인 아열대성이라서 한겨울에도 오키나와의 나하공항에 도착하여 시내로 들어가면, 차창에 비치는 이름 모를 꽃들이 처음으로 그곳을 찾는 사람들에게 인상적이다. 2차대전 이후로 미국이 통치하고 있다가 1972년 일본 땅으로 넘겨졌다고 하는데, 지금도 미군기지가 오키나와 총면적의 20퍼센트를 차지하고 있고, 군사시설에는 3만여 명의 미군 병력과 2만 3천여 명의 가족들이 거주하고 있다.

그곳의 주된 산업은 오염되지 않은 자연과 바다를 중심삼은 관광산업으로서 우리나라 사람들이 제주도를 찾듯이 일본 사람들이 오키나와를 찾고 있으며, 미군기지가 있는 까닭으로 외국 사람들도 많이 찾고 있다. 그러나 겨자씨 멤버들이 4박5일의 일정으로 그곳에 도착해서 몇 군데를 둘러봤지만, 모두 다 오키나와가 어떤 곳인지 잘 알 수 없었다.

오키나와의 지도에서 북쪽에 조그만 섬이 있는 것을 본 송문은 그곳에 모든 것이 집약돼 있을 것이라는 판단으로 찾아가 보기로 생각했다. 당일날 아침 일찍 그곳으로 가는 고속버스를 타기 위하여 나섰는데, 그와 같은 방에서 함께 잠을 잤던 김명호가 따라나섰다. 지난밤에 송문의 이야기를 듣고, 이에지마가 오키나와의 축소판일 것이라는 생각에 동감했던 것이다.

남북으로 약 120킬로미터로 길게 뻗은 오키나와섬의 중부지역 바닷가에 위치한 리조트호텔 앞에서 고속버스를 타고 1시간쯤 걸려서 제2의 도시인 나고시에 도착한 후 완행

버스로 모토부의 선착장에 도착한 것은 오전 9시쯤이었다. 이에지마로 운항하는 배는 30분 후 출항하는 것으로 돼 있었다.

선착장의 여객터미널에는 단체관광객인 듯한 사십 대 초반의 남자와 여자들이 삼십여 명 붐비고 있었다. 그들 가운데는 부부처럼 보이는 사람들도 있었고, 그렇지 않은 사람들도 있었다. 이외의 적지 않은 사람들도 승선을 기다리고 있는 것으로 보아서 송문과 김명호가 이에지마에 가 보기로 계획하기를 잘했다고 생각하면서 알지 못할 기대감에 부풀었다.

그 둘은 승선 티켓을 구입한 후 터미널 바깥으로 나가 보았다. 아침 햇살이 번지기 시작하는 바다는 맑고 조용했다. 출어를 나가는 배들의 통통거리는 소리가 여행의 기대감에 들뜬 두 사람의 가슴을 설레게 했다. 그날이 크리스마스 전날인 12월 24일이었지만, 어디에도 십자가는 찾아볼 수 없었다. 아침 햇살이 따사롭게 번지고 있는 가운데 모든 것들이 하루의 생동감으로 깨어나고 있었다.

승선시간이 되어서 송문과 김명호가 관광객들과 어울려서 배에 오르니 이에지마까지 30분도 못 되는 운항거리이지만 또 다시 먼 미지의 세계로 떠나는 것 같은 기분이었다. 한겨울에도 사월의 봄바람 같은 훈풍에 사람들이 갑판 위로 몰렸다.

출항한 지 얼마 지나지 않아서 갈매기떼가 여객선의 뒤를 따라왔다. 관광객들이 던져 주는 과자를 하나도 떨어뜨리지 않고 이 갈매기 저 갈매기들이 받아먹었다. 그럴 때마다 사람들이 박수를 치며 환호했다. 바다 위의 여기저기에 흩어져 있는 무인도들이 평화롭기 그지없었다.

송문은 그날이 성탄절 전날이라는 사실과 배 위에서 바라본 바다의 평화로운 풍경을 아칸바나에서 간략하게 묘사한 후 갑판 위에서 여자를 만나게 된 상황을 설명했다. 그 부분을 이수진이 이어서 읽었다.

“이에지마로 향하는 여객선 갑판 위에서 그녀를 만났다. 갑판의 뒷부분에서 김명호가 가드레일에 몸을 기대고 갈매기떼를 배경으로 사진을 찍기 위하여 포즈를 취했는데, 그 옆에서 두 여자가 공중으로 과자를 던져주고 곡예를 부리듯이 갈매기가 날아와서 받아먹는 것에 감탄하면서 돌아서다가 김명호 쪽으로 기우뚱거리는 바람에 내 카메라에 함께 찍혔다. 두 여자는 한국말로 미안하다고 했다.

김명호와 나는 그곳에서 한국 여자들을 만나게 된 것을 우연치 않은 인연이라고 생각하고 이에지마에 갔다가 돌아올 때까지 함께 움직이기로 했다. 그리고 갑판 위에서 다른 승객에게 부탁하여 네 명이 함께 사진도 찍었다…….”

거기까지 읽은 후 이수진이 송문을 힐끔 쳐다봤다. 조민성이 맥주를 한 모금 마신 후 그때가 언제였던가를 물어봤다. 안정숙이 5년 전에 함께 오키나와에 갔을 때의 이야기라면서 성탄절 전날이라는 사실을 강조했다. 그러자 조민성이 소설의 분위기를 예감했다.

"한겨울에도 4월과 같은 봄바람이 살랑거리는 이국의 잔잔한 바다 위를 미끄러져 가는 여객선 갑판 위에서 청춘의 두 남자와 두 여자가 만났다. 그것도 12월 24일에 한국 사람들끼리……!"

"예사롭지 않은 인연이지요? 어떻게 결말이 맺어지게 될지는 미루어 알 수 있잖아요. 거기서 한 남자와 한 여자가 사랑을 하고, 남자는 오키나와에서의 마지막 날이었으니까 여자와 헤어지지 않을 수 없었다."

그렇게 박혜미가 소설의 끝맺음을 예고하면서 송문을 보고 추궁했다.

"정말로 지금 그 여자와 어떻게 지내고 있는지 말하지 않을래요?"

"오키나와에 갔다 온 이후로 한 번도 연락을 안 했는데, 지금 어떻게 지내고 있느냐니……?"

"시치미를 떼시기는……? 아칸바나의 내용으로 봐서는 단순한 인연이 아니었다고요. 정숙이 얘기한 것처럼 겨자씨 멤버들 다섯 명이 5년 전에 오키나와에 갖다 왔는데, 오늘 여기에 참석한 나하고 안정숙 그리고 이수진 말고 김명호라고 하는 또 다른 오빠가 함께 갔어요. 그 오빠는 오늘의 축하모임에 바쁜 사정이 있어서 못 나오게 됐다면서 송문 오빠한테 축하인사를 전해 달라고 했어요.

아무튼 그때 한국으로 돌아오기로 예정돼 있었던 전날의 늦은 시간까지 송문 오빠가 보이지 않았던 거예요. 그런데 다음날 한국으로 출발할 때쯤에 나타났지요. 우리가 얼마나 걱정했는지도 모르고 다음날 출발하려던 순간에 나타나서는 미안하다는 말도 없었어요. 전날에 어디에 갔다 왔느냐고 물어봐도 대답도 안 하고 말이에요."

조민성이 추가로 주문한 맥주를 종업원이 들고 왔다. 조민성은 그 맥주를 발행인의 빈 컵에 따뤄서 절반씩 나누고, 한 모금을 마신 후 안정숙을 보면서 말했다.

"그래서 어떻게 됐어요?"

"어떻게 되기는요? 그냥 우리는 송문 오빠가 글감을 찾으려고 여기저기를 다녔던 것으로 짐작했죠."

박혜미가 안정숙의 대답을 이었다.

"그렇게 생각하고 넘겼는데, 문필시대의 봄호에 발표된 소설을 읽어 봤더니 글쎄 그날 하루 종일 여자와 만나서 놀고 다음날 아침에 돌아왔다는 것 아니겠어요? 소설 속에서 그렇게 돼 있었지요?"

이수진이 어디서부터 다시 읽으면 좋을 것인가를 생각하며 소설의 문장을 눈으로 훑어내렸다.

"그날 우리는 두 아가씨와 이에지마에 도착해서 다른 관광객들처럼 자전거 대여점에서 자전거 한 대씩을 빌렸다. 그곳까지 렌트카를 배에 싣고 온 사람들도 있었던지 두세 대의 승용차가 차로를 따라서 사라졌고, 사람들이 자전거 대여점에서 자전거를 고르느라고 법석을 떨었다.

우리도 자전거 한 대씩을 골라서 빌린 후 대여점 옆에 있던 편의점에서 음료수를 하나씩 사 마시며 서로를 소개했다. 두 여자들 가운데 언니라고 불리던 키가 약간 더 크고 날씬하며 머리를 뒤로 묶고 안경을 쓴 여자는 조미숙이라고 했고, 선우 옥이라고 하는 다른 여자는 체구가 좀 작지만 다이어트를 고민하고 있을 것 같은 모습에 등까지 기른 머릿결이 곱슬하고 명랑해 보였다. 그 둘 모두 관광을 나온 듯 캐주얼 복장으로 운동화를 신고 있었다.

배 위에서부터 조미숙은 김명호와 잘 어울리는 것 같았고, 선우 옥은 나를 잘 따랐다. 그렇게 자연스레 짝이 맺어져서 김명호와 조미숙이 먼저 자전거를 끌고 관광객들을 뒤따라가고, 나와 선우 옥은 약간 뒤쳐져서 이야기를 나누며 자전거를 끌었다. 자전거 대여점으로부터 한동안 오르막길이 계속됐다.

'오늘 날씨가 참 좋네요.'

'한국에서는 첫눈이 올지도 모른다고 하던데…….'

'어떻게 오키나와에 오게 됐어요?'

'미숙 언니와 저는 여기에 유학을 와 있어요. 대구에 있는 K대학교에서 일문학을 전공하고, 그 대학교와 자매결연을 맺은 이곳의 R대학교 대학원에서 문화인류학을 공부하고 있어요. 요즘과 같은 방학 때에는 한국 관광객들에게 관광안내를 해 주면서 아르바이트를 하고 있는데, 오늘 아침에도 한국으로 돌아가는 관광객들을 공항까지 바래다주고 왔어요. 다음부터 관광객들이 오면 이에지마에도 안내하고 싶어서 오늘 미리 와 보게 된 거예요. 그런데 송문 오빠라고 하셨죠? 그냥 오빠라고 불러도 되죠? 오빠는 이곳까지 어떻게 오게 됐어요?'

'나흘 전에 다섯 명이 함께 왔지만, 여기는 앞에 간 친구와 둘만 왔어요. 내일 한국으로 돌아가야 하는데, 오늘 이곳에 오면 오키나와가 어떤 곳인가를 더욱 잘 알 수 있을 것 같았습니다. 이곳에 오키나와의 모든 것이 집약돼 있을 것이라는 생각이 들었어요.'

'그러셨군요. 여기에 오키나와의 모든 것이 집약돼 있다고 볼 수도 있겠네요.'

'오늘 이렇게 만나게 돼서 반가워요. 자, 우리도 빨리 가봐요.'

앞서간 사람들을 바라보니 모두 다 고개를 넘어가고 있었다. 나와 그녀도 자전거를 끌고 서둘러 오르막길을 올라갔다……."

이수진이 목이 마르는지 맥주를 한 모금 마시며 외투를

벗었다. 온풍기가 가동되는 실내의 공기가 훈훈해졌다. 다른 사람들도 맥주를 한 모금씩 마시고, 어떻게 소설의 내용이 이어지는지 궁금하다는 듯 펼쳐진 책장 위로 시선을 집중했다.

물론 문필시대의 봄호에 발표됐을 때 조민성을 제외한 다른 사람들은 이 소설을 한 번씩 읽어 봤지만, 그렇게 모여 앉아서 이수진이 낭독해 주는 소리를 듣고 있으니까 혼자서 읽어 볼 때와는 다른 분위기가 느껴졌다. 이번에는 이수진은 끝까지 다 읽겠다는 기세였다.

"사람들이 다 넘어간 고개 위로 그녀와 자전거를 끌고 올라서니 맞은편에서 불어오는 바람이 상쾌하다. 고개 위에서 바라보는 전경이 확 트여서 오르막길을 올라오며 느꼈던 답답함이 한꺼번에 사라진다. 오른쪽에는 산봉우리가 솟아 있고, 왼쪽에는 조그만 공원이 있다. 그 공원의 벤치에 앉아서 자전거를 끌고 오르막길을 올라오느라고 이마에 맺혔던 땀방울을 훔치고 숨을 고른다.

'여기에도 상당히 높은 산이 있네요.'

'그렇네요.'

'이 울타리에 피어 있는 빨강 꽃은 무궁화와 같아요.'

'예, 하이비스커스라고 하는 꽃인데 빨갛게 피어 있는 것이 예뻐요. 이곳의 사람들은 그 꽃을 아칸바나라고 하더라고요. 그냥 빨강 꽃이라는 뜻이에요. 오키나와에서는 어디든지 볼 수 있는 꽃이에요. 가정집의 생나무울타리로 둘러쳐져 있기도 하고, 논밭의 경계를 짓기 위해서 들판에 심어져 있기도 해요.'

'처음에 나는 우리나라 무궁화꽃이 여기에 건너와서 빨갛게 바뀐 줄 알고, 이곳까지 누가 전파시킨 것일까라고 생각했어요.'

'2차대전 때 이곳 오키나와에서 치열한 전쟁이 벌어졌다고 합니다. 미군이 일본을 공격하기 위한 전초기지로 오키나와에 상륙했는데, 1945년 4월 1일 45만 명의 미군이 상륙해서 약 3개월 동안 전투가 벌어졌다고 해요. 그때 전사한 미군이 1만 2천 명이었고, 일본 병사 9만 5천 명을 포함하여 민간인 25만 명이 죽었대요. 더욱 안타까운 것은 그 전사자들 가운데 학병, 군부, 위안부 등 강제로 동원된 1만여 명의 조선인들도 포함돼 있었다는 것입니다. 그때가 장마철에 접어들기 시작한 시기였기 때문에 말라리아와 같은 전염병으로 죽기도 하고, 먹을 것이 없어서 굶어 죽은 사람들도 있었다고 들었어요. 그렇게 죽은 사람들이 흘렸던 피에 물든 이 땅에서 피어나는 진홍의 아칸바나를 그때 죽은 사람들의 영혼이라고 하는 사람들도 있더라고요.'

'그래요? 그런 이야기를 듣고 보니까 꽃이 애잔해 보입니다.'

'또 그 꽃은 하루만 피었다가 진대요. 오늘 빨갛게 핀 꽃

을 다음날 아침에 보면 시들해진 채 꽃가지에 매달려 있답니다.'

'아주 특별한 꽃이네요. 고마워요, 가르쳐줘서. 선우 옥씨가 가르쳐 주지 않았으면, 그냥 오키나와에 가 보니 이런 꽃들이 많더라고 하는 정도로 밖에 몰랐을 것입니다. 그런데 꽃 한 송이에 대해서 어떻게 그렇게 많은 것을 알 수 있어요? 놀랍습니다.'

그러면서 내가 그녀를 쳐다보자 매끈한 표정이 빛났다. 벤치에서 일어나 자전거에 올라앉아 페달을 밟아 본다. 그녀도 자전거를 타 보더니 다시 땅 위로 내려서며 안장이 높다고 했다. 내가 안장을 그녀에게 맞도록 조정해 줬다.

서서히 고개를 넘어서니 확 트인 벌판에 사탕수수밭이 광활하게 펼쳐졌다. 사탕수수를 수확하는 중인지 베어진 곳들도 드문드문 보였다. 맞은편에서 사탕수수밭을 건너오는 바람이 달콤했다.

최근에 비디오상영관에서 보았던 장면이 떠올랐다. 몇 년 전 일본에서 텔레비전의 드라마로 방영된 것인데 '사탕수수밭의 노래'라는 제목의 비디오였다. 그 비디오의 첫 부분에서 사람의 키보다 높게 자란 사탕수수밭에서 청춘의 한 남자와 여자가 숨바꼭질을 하며 이리저리 뛰어다니다가 남자가 여자를 붙들고 사랑한다면서 청혼을 했다. 그 남자는 고이치의 장남 이사무였다.

주인공 고이치는 도쿄에서 사진관 일을 하다가 맞선사진을 찍으러 온 미치코에게 마음이 끌렸다. 부모가 시집을 보내려고 하던 쪽 남자를 그녀가 마음에 들어하지 않는다는 것을 알고, 그가 그녀를 데리고 오키나와로 도망을 와서 이곳의 중심지인 나하시에서 사진관을 운영하며 장남을 포함한 네 아이들을 낳아 키웠다.

장남 이사무는 결혼식을 하던 날 소집영장이 발부돼 진주만 공격에 투입됐다가 전사하고, 차남도 군대에 자원하여 입대해서 죽고, 장녀도 간호원으로 소집돼 갔다. 주인공 고이치도 공항의 활주로 건설을 위한 부역에 동원됐는데, 아내 미치코가 뒤늦게 임신한 딸을 출산했다. 부상병들로 넘쳐나던 병원에서 출산할 수 없게 돼 사탕수수밭 가운데 세워진 원두막에서 출산할 때 장녀가 도왔다. 그렇게 태어난 아이가 나중에 할머니가 돼서 손녀를 데리고 그 사탕수수밭으로 찾아오는 줄거리였는데, 잔잔하게 흐르던 배경음악이 인상적이었다.

1
사르락 사르락 사르락
널다란 사탕수수밭은
사르락 사르락 사르락
바람만 불어가고 있을 뿐

오늘도 바라보이는 끝까지
푸른 파도가 일렁거려요
한여름 태양 아래

2
(앞 소절 반복)
옛날에 바다 저편에서
전쟁이 시작됐어요
한여름 태양 아래

3
(앞 소절 반복)
그날 빗발치던 총탄에 맞아
아버지가 죽었어요
한여름 태양 아래

.

.

.

.

.

.

10

사르락 사르락 사르락
잊을 수 없는 슬픔이
사르락 사르락 사르락
파도처럼 밀려와요
바람아, 슬픈 노래를
바다로 돌려보내 다오
한여름 태양 아래

11

사르락 사르락 사르락
바람에 눈물은 말라도
사르락 사르락 사르락
이 슬픔은 끝이 없어요.

지금도 자전거를 타고 내려가며 바라보는 사탕수수밭 한 귀퉁이에서 이 노래를 부르며 서 있는 소녀가 보이는 것 같다. 그리고 이 사탕수수밭에도 당시에 사람들이 죽어 가면서 흘렸던 핏자국이 남아 있을 것 같기도 하고, 그래서 지금 이십여 명의 사람들이 자전거를 타고 줄지어 가는 밭 가장자리에 아칸바나의 꽃송이들이 빨갛게 만개해서 향기를 풍기고 있다는 생각이 든다.

저만큼 관광객을 뒤따라가던 김명호가 뒤돌아보고 나에게 손을 흔들고, 조미숙도 돌아보고 이제 막 내리막길을 내려가는 선우 옥을 보고 힘차게 손을 흔들었다. 따사로운 햇살 아래 왼쪽에는 끝없이 펼쳐진 바다의 파도소리, 오른쪽에는 사탕수수밭을 일렁거리며 불어 가는 바람결을 느끼면서 달려가는 긴 자전거의 행렬이 장관이다. 식물공원이 5킬로미터 전방에 있다는 이정표가 길가에 서 있다. 아마, 거기에 가서 점심을 먹게 될 모양이다……."

거기까지 이수진이 읽었을 때, 대여섯 명의 다른 손님들이 떠들면서 가게 안으로 들어왔다. 이수진이 읽던 것을 멈추고 또 다시 맥주잔을 들고 한 모금 들이키자 다른 사람들도 잔을 기울였다. 송문이 이수진의 손에서 문예지를 낚아채고서 그 자신의 소설을 읽어 나갔다.

"그다음에 관광객들을 뒤따라 식물공원에 가서 점심을 먹고 이런저런 꽃들을 구경했는데, 거기에 세상의 모든 꽃들이 다 모여 있는 것 같았다. 아칸바나도 여러 품종으로 개량돼 큰 대접만 하게 피어 있는 것들도 볼 수 있었다. 거기를 둘러보고 사진도 찍고 하면서 두세 시간을 보내는 동안에 모토부에서 우리 뒤에 배를 타고 온 사람들이 들이닥쳤다. 그 사람들까지 가세하여 오십여 명에 가까운 사람들이 자전거 행렬을 이루게 되었다.

나와 그녀는 다른 사람들과 함께 움직이는 것이 번잡한 것 같아서 십여 호가 모여 있는 마을에 가 보기로 했다. 그 마을에도 집집마다 둘러쳐져 있는 생나무울타리에 아칸바나가 빨갛게 만개해 있었다. 사람들은 모두 다 고기를 잡으러 가거나 논밭으로 나갔는지 빈집마다 개와 고양이들만 집을 지키고 있었다. 산비둘기들이 마당 가운데 앉아서 햇볕을 쬐고 있는 집들도 있었다. 한 할머니가 마당에 비질을 하고 있던 집 앞에서 그녀가 인사를 했더니 반가워했다. 나와 그녀가 집 안으로 들어가서 물을 얻어 마셨다.

그 할머니가 우리에게 좀 쉬어 가라고 한 말을 듣고, 그녀가 할머니와 마루에 앉아서 한국 얘기를 해 주는 것 같았다. 할머니는 신기한 듯 듣고 있었다. 나와 그녀가 떠나려고 하자 할머니는 먼 곳에서 왔으니 하루 저녁 머물고 가라는 말까지 했다. 며칠 안 남은 신정 때 나고시청에서 공무원으로 근무하고 있는 딸이 돌아온다고 해서 집안과 방을 깨끗이 청소해 놓았다고 했다. 나는 내일 한국으로 떠나야 하기 때문에 돌아가지 않으면 안 된다고 하자 할머니는 몹시 서운하게 생각하는 것 같았다. 그 집을 나오면서 그녀가 오키나와 사람들은 모두 다 예전의 한국 시골 사람들처럼 인정이 많고, 마음이 따뜻하다고 했다.

그 마을을 떠나오면서 뒤돌아보니 해마다 몇 차례씩 불어오는 태풍 때문인 듯 낮으막하게 지어 놓은 할머니의 집 빨강 기와지붕에서 서쪽으로 기울기 시작하던 석양빛이 흘러 내리며 생나무울타리의 아칸바나 꽃송이들을 더욱 빨갛게 물들였다.

그녀가 나에게 이에지마에서 모토부로 돌아가는 배 시간이 어떻게 되는가를 물었다. 나는 마지막 배가 6시에 떠난다고 말했다. 내가 아침에 모토부 선착장에서 승선 티켓을 구입하면서 물어봤을 때, 창구의 직원이 그렇게 대답했다. 우리가 그 할머니의 집에서 나오던 때가 4시 반쯤이었기 때문에 부근의 모래사장도 천천히 둘러본 후 자전거를 대여점에 반납하기 전에 여객선터미널로 승선 티켓을 구입하러 갔다.

그런데 이에지마에서 모토부로 돌아가는 마지막 배는 5시에 떠났다고 하는 말을 듣고 어처구니가 없었다. 일본말을 잘 알고 있던 그녀에게 확인해 보라고 했다. 분명히 5시에 마지막 배가 떠났다는 것이다. 그리고 모토부에서 6시에 마지막 배가 이에지마에 왔다가 내일 아침 5시에 모토부로 돌아간다는 것이었다. 나는 할 말을 잃었다. 그녀도 이제 어떻게 하느냐며 발을 동동거렸다. 아침에 모토부 선착장에서 어줍잖은 영어로 물어봤을 때 창구의 직원이 내 말뜻을 알아들은 것 같았고, 그 직원은 나름대로 분명하게 대답했는데 내가 잘못 알아들은 모양이었다.

그렇게 되니까 선택의 여지가 없었다. 자전거 대여점에

가서 내일 새벽에 자전거를 반납하기로 하고 맛있는 먹을 거리를 사 가지고 할머니의 집으로 돌아가는 수밖에 없었던 것이다. 그 할머니는 매우 기뻐했다. 객지에 나가서 살던 아들과 며느리가 돌아온 것처럼, 딸과 사위가 돌아온 것처럼 저녁밥을 준비해야 된다면서 냉장고 안에 있던 모든 것을 꺼내 놓았다. 그것도 모자란다는 듯 이웃집으로 뭘 얻으러 간다면서 분주하게 왔다 갔다 했다. 그녀가 부엌에서 할머니를 도왔다. 집안의 모든 전등을 켜 놓고 온 집안을 환하게 밝혔다…….”

갑자기 맥주집 홀이 소란해지기 시작했다. 또 다시 몇 명의 젊은이들이 들어와서 떠들어대고 있었다. 송문은 그냥 자리에서 일어나자고 했다. 이수진이 소설의 끝 부분을 읽어 봐야 한다면서 그가 읽다 만 나머지의 부분을 또박또박 읽었다.

“보름달 빛 아래 펼쳐진 잔잔한 바다 위로 은비늘을 반짝거리며 뛰어오르는 물고기들을 바라보면서 나는 그녀와 모래밭 위에 나란히 앉아서 할머니가 마셔 보라면서 건네 준 그 지방의 토속주를 마셨다. 이름을 알 수 없는 술맛이 독하고 진했다. 이국의 바닷가에서 만나게 된 고국의 여자와 달빛 아래 앉아서 주고받은 이야기에 취하고 술에 취해서 온 세상이 우리 둘만의 것처럼 여겨졌다.

‘오늘 밤이 내 이목구비가 생겨난 이후로 가장 행복한 순간입니다. 귀는 파도소리, 눈은 달빛 아래 반짝이는 물결, 입은 처음으로 맛보는 술맛, 코는 아칸바나의 향기에 취해요. 게다가 선우 옥 씨까지 내 옆에 앉아 있으니 말이에요.'

'서운하네요. 나보다 파도소리, 달빛 아래의 물결, 술맛, 아칸바나의 향기가 더 좋다는 말이죠?'

'아니지요. 모든 것이 다 있더라도 선우 옥 씨가 없다면 뭐라고 할까요? 소위, 앙코 없는 찐빵이라고 했던가요? 하하하……!'

'남자와 여자가 참 묘해요. 왜 남자는 남자로 태어났고, 여자는 여자로 태어난 것일까요?'

'사실은 사람의 귀가 귀 자체만을 위해서 생겨난 것이 아니고, 눈도 눈 자체만을 위해서 생겨난 것이 아니고, 입도 입 자체만을 위해서 생겨난 것이 아니고, 코도 코 자체만을 위해서 생겨난 것이 아니고 몸 전체를 위해서 생겨났지요.

그렇게 모든 것이 그 자체만을 위해서 생겨난 것이 아니라 몸 전체를 위해서 생겨난 이목구비를 갖추고 있는 사람도 그 자신만을 위해서 존재하는 것이 아니라 누군가를 위해서 존재하지요. 결국 남자가 여자를 위해서 존재하고, 여자도 남자를 위해서 존재하는 거예요. 그것은 남자와 여자의 신체적인 구조를 생각해 보더라도 부정할 수 없는 진리입니다.'

그녀는 수년 전에 사랑하던 남자 때문에 죽음을 택할 수

밖에 없었던 언니가 생전에 가르쳐 준 노래라고 하면서 해조곡을 불렀다. 그녀가 노래를 부를 때 밤바다 위로 몇 마리의 갈매기들이 날았다. 나는 그녀의 노랫소리를 들으면서 마신 몇 모금의 술에 취기가 느껴졌다. 그녀와 앉아 있는 바닷가에는 소금기뿐만 아니라 등 뒤쪽의 마을에 만개해 있던 아칸바나의 향기가 달빛처럼 가득했다. 그녀의 노래가 꽃향기로 흘렀다. 손에 들고 나왔던 카메라로 그녀의 청초한 모습을 담아 보고 싶었지만, 초점이 잡히지 않았다. 모래사장에 밀려들던 잔물결 소리도 꿈속처럼 아득하게 멀어져 가는 것 같았다…….”

박혜미가 빈정거리는 말투로 이었다.

“그래서 할머니의 집으로 돌아가서 여자와 밤을 새웠다고 하면서 소설이 끝났지요?”

“무슨 소리를 하는 거야? 그녀는 할머니와 함께 잠을 잤고, 나는 할머니의 딸이 연말에 돌아와서 머물게 될 방에서 잠을 잔 후 새벽에 일어나 모토부로 돌아오던 배 위에서 그녀와 함께 성탄절의 여명 속에 흔들리던 이에지마에 하늘의 축복이 충만하기를 기도했다면서 끝났지!”

그렇게 송문이 마무리했다. 그러자 조민성이 넘겨짚었다.

“소설의 내용으로 볼 때 송 형과 그 여자가 함께 밤을 새운 경험이 없었으면 그렇게 쓸 수 없었을 텐데요?”

발행인까지 조민성의 생각에 일리가 있다면서 거들었고, 세 여자들도 섬씽이 있었던 게 분명하다고 우겨댔다. 그리고 안정숙이 김명호 오빠는 오키나와에서 만났던 여자와 요즘에도 자주 만나고 있는 것 같다고 말했다.

"내가 이에지마에서 마지막 배를 놓치고 다음날 아침에 모토부로 돌아온 것은 사실이지만, 그것은 거기에 도착해서 김명호와 그녀들과 헤어진 후 나 혼자 해변에서 낚시를 하던 사람과 배를 타고 바다에 나갔다가 늦게 돌아오게 된 까닭이었어. 그래서 그날 저녁에 혼자 이에지마에 남았는데, 저녁에 민박집 앞 모래사장에 앉아서 수평선 위로 떠오르던 보름달을 바라보며 한국에 돌아가면 이에지마와 아칸바나를 소재로 해서 소설 한 편을 써 보겠다고 생각했던 것이지."

그렇게 송문이 자초지종을 털어놓으면서 마무리를 한 후 모두 다 자리에서 일어났다. 송문이 자신의 아파트에 돌아온 시각은 밤 11시경이었다. 아파트의 문을 열자 깜깜한 방안에서 그가 두고 나갔던 휴대폰이 요란하게 울리고 있었다. 현관의 불을 켜고 신발을 벗으며 방안으로 뛰어 들어가 전화를 받자 어떤 여자의 목소리가 들렸다.

"문필시대의 축하모임은 어땠어요?"

"예, 축하모임은 즐거웠지만 누구신지요?"

"아마, 기억 못 하실지도 모르겠네요. 벌써 5년이 지났으니까요. 송문 작가님을 오키나와에서 만났던 여자예요. 모토부에서 이에지마로 가던 배 위에서 만났는데 기억나지 않으세요?"

"혹시 선우 옥 씨라고 했던 분인가요?"

"예, 맞아요. 기억해 주시네요. 송 작가님이 기억하지 못하실까봐 걱정했어요."

"그런데 오늘 저녁에 문필시대의 축하모임이 있다는 것과 내 전화번호는 어떻게 알았어요?"

"제가 한국에 돌아온 지 3년쯤 됐어요. 지금은 천안에서 살고 있고요. 지난봄에 서점에 들렀다가 문필시대에 작가님의 소설이 발표된 걸 봤어요. 오키나와의 꽃 이름인 아칸바나라는 제목이 제 눈에 들어와서 책장을 넘겨 봤는데, 작가님의 글이었어요. 얼마나 반가웠는지 몰라요. 게다가 저와의 만남을 소제로 삼아서 쓰셨잖아요. 감사했어요. 그리고 전화번호는 조미숙 언니와 김명호 오빠를 통해서 알게 됐어요."

"오히려 내가 감사해야지요. 그 소설이 선우 옥 씨에게 조금이라도 폐를 끼치게 되지는 않았는지 모르겠습니다."

"그런 건 없었어요. 그날 작가님이 이에지마로 가던 여객선 객실 안에서 잠깐 커피를 마시며 그러셨지요. 사람이 갖추고 있는 이목구비의 모든 것들이 그 자체들을 위해서 생겨난 것이 아니라 몸 전체를 위해서 생겨난 것이며, 그렇게 몸 전체를 위해서 생겨난 이목구비를 갖추고 있는 사람도 그 자신만을 위해서 존재하는 것이 아니라 누군가를 위해서 존재한다고 말이에요. 결국에는 남자가 여자를 위해서 존재하고, 여자도 남자를 위해서 존재하는 것이라고 하면서 남자와 여자의 신체적 구조를 봐서도 그것은 부정할 수 없는 진리라고 하셨어요.

제 마음속에서 그 말씀이 오래도록 지워지지 않아서 이후로 작가님을 수소문해 보고 싶었지만, 인연이 있으면 다시 만날 수 있을 것이라고 생각했는데 문필시대에 발표된 소설을 읽게 된 거예요. 오늘 저녁에 저도 그 자리에 참석해서 축하해 드리고 싶었지만 다음의 기회로 미루고, 지금 늦은 시간임에도 불구하고 이렇게 전화를 드리게 됐어요. 시간이 허락되면, 다시 한 번 오키나와로 작가님과 함께 가 보고 싶네요."

송문은 어리둥절했다. 지금까지 생각지도 않았던 여자가 자신의 말을 오 년이 넘도록 기억하고 있다고 말하지 않는가?

"그러셨어요? 언제라도 선우 옥 씨가 서울에 올 기회가 있으면 연락해 주세요. 한번 만나보고 싶습니다. 아니, 내일 내가 천안으로 갈게요. 내일 만나기로 해요."

송문은 메모지에 그 여자의 전화번호를 받아 적었고, 가방에서 카메라를 꺼내 저녁의 모임에서 원로시인과 소설가들에게 보여 줬던 아칸바나의 꽃 사진을 다시 한 번 확인해 봤다. 카메라의 모니터 속에서 한 송이의 아칸바나가 노란색의 수술과 암술들을 살랑거리면서 그윽한 향기를 방안 가득히 채우고 있었다. 그 자신의 소설 속 이에지마의 달빛 가득한 바닷가에서 그녀가 불렀던 해조곡의 멜로디까지 어디에선가 감미롭게 들려오고 있는 것 같았다.

백 년 만의 재회

한두 해 전부터 재개발의 소문이 떠돌기 시작한 서울 용산구 청파동 시장 입구의 골목길에 공인중개사 사무실들이 늘어서 있다. 'ㅅ부동산'의 컴퓨터 앞에 앉아서 인터넷 서핑을 하고 있던 나는 원주 K대학교 홈페이지에서 영문과 교수소개를 클릭해 보고 놀랐다. 거기에 김민지가 조교수로 올라와 있었다. 대구의 모 대학교에서 박사학위를 받고 몇 해 전 수필가로서 등단했다는 이력이 소개돼 있었고, 사진 속의 모습이 예전과 다름이 없었다. 그녀와 나는 대학원에서 함께 공부했고, 졸업 후 결혼까지 생각한 사이였다.

나는 평소보다 일찍 사무실의 문을 닫고 서점에 가서 그녀의 수필집 세 권을 사 와서 밤늦도록 읽었다. 다음날도 계속해서 읽었는데, 그 수필집 가운데 대학원 1학기가 끝나던 날 저녁에 종강회식을 마치고 귀가하다가 호프집에 들러서 맥주 한 잔을 마시며 인간의 마음이 어떻다느니 우주가 어떻다고 한 내 이야기도 실려 있었다. 그리고 작년에 출간한 수필집에는 결혼하지 않은 여자의 행복에 대한 내용도 포함돼 있었다.

그녀의 수필집을 다 읽고 난 후 나 때문에 그녀가 아직까지 결혼하지 않았을지도 모른다는 생각이 들었다. 그녀가 결혼하지 않은 여자의 행복을 이야기한 수필에서 삶에 초연할 수 있다고 했지만, 대부분의 여자들이 가정을 이루고 아이들을 키우며 웃고 울면서 살아가는 본질적인 삶의 의미가 빠져 있는 것 같아서 내 마음속 어딘가에 균열의 통증이 느껴졌다.

당장에 원주로 내려가서 그녀를 만나보고 싶었지만, 한편으로는 나 자신이 죄인 같은 생각이 들기도 했다. 그래서 그녀를 만날 수 없겠다고 생각을 바꿨다. 그러나 그녀와 함께 공부하며 오가던 곳들만이라도 한 번 둘러보고 싶은 생각은 쉽게 가시지 않았다.

현재 공인중개사 사무실에서 드물게 찾아오는 손님을 기다리며 살고 있는 나 자신의 입장을 생각해 보면, 선뜻 원주로 내려갈 용기가 나지 않았다. 이제는 대학교수인 그녀와 비교할 수 없는 신분의 간극이 생겨서 그 사이를 건너뛸 수 있는 자신이 없었던 것이다. 그런 현실적인 생각으로 그녀를 만나보고 싶은 생각을 접었다.

그런데 두어 달 후 또 다시 서점에 들렀다가 문예지 코너에서 그녀의 사진이 클로즈업 된 문예지가 서가에 꽂혀 있는 것을 보았다. '○○수필'이라는 잡지에 그녀가 작가특집으로 수록돼 있었다. 그 잡지의 속표지 두 장에 그녀의 사진 열두 장이 실렸고, 신작 수필과 작가 인터뷰 그리고 작가론이 실려 있었다. 그 사진들 가운데 예닐곱 살쯤 돼 보이는 여자아이와 손을 잡고 서 있는 모습도 있었다.

나는 그녀의 딸일까라고 의아하게 생각하면서 사진 속의 그 아이를 쳐다보는데, 그 아이가 그녀를 닮은 것 같기도 하고 그렇지 않은 것 같기도 했다. 작가 인터뷰를 읽어 봤다. 마지막 부분에서 대담자가 물었다.

"여자의 입장에서 결혼을 어떻게 생각하세요? 결혼은 해도 후회하고, 안 해도 후회하게 되니까 하고 후회하는 게 낫다는 말도 있습니다만……."

"글쎄요. 사랑하는 사람이 있으면서도 결혼하지 않는다는 것은 이해할 수 없어요."

그녀의 대답은 간단했다. 이어서 올해에는 안식년을 맞이해서 미국에 교환교수로 가 있을 예정이라면서 끝났다.

나는 작가특집을 읽고 난 후 갈피를 잡을 수 없었다. 며칠 동안 곰곰이 생각해 본 후 잡지에 실린 사진들 가운데 여자아이와 손을 잡고 서 있는 모습도 있었던 것으로 미루어 봐서 그녀가 결혼했을 것이라는 결론을 내렸다.

그래서 나 때문에 그녀가 결혼하지 못했을 것이라는 죄책감은 사라지고 한 번쯤 못 만나 볼 이유가 없다고 생각했는데, 더구나 그녀가 올해에는 안식년을 맞이해서 미국에 가 있을 예정이라고 했으니까 내가 원주에 내려가서 모교를 한 번 둘러보더라도 그녀와 만나게 될 가능성은 없을 것 같았다.

그런 생각으로 오늘 새벽에 청량리역에서 새마을호 기차를 타고 원주에 내려와서 오후에 느긋하게 캠퍼스로 들어서다가 입구에서 그녀와 맞닥뜨리고 말았다. 신학기의 설렘이 목련꽃으로 만발해서 향기를 풍기고 있던 교문으로 들어설 때의 감회가 새로웠다. 나는 학교 앞 시내버스정류장에서 버스를 내려 백여 미터 걸은 후 캠퍼스 왼쪽에 있는 문리대의 건물을 쳐다보면서 정문으로 들어서고 있었는데, 그녀가 종종 걸음으로 걸어 나오다가 나와 부딪쳐서 놀라던 소리에 수위실에서 수위가 유리창을 열고 내다봤다.

"어, 민지 씨! 아니지, 김 교수님 아니세요?"

"조 선생님?"

그녀가 수위실에서 내다보던 수위를 돌아보며 재빠르게 말했다.

"괜찮아요. 오늘 만나기로 한 분이에요."

수위는 어리둥절한 표정으로 창문을 닫았고, 오가는 학생들이 힐끔힐끔 쳐다봤다. 마침 그때 교문 밖으로 나가던 택시를 세운 후 그녀를 뒷좌석에 태우고, 나도 뒷자리에 앉았다. 아무래도 원주에서는 그녀를 알아보는 사람들이 많을 것 같다는 생각이 들어서 택시기사에게 영주까지 가 달라고 부탁했다. 그곳은 내가 다녔던 전문학교가 있던 곳으로 대학원 재학 때 그녀와 한두 번 가 본 적이 있었다.

*

지금 염소들이 흩어져서 새파랗게 돋아나는 풀잎을 뜯고 있는 영주천 둑 위로 저녁노을을 바라보며 나란히 걷고 있는 나와 김민지는 헤어진 후 몇 십 년 만에 만났다.

내가 점촌에 있던 농업고등학교를 졸업하고 대학에 진학하려고 시도해 봤지만 정규대학에 들어가지 못하고 전문학교에 입학하여 공무원시험을 준비했다. 그러다가 대학까지 졸업하지 않으면 안 되겠다는 생각을 하게 돼 편입학시험을 준비하게 됐다. 그래서 서울 소재의 몇몇 대학에 응시해 봤지만 합격하지 못하고, 결국 원주 K대학교 행정과에 편입해서 행정고시를 준비했다.

그렇게 행정고시를 준비하게 된 것은 내 뜻이 아니었다. 그해에 내가 편입학했던 대학교에서 장학사를 설립하여 우수한 학생들 몇 명을 선발하여 고시공부를 할 수 있도록 배려했다. 그 대학교에서 그런 학생들에게 침식을 제공하며 공부를 시켜서 사법고시나 행정고시에 합격시키면 학교의 발전에 보탬이 된다는 취지였다.

다른 재학생들도 장학사에 들어가서 공부하기 위하여 준비했던 모양인데, 행정과에서는 나 혼자만 들어갈 수 있었다. 거기에 사법시험을 준비하던 학생과 대학원생들 몇 명이 함께 들어가서 공부했다. 내가 그 장학사에 들어갈 수 있었던 것은 다른 학생들보다 영어 실력이 좀 나았기 때문이다.

그래서 내가 행정고시를 준비하게 됐지만, 자신감은 없었다. 전공과목들에 대한 실력이 전무한 상태였다. 날마다 노력하는 만큼 진척도 없어서 중간에 포기할 수밖에 없었고, 대신에 내 영어 실력은 남다르다는 자만심으로 영문학을 공부해 보겠다고 생각했다.

본래 나는 중학교 때부터 영어과목을 싫어했고, 성적도 모든 학과목들 중에서 가장 나빴다. 그것이 원했던 고등학교에 진학하지 못하고 정규대학에도 입학하지 못한 가장 큰 원인이었다. 그렇지만 내가 전문학교에 입학한 후 정규대학에 편입하기 위해서 영어를 공부하지 않을 수 없었다.

당시에 전문학교를 졸업하고 정규대학에 편입하기 위해서는 문교부에서 실시하던 편입학검정고시라는 것이 있었는데, 영어와 국어 그리고 전공 한 과목을 포함한 세 과목만 합격하면 됐지만 영어가 관건이었다. 그래서 토플 책 한 권을 표지가 닳도록 공부했다. 날마다 미친 사람처럼 앉으나 서나 영어단어를 중얼거렸다. 그렇게 공부해서 편입학검정고시에 합격하고 원주 K대학교에서 행정고시를 공부하게 된 것이다.

그렇게 내가 장학사에 들어가서 공부할 수 있었지만, 경제원론이나 헌법 혹은 국사 같은 과목의 기본이 돼 있지 않았기 때문에 진척이 있을 수 없었다. 농업고등학교에서 제대로 인문과목을 공부하지 못했고, 전문학교에서도 영어밖에 공부한 기억이 없었기 때문에 대학교 3학년에 편입하여 공부를 시작해 봤자 한두 해 공부하여 합격할 수 있었던 행정고시가 아니었다.

부모님은 아들을 전문학교까지 공부시키는 것만으로도 힘에 부쳤다. 이집 저집에서 빚을 얻어 뒷받침하느라고 해마다 소작농 몇 마지기의 농사를 지어서 이자도 못 갚았다. 그런 집안의 사정을 나도 잘 알고 있었기 때문에 부모님 앞에서 등록금은 얘기조차 제대로 꺼내지 못했다. 전문학교를 졸업하고 공무원이 될 수 있도록 노력해 보는 것이 옳았다. 아버지는 그런 사정을 알고 있다는 듯 내가 어렵사리 돈 얘기를 꺼내면 동네의 집집마다 돌면서 빌려다 주었다. 그러면서 한두 해만 고생하면 아들이 고위직 공무원이 되기라도 하는 양 온갖 어려움을 참았다.

그런데 4학년 마지막 등록금을 납입하고 2학기가 시작된지 얼마 지나지 않아서 장학사에서 내 스스로 나오고 말았다. 그 학기가 끝나고 졸업하면 나는 군대에 입대하지 않을 수 없었고, 그러면 남을 게 아무것도 없다고 생각했다. 그래서 마지막 한 학기 동안 대학원 진학을 준비해서 합격해 놓고 입대할 예정이었다. 대학원에 진학하더라도 행정고시를 공부하기 위해서 진학하겠다는 것이 아니라 영문학을 공부해 보고 싶었다. 그래서 내 나름대로 두어 달 공부해서 몇 군데 대학원 입학시험에 응시해 봤지만 적지 않은 수수료와 교통비만 허비했다.

그렇게 대학을 마치고 군대에 입대했다. 운이 나빴던 것인지, 좋았던 것인지 모르겠지만 신병교육과 통신병교육을 받고 교육사단 예하의 대대로 배치돼 몇 달 동안 근무하다가 위장병으로 국군통합병원에 입원하여 후송병의 신세가 됐다. 그 병원 X레이 촬영실의 암실에서 필름을 인화하면서 병원생활을 했다.

내가 대학교를 졸업하고 군대에 입대해서 다른 병사들보다 나이가 많았고, 영양상태도 양호하지 못한 몸으로 군 생활이 어렵다고 판단한 군의관의 배려가 있었을 것이라고 나중에 짐작했다. 어쩌면 군의관이 그렇게 배려해 준 까닭은 내 거짓말 때문이었는지도 모른다. 내 몸이 허약했던 것은 사실이지만, 그때 서울 소재의 Y대학교 대학원 영문과에 등록해 놓고 입대했다고 말했던 것이다. 어쨌든 군복무기간의 대부분을 후송병 생활로 보냈기 때문에 제대 후 남자들끼리 술자리에 어울려서 군대 얘기가 나올 때마다 꿀먹은 벙어리처럼 할 말이 없게 됐다.

그때 나는 병원에서 생활하면서 또 다시 대학원 진학준비를 했다. 제대하면 꼭 대학원에 진학해서 영문학을 공부해 보고 싶었던 것이다. 대학교에서 영문학 강의를 한 번도 들어본 적이 없었던 나로서는 무모한 도전이 아닐 수 없었다.

그렇게 군 생활을 마치고 제대를 한 때가 연말이었다. 내 나름대로 대학원 진학을 위해서 준비했지만, 이미 모든 대학원에서 신학기의 신입생 모집은 끝난 상태였다. 혹시 모교의 대학원은 어떨지 모르겠다는 생각으로 전화를 해 봤더니 2월 초에 신입생모집이 예정돼 있다고 했다. 그 모집 기간에 입학원서를 접수하러 가서 학부 때 공부했던 장학사 사감에게 인사라도 해야 되겠다는 생각으로 찾아갔더니 반갑게 맞이해 주었다. 그는 나와 함께 공부했던 학생들 가운데 당시의 대학원생 1명이 행정고시에 합격하여 시청에서 근무하고 있다고 말했다.

그러면서 앞으로 나는 어떻게 할 예정이냐고 물었다. 그래서 내가 본교 대학원 영문과에 입학원서를 제출하러 왔다고 했더니 그 사감이 영문과 학과장한테 잘 얘기해 보겠다고 말해 주었다. 그 덕분인지 모르겠지만, 내가 대학원에 입학할 수 있었다. 그것이 김민지라는 한 여자의 운명을 결정지은 동기가 됐는지 모른다.

*

대학원에 입학해서 수업이 시작됐는데, 교수가 영미 시

를 읽고 비평문을 써 오라느니 변형생성문법의 원서를 번역해 오라고 하는 숙제 등을 나 혼자서는 해결할 길이 없었다. 그때까지 나는 한 번도 들어본 적이 없었던 말들이었다. 난감했다. 그래서 영문과 조교를 하면서 대학원에 함께 입학했던 그녀의 신세를 지지 않을 수 없었다. 신입생들 가운데 그녀 이외에도 세 명이 더 있었고, 선배들도 서너 명 있었다. 그들은 모두 다 가정을 이루고 학교 선생님이나 공무원 등 비교적 안정된 생활을 하고 있었다.

나는 다음 주의 수업준비 때문에 난감해질 때마다 조교실로 찾아가서 그녀에게 어떻게 준비해야 되느냐고 물었다. 그럴 때마다 어떤 책을 보라고 하면서 그녀 자신의 서가에 꽂혀 있던 책들 가운데 해당되는 책들을 뽑아서 건네주거나 어떻게 준비하면 된다고 소상하게 가르쳐 주었다. 교수에게 리포트를 제출하기 전에 먼저 그녀에게 검토를 부탁하기도 했다. 그러면 그녀가 내 리포트의 잘못된 부분을 수정해서 돌려주었다.

그렇게 한 주 두 주 수업이 진행됐고, 종종 수업이 끝난 후에는 교수와 학생들이 저녁을 함께 먹는 경우도 있었고 밤늦게까지 술을 마시게 되는 때도 있었다. 그럴 때면 교수와 학생들이 처녀와 총각이었던 그녀와 나를 부추기면서 서로 잘해 보라는 농담을 하기도 했다.

그때는 우리 집안의 사정이 내가 대학교에 다닐 때보다는 좀 나아진 형편이었다. 바로 아래의 남동생이 상고를 졸업해서 농협에 취직해 있었고, 부모가 큰아들을 대학교까지 공부시키느라고 동네의 이집 저집에서 빌렸던 빚도 조금은 정리돼 있었다. 그래도 어머니는 집안의 사정을 생각하지 않고 공부만 한다고 나를 나무랐다. 아버지의 연세가 많아서 더 이상 농사일을 계속할 수 없다고 했다. 그런 부모님한테 나는 대학원 입학금만 어떻게 해 주면 더 이상 도와달라고 하지 않겠다고 다짐했다.

그래서 나는 수업의 진도를 따라잡기 위해서 허둥대면서도 일자리를 알아보지 않을 수 없었기 때문에 여기저기 수소문하여 모 일간지에서 발간하던 시사잡지의 구독자 확장 캠페인 기간에 아르바이트를 하게 됐다. 수업이 없는 날에는 '주간○○ 원주영업소'라는 간판이 걸려 있던 사무실로 출근해서 영업소장의 교육을 받은 후 팀장이라는 사람이 건네 준 전화번호로 전화를 걸어서 잡지를 구독해 달라고 사정하거나 밖으로 나가서 여기저기 구독자를 찾아다녔다. 그러다가 극장에 들어앉아서 본 영화를 보고 또 보기도 하면서 구독신청서 한 장 두 장을 받아 오는 날들도 있었다.

그렇게 한 학기가 끝나고, 종강이 있었던 날 저녁에 회식이 있었다. 그 회식이 끝난 다음에 교수와 다른 학생들의 배려가 있었던 까닭인지 모르겠지만, 나와 그녀 둘만이 같은 방향으로 귀가하게 됐다. 밤 10시경에 다른 사람들과 헤어진 후 그녀를 길가의 호프집으로 안내했다.

"딱, 맥주 한 잔만 마시고 가요."

"분위기가 아늑하고 조용하네요."

"여기에 앉죠."

주인이 시원한 물수건과 메뉴판을 들고 왔다.

"맥주 작은 걸로 두 잔하고, 안주는 과일로 주세요."

이미 나는 회식자리에서 소주 몇 잔을 마셔서 술기운이 있었지만 횡설수설할 정도는 아니었다.

"한 학기 동안 정말로 고마웠습니다. 민지 씨의 도움이 없었더라면 수업의 진도를 따라잡지 못했을 것입니다. 처음에는 아무것도 몰랐습니다. 초등학교에 다니는 아이가 대학원 수업을 듣겠다고 앉아 있는 것 같았습니다. 그런데 민지 씨가 이것저것 소상하게 도와줘서 무사히 한 학기를 마칠 수 있었습니다. 감사합니다."

"조 선생님은 학부 때 장학사에서 고시공부를 했던 걸로 아는데, 왜 그 공부를 계속하지 않고 영문학을 공부하게 됐어요?"

"굳이 이유를 대자면, 능력이 안 됐던 거죠. 운 좋게 장학사까지 들어갔지만, 워낙 숫자에는 맹이라서 경제원론 같은 과목은 아무리 노력해 봐도 이해가 안 됐습니다. 국사는 경제원론보다 더 어려웠습니다. 몇 년에 무슨 일이 있었고, 몇 년에 무슨 왕이 어떻게 됐다는 것 등을 암기하는 것은 어려웠을 정도가 아니라 아예 머릿속에 들어오지를 않더라고요.

그때 조금만 참고 노력했더라면 지금쯤 아무런 걱정 없이 잘 살고 있을지도 모르죠. 그러나 그때 그 공부를 그만둔 것을 후회하지는 않습니다. 그렇기 때문에 오늘 밤 이렇게 아름다운 민지 씨와 마주앉아서 맥주를 마실 수 있게 됐지 않았겠습니까?"

그녀는 실제로 미인이었다. 계란형 얼굴에 반달 같은 두 눈이 맑고, 코가 오똑하며, 입술이 도톰할 뿐만 아니라 신장과 몸매도 텔레비전에 나오는 탤런트들 못지않았다.

"오늘 날씨가 몹시 더웠죠? 그런데 저녁이 돼서 이런 데 앉아 있으니까 시원하네요."

그녀는 내 지난날에 대한 것을 괜스레 물어봤다고 생각하는 표정으로 관심을 돌리려는 듯 그렇게 말했다.

"처음이라서 어려움이 많았겠지만, 한 학기 동안 영문학을 공부해 보니까 어땠어요?"

"처음에는 내가 잘못 선택했구나 싶었습니다. 그런데 한두 번 수업준비를 하면서 해 볼 만한 공부라는 생각이 들었습니다. 민지 씨가 도와준 덕분이기는 했지만 말입니다."

나는 맥주 한 모금을 마시고 잠깐 뜸을 들인 후 의자를 앞으로 당겨서 앉으며 말을 이었다.

"지금 조용하게 들리고 있는 저 음악소리에 의도적으로

귀를 기울이지 않으면 들리지 않을지도 모릅니다. 우리가 방안의 벽시계 소리를 의식하지 않으면 듣지 못하듯이 말입니다. 마찬가지로 저 출입문 위에 매달려 있는 마른 명태도 우리가 의식적으로 쳐다보지 않으면 시선을 그쪽으로 향하고 있더라도 보이지 않습니다. 그렇다면 우리가 감각적으로 인식하는 모든 것들이 우리의 의식 속에 있다는 뜻이 됩니다. 우리 마음속에 그런 것들이 없으면 인식하지 못하게 되니까요. 결국에는 우리의 마음속이 우주라는 말입니다.

언제부터인가 이런 생각을 하게 됐으니 경제원론이나 헌법 혹은 국사 같은 과목의 공부가 제대로 될 리가 없었던 것이지요. 학부 때 고시공부를 단념하게 된 것은 당연했습니다. 그리고 문학 쪽으로 관심을 가지고 영문학을 공부하게 된 것은 피할 수 없었던 선택이었습니다. 그런데 앞길은 막막합니다."

내가 영문학을 공부하게 된 배경을 듣고 의외의 말을 들었다는 듯 그녀의 표정이 바뀌었다.

"조 선생님의 생각이 그만큼 깊은 줄 몰랐어요. 지금 선생님이 얘기한 우주와 인간의 일체에 대한 얘기는 내가 전공하고 있는 셰익스피어의 작품에서도 읽어 보지 못했어요. 지금까지 읽어 본 어떤 책에서도 그만큼 놀라운 내용을 읽어 본 기억이 없어요."

"이런 데 와서 쓸데없는 얘기를 꺼내서 죄송합니다. 민지 씨가 내 자신을 좀 더 이해해 줬으면 좋겠다는 생각이 들었을 뿐입니다."

"아니에요. 앞으로 어려움이 있더라도 문학공부를 열심히 해 보면 좋은 결과가 있을 거예요. 조 선생님이 영문학을 공부해 보려고 생각한 것은 절대로 잘못된 것이 아니에요. 잘 선택하신 거예요. 제가 도와드릴 수 있는 것이 있으면 무엇이든지 도와드릴게요. 열심히 노력해 보세요."

그녀는 맥주 한 모금을 마신 후 안주로 나온 수박조각을 베어 물면서 달콤한 맛을 음미하는 듯했다.

"감사합니다. 드디어 내 인생의 유일한 후원자가 생긴 것 같습니다. 민지 씨의 얘기를 들으니까 용기가 생깁니다. 우리 건배해요."

"예, 그래요. 정말로 좋은 시간이에요. 조 선생님의 문학을 위하여……!"

우리는 잔을 맞들어 부딪쳤다. 그때 환한 미소를 띠었던 그녀의 얼굴이 오랫동안 기억에 남았다.

그날 저녁에는 그렇게 맥주 한 잔씩을 마시고 헤어졌다. 평소에 술을 마시지 않던 그녀가 맥주잔을 비우고 약간의 취기를 느끼는 것 같았다. 내가 그녀의 집까지 바래다주겠다는 것을 사양하고 택시를 타고 자정이 가까운 시간에 귀가해서 그녀의 어머니로부터 밤늦도록 돌아다닌다며 꾸중을 들었다고 나중에 우리가 다시 만났을 때 말했다.

이후로 우리는 서로가 아무런 거리낌 없이 마음속의 생각들을 주고받을 수 있을 만큼 가까워져서 2학기와 3학기가 지나고, 마지막 4학기가 됐을 때에는 은연 중 결혼까지 생각하게 되었다.

그러나 졸업 후의 내 진로가 불투명했다. 대학원 공부를 시작할 때에는 경제적으로 부모님의 도움을 받지 않겠다고 다짐했지만 매학기마다 등록금 얘기를 꺼내지 않을 수 없었고, 시사잡지의 구독자를 확보하는 아르바이트가 생각만큼 쉽지 않아서 생활비도 집에서 보내 주지 않으면 안 됐다.

그래서 마지막 학기였던 4학기에 졸업논문을 쓴다는 핑계로 빈둥거리고 있을 처지가 못 됐다. 지도교수는 내가 졸업하면 시내의 대입학원에서 영어과목을 강의할 수 있지 않겠느냐고 했지만, 그것도 확정적인 것은 아니었다. 졸업논문을 쓴다고 하더라도 논문심사를 거치고 인쇄해서 제본하는 데에도 적지 않은 돈이 들어갈 것이라고 생각하니까 부담스러웠다.

그래서 나는 졸업논문을 미루고 원주를 떠나기로 마음먹었다. 어머니한테 서울에 살고 있는 외삼촌댁에 몇 달 동안만 가 있게 해 달라고 떼를 썼다. 그 기간에 무슨 짓을 해서든지 살길을 찾겠다는 생각이었다. 그녀는 내 생활터전이 잡힐 때까지 기다리겠다고 말했다.

나는 결혼부터 해 버리고 싶은 생각도 없지 않았다. 그렇지만 그렇게 불투명하게 사회생활을 시작하고 싶지 않았고, 그녀도 대학원까지 졸업하게 된 입장에서 장래가 불투명한 남자와 결혼한다는 사실을 다른 사람들에게 이야기할 수 없었던 처지였다. 그녀의 부모도 무남독녀를 키워서 대학원까지 공부를 시켰으니까 자랑스러운 사윗감을 맞이하고 싶었다. 이런저런 이유들로 인하여 나는 원주를 떠나서 상경하게 됐다.

서울에 와서 거처하게 된 외삼촌댁은 옥수동 산동네에서 편물공장을 하고 있었다. 마당도 없는 비좁은 집안에 편물기계 몇 대를 세워 놓고 사람들이 서너 명 붙어 서서 하루종일 쯔으윽 짜아악 하는 소리와 볼륨껏 틀어 놓은 라디오 소리를 들으면서 스웨터 같은 것을 짜 냈다. 그 일은 밤낮이 없었다. 날마다 저녁에 11시가 넘어서 잠자기 위하여 몇 시간쯤 조용했을 뿐 새벽부터 그 일은 또 시작됐다.

방도 두 개뿐이어서 내가 방 하나를 차지하게 되니까 중학교 1학년과 초등학교 4학년이었던 외사촌 동생들이 공부방을 잃었다. 그 동생들에게 공부를 가르쳐 주겠다고 했지만, 아이들이 원하지 않은 것 같았다. 하루라도 빨리 그 집을 나오기 위해서 노력하지 않을 수 없었다.

어느 날 신문광고를 보고 찾아간 종로3가의 허름한 건물에서 침을 튀기며 강의하던 강사로부터 인생교육을 받고 동화책을 들고 나가서 성남이나 수원 등지로 돌아다니며 외판원 노릇을 해 봤고, 중·고등학생이 있는 가정에 전화를 걸면서 학습지 영업도 해 봤지만 양쪽 다 한 달을 못 버텼다.

그렇게 서울에서 이삼 개월을 보내고, 연말쯤에는 의정부에 있던 소규모 외국어학원에서 영어독해 강의를 맡을 수 있었다. 매월 영문판 교양잡지의 독해를 강의했는데, 내용에 감동적인 부분들이 있기도 해서 여남은 명의 수강생들이 있었다.

그렇다고 원주에 있던 김민지에게 전화로 앞날의 설계를 얘기할 수 있는 입장은 아니었다. 차일피일 미루다가 한 달이 가고, 두 달이 지나갔다. 학교를 졸업한 그녀는 나름대로 순조롭게 사회생활을 시작했을 것이라고 생각하니까 나 자신이 초라하다는 생각을 떨쳐 버릴 수 없었다. 그렇게 시간이 갈수록 그녀에 대한 생각은 멀어져 갔다.

그러면서 외국어학원의 원장 딸과 가까워지게 됐다. 그 해에 대학교 4학년이었던 원장의 딸이 영어숙제를 해결해 달라고 부탁해 오면서 가까워졌다. 그래서 이듬해 봄에는 결혼까지 하게 됐지만, 그 결혼생활이 행복하지 못했다.

결혼 후 몇 년 동안에는 내가 외국의학원의 관리까지 맡으면서 순조로운 듯했지만, 차츰 학원의 운영이 어려워지기 시작했다. 아내가 자동차회사 영업사원으로 일하게 됐고, 나는 공인중개사를 해 보겠다고 시험 준비를 하면서 힘겨운 때를 맞았다. 둘만의 생활이었지만 한푼 두푼 들어가던 생활비에 신경이 쓰였고, 아내의 귀가 시간이 늦어지는 경우가 많아지면서 부부끼리 다투기도 했다. 결국 이혼하고, 나는 공인중개사시험에 합격하여 재개발의 소문이 떠돌던 용산구 청파동에 사무실을 마련하게 되었다.

*

처음으로 김민지와 영주에 왔을 때에는 영주천 둑에서 밤을 새웠다. 시원한 밤바람 속에서 밤하늘의 별들을 원 없이 바라보았고, 풀벌레 소리를 끝없이 들었다. 그날 밤에 작은곰자리의 알파별인 북극성과 베타별을 나와 그녀의 별들로 정했고, 풀벌레들의 소리에 우리의 속삭임을 섞었다. 반달빛이 은은하게 내려 비치던 개천의 모래밭 위에서는 두꺼비집을 지치도록 지었다가 허물었다.

이튿날 여명이 밝아 올 때쯤에는 그렇게 지었다가 허물어진 두꺼비집 위에서 서로의 입술에 묻어 있던 밤이슬의 영롱한 빛으로 우리의 사랑을 물들였다. 이후에도 겨울에 눈이 쌓였던 둑 위로 우리 둘만의 발자국을 남기며 걸었고, 토끼풀 꽃이 필 때에는 하얀 꽃으로 반지를 만들어서 서로의 손가락에 매 주기도 했다.

이후로 오랫동안 와 보지 못했던 영주천 둑까지 원주에서 한 시간 반 동안 택시를 타고 오면서 우리는 그다지 주고받은 말이 없었다. 차창 밖으로 스쳐 가던 풍경처럼 내 마음이 안정되지 않았다. 다만 그녀가 모교의 조교수와 수필가라는 사실을 인터넷으로 알게 됐고, 그녀의 수필집 세 권도 읽었으며, 올해는 그녀가 안식년을 맞아서 미국에 가 있을 줄 알고 모교의 캠퍼스를 한 번 둘러보고 싶어서 원주까지 내려왔는데 뜻밖에 그녀를 만나게 됐다고 솔직하게 말했다.

그런데 나 자신에 대해서는 조그만 공인중개사 사무실을 개업하고 있다는 말을 하려니까 초라하다는 생각이 들어서 의정부에 있는 외국어학원 부원장을 맡고 있다고 말했다. 그녀는 내 말에 귀를 기울이거나 조용히 창밖으로 이어지는 태백산맥을 물들이던 봄기운을 바라보며 미소를 머금고 있었다.

우리가 영주천 둑에 도착했을 때에는 오후 다섯 시가 가까웠다. 서쪽 하늘에 번지기 시작하던 노을빛에 강 건너편 소백산에 만개한 진달래꽃이 불타듯 붉었다.

"오랜만에 와 보네요."

"그러네요."

"우리가 여기에 얼마 만에 온 거죠?"

"글쎄요."

그녀가 마음속으로 지나간 세월을 헤아려 보는 것 같았다.

"대학원을 졸업하고 삼사 년 동안 조 선생님이 찾아올지 모른다는 생각으로 학교를 떠나지 못하고 조교의 생활을 시작했어요. 그러면서 박사과정에 진학하여 졸업할 때까지 오 년, 그리고 시간강사로부터 시작해서 지금에 이르기까지 십여 년을 포함하니 이십 년에 가까운 시간이 흘러간 것 같아요. 이십여 년 만에 온 것 같네요."

"십 년이면 강산도 변한다는 옛말이 생각나는데, 그동안 강산이 두 번이나 변했겠어요."

옆으로 돌아보니, 그녀의 얼굴에도 흘러간 세월의 흔적이 배어 있었다.

"그동안 우리에게도 변함이 없지 않았던 것 같습니다. 나는 예전에 상상도 못 했던 사람과 결혼해서 가정을 이루고 있고, 전혀 예상하지 못했던 일을 하면서 살고 있으니까요. 민지 씨는 교수님이 돼 있고…….

아까 택시를 타고 오면서 내가 민지 씨의 수필집을 읽었다고 말하지 않았습니까? 그 수필집을 읽고 난 후에는 민지 씨가 결혼을 하지 않은 것으로 알았습니다. 그게 내 탓이라고 생각하면서 터무니없는 자책도 했습니다.

그런데 며칠 전 '○○수필'에 민지 씨의 특집이 실려 있는 것을 읽어 봤습니다. 거기의 작가 인터뷰에서 대담자가 결혼에 대해서 어떻게 생각하느냐고 물었던 질문에 대해서 민지 씨는 사랑하는 사람이 있으면서도 결혼하지 않는 것은 이해할 수 없다고 대답했어요.

그리고 거기에 실려 있던 민지 씨의 사진들 가운데 여자아이의 손을 잡고 서 있는 모습도 있어서 민지 씨가 결혼한 것으로 알았습니다. 그렇다면 민지 씨를 한 번 못 만나볼 것도 없다고 생각했지요. 그런데 민지 씨가 올해에는 미국에 가 있을 예정이라고 하면서 인터뷰가 끝났습니다.

그래서 나는 그동안 모교의 캠퍼스를 한 번 둘러보고 싶었던 생각을 미뤄 오다가 오늘 원주까지 내려오게 됐습니다. 그랬는데 뜻밖에 교문에서 민지 씨와 맞닥뜨리게 됐지 뭡니까? 그때 얼마나 당황했는지 아시겠어요?"

줄곧 내가 생각하고 있던 말을 털어 놓자, 그녀는 엉뚱하게 대꾸했다.

"제가 모교의 교수가 된 것은 순전히 조 선생님 때문이에요."

"그건 무슨 뜻이에요?"

"한 번 생각해 보세요. 어떻게 제가 모교를 떠날 수 있었겠어요? 언제 조 선생님이 돌아올지 모르는데 말이에요. 그렇게 학교에 머물러 있다 보니까 박사과정까지 공부하게 됐고, 또 조교수까지 된 거예요.

그리고 '○○수필'의 작가 인터뷰에서 내가 사랑하는 사람이 있으면서도 결혼하지 않는 것은 이해할 수 없다고 대답한 건 사실이에요. 그것은 누구든지 그렇게 생각할 수 있는 대답이었고, 내가 사진 속에서 손을 잡고 서 있었던 아이는 사촌오빠의 딸이었어요. 또 올해가 안식년이어서 지난달부터 미국에 갔다 오려고 계획했는데 못 갔던 것은 어머니가 갑자기 세상을 떠났기 때문이에요."

그녀로부터 그런 말을 듣고, 나는 어떻게 얘기를 계속해야 될지를 알 수 없었다. 나 자신이 결혼해서 가정을 이루고 있다는 것과 외국어학원 부원장의 신분이라고 거짓말을 했을 뿐만 아니라 그녀로부터 뜻밖의 이야기를 들었기 때문이다. 그런 내 답답한 마음이 사방으로 번져 나가는 듯 주위에 어둠이 깔리고 있었고, 하늘을 올려다보니 북두칠성이 빛나고 있었다. 그녀가 하늘을 가리켰다.

"저 별을 기억하세요?"

"우리의 별들이잖아요."

이십여 년 전 이 둑에 그녀와 나란히 앉아서 정답게 속삭이던 그때를 떠올렸다. 그리고 강바닥 모래밭에 우리 둘이서 지었다가 허물어진 두꺼비집 위에서 새벽녘에 나눴던 첫 키스도 생각했다. 지금 그녀와 그 언저리를 걷고 있다.

"우리 여기에 좀 앉아요."

"그래요."

내 옆에 앉으려는 그녀의 자리에 윗도리를 벗어서 깔아

줬다. 그렇게 그녀와 나란히 앉아서 아득하게 희미해진 기억을 더듬어 보았다. 저쪽의 반대편 둑 아래 흘러 가는 물 뒤척이는 소리가 적막을 깨우고 있었다.

"그렇다면 지금까지 조 선생님이 알고 있었던 저와 실제의 저는 다른 여자라고 해야겠네요?"

"그렇게 되는 건가요?"

"다음에는 우리가 보다 더 진정한 모습으로 만날 수 있었으면 좋겠어요. 조 선생님이 생각하는 저와 실제의 제가 다르지 않은 모습으로 말이에요."

그녀의 말이 충격적으로 들렸다. 어쩌면 그렇게 생각하는 그녀를 다시 만날 수 없을지도 모르겠다는 생각이 들었다. 그녀에게 한 거짓말 때문에 그녀가 생각하고 있는 내 자신과 실제의 내가 다르지 않은 모습이 된다는 것은 불가능했다. 그렇게 생각하고 있는데, 그녀가 말을 이었다.

"제가 모교의 교수가 된 것뿐만 아니라 수필가로 등단할 수 있었던 것도 조 선생님 때문이에요. 조 선생님이 원주를 떠난 후 편지를 쓰기 시작했어요. 조 선생님이 어디에 있는지 알 수 없었지만, 언젠가 주소를 알게 되면 한꺼번에 보내겠다고 생각했지요. 그렇게 편지를 쓰면서 문장력이 조금씩 늘기 시작했어요. 그래서 편지뿐만 아니라 수필도 써 보게 됐고요. 그렇게 내가 쓴 수필을 잡지에 투고해서 등단까지 하게 된 거예요. 그러니까 조 선생님이 저에게 너무나 많은 은혜를 베풀어 주었어요. 조 선생님으로 말미암아 현재의 제가 있게 된 것이니까요."

"내가 대학원에 입학했을 때에는 민지 씨의 도움을 얼마나 많이 받았습니까!"

"아니에요. 그 도움은 아무것도 아니었어요. 제가 조 선생님으로부터 받은 도움에 비교하면 말이에요."

그녀는 진정으로 고마운 마음을 품고 있다는 듯 그렇게 말한 후 엉뚱한 말을 이었다.

"오늘 조 선생님과 제가 이십여 년 만에 만났는데, 만약 우리가 그 시간이 다섯 번 더 흘러간 다음에 만나면 어떻게 될까요?"

"왜 다섯 번 더 흘러간 다음에 만나요?"

"작은곰자리의 다섯 개 별을 건너야 우리의 별에 이르게 되니까요."

"그러면 백 년 만의 재회가 되겠네요?"

"그때는 저 하늘에 빛나는 우리의 별들에서 만나게 될지도 모르겠어요. 그동안 제가 조 선생님을 기다려 왔던 마음은 죽더라도 없어질 것 같지 않습니다."

나와 그녀가 쳐다보는 밤하늘에 유성이 빛줄기를 그으며 사라지고 있었다.

화이트 스프링

몇 년째 대학에서 시간강사의 생활을 하고 있는 공오성이 지난 겨울 종로에 있는 서점에서 사 읽었던 계간지 '현대픽션'의 신년호를 찾아서 다시 그 서점에 가 봤다. 그때 다른 잡지들은 넓은 서가에 진열돼 있었고 사람들이 붐비고 있었지만, 문예지들은 입구의 코너에 있는 좁은 서가에 몇 단으로 진열돼 있었다. 그 서가의 앞에서 점원이 다른 책들을 쌓아 놓고 정리하고 있었기 때문에 안쪽으로 들어가 볼 수도 없었다.

그래서 먼발치에서 서가의 아래 위를 훑어봤더니 그 책이 보이지 않았다. 창간된 지 삼사 년밖에 되지 않았지만 내용이 알차고 유익하다고 생각했는데, 그때까지 봄호가 나오지 않은 것을 이상하게 여기면서 가까운 다른 서점에 가 봐도 그 잡지는 보이지 않았다.

그 서점에서도 문예지 코너는 구석진 자리에 마련돼 있었고, 손님들이 없었다. 다른 잡지들보다 더욱 알차고 유익한 내용의 문예지를 만들어 보겠다는 의욕으로 창간했다가 경제적인 여건이 갖춰지지 않아서 3월이 다 가도록 봄호를 간행하지 못하고 있지는 않을까 하는 생각이 들어서 우울했다.

그런 마음으로 교보문고까지 가 볼 요량으로 지하의 계단을 올라가서 몇 발자국을 옮기는데, 스탠다드차터드은행 본점의 건물 뒤편에 오랫동안 청진구역 정비계획이 진척되지 않고 있는 16지구의 건축현장이 황량했다. 그 일대에 있던 한옥들이 철거되고 23층이나 24층 높이의 빌딩들이 들어설 예정이라고 하면서 재작년부터 공사가 시작되는 듯했지만, 파헤치던 땅 속에서 조선시대의 유물과 유적들이 발견되자 문화재위원회에서 개발계획의 전면적인 재검토의 필요성을 제기한다는 뉴스를 들었다. 그 때문에 답보상태에 있는 것 같았다.

그는 교보문고 쪽으로 향하던 발걸음을 꺾어서 공사장 쪽으로 들어가 철제 임시벽의 틈새를 들여다봤다. 아직까지 유적이나 유물의 발굴작업이 진행되고 있는 중인지 흙이 드러난 지면에 일정한 간격의 격자모양으로 골이 패여 있었고, 여러 가지 도구들이 흩어져 있었다. 오늘은 일요일이라서 사람들이 보이지 않지만, 요즘에도 평일에는 문화재의 발굴작업이 진행되고 있는 모양이었다.

지금 철제 임시벽의 틈새로 보이는 바로 앞쪽에 한일관이라는 3층 건물의 한식집이 있었다. 거기에 역대 대통령들이 가끔씩 들렀고, 새해의 0시에 보신각종을 타종하기 위해서 모이던 서울시장을 비롯한 유명인사들이 들른다고 해서 널리 알려졌다. 그도 대학원에 다닐 때 안국동 하숙집의 주인이 회갑잔치를 한다고 해서 가 본 적이 있었다.

이제 그 건물은 철거되고 흔적도 없지만, 그 한식집을 오른쪽으로 돌아서 청진동 쪽으로 이어지던 골목길로 접어들기 전 조그만 호프집이 바로 옆에 있었다. 삼사 년 전 봄비가 내리던 오월의 마지막 토요일 오후에 그가 혼자서 그 호프집에 들렀던 기억이 새로웠다. 다른 주말과 마찬가지로 인사동 근처에 있는 사우나의 헬스장에서 운동을 하고 샤워를 한 후 출출해진 시장기를 달래기 위해서 청진동 쪽으로 걸어오다가 유리문에 빨갛게 새겨져 있던 돼지갈비라는 메뉴 글씨에 이끌려서 들어갔다.

오후 4시경이었기 때문에 손님은 없었고, 종업원인 듯한 중년의 여자 두 명이 식탁 위에 나물거리를 올려놓고 다듬으면서 한담을 나누고 있었다. 그가 자리에 앉아서 신문을 뒤적거리는 동안에도 두 여자의 이야기는 계속되었다.

"참 기특하지요? 벌써 언니의 딸이 대학생이 됐어요."

"그 아이를 낳자마자 죽었다고 했던 그 언니의 딸이 벌써 그렇게 됐어요?"

"그래요. 처음에는 그 아이를 내가 어떻게 키울 수 있을지 몰라서 까마득했는데, 내 아이라고 생각하고 키우다 보니 어느새 그렇게 됐어요."

"그 아이의 아버지는 영영 못 찾는 건가요?"

"그런 소리는 하지 말아요. 그 아이가 알게 되면 큰일나요. 그 아이는 나를 엄마로 알고 있고, 이 호프집의 사장님을 아빠로 알고 있어요. 아직까지 조금도 의심하지 않아요. 만에 하나라도 그 아이가 사실을 알게 되면, 무슨 일이 일어날지 모르는 거예요."

그 대학생이 엄마로 알고 있다는 여자가 나물거리를 다듬던 손을 씻고 물컵을 탁자 위에 갖다 놓을 때 오른손 엄지손가락과 집게손가락의 사이에 있는 까만 사마귀가 그의 눈에 들어왔다. 반사적으로 그는 눈을 들어 그 여자의 얼굴을 올려다봤다. 그때 그 여자는 함께 이야기를 나누던 여자 쪽으로 고개를 돌리고 있어서 그의 얼굴을 보지는 못했다.

그는 돼지갈비 2인분을 달라고 하고 모자를 깊숙이 눌러썼다. 그 여자가 선숙의 동생인 명숙이 틀림없다는 것을 알았기 때문이다. 20년에 가까운 세월이 흘렀지만, 그녀의 조그만 체구와 외모에는 달라진 것이 없었다.

그가 마산에 있는 K대학 국문과에서 공부할 때 창민이라는 친구가 있었다. 그와 창민은 둘 다 시골 빈농의 출신이라서 4학년 때 문학보다는 공무원시험을 준비하고 있었다. 대학을 졸업하기 전 말단공무원 시험에라도 합격해 놓고 군대에 갔다 오겠다고 생각했다.

그런데 그 친구의 자취방에 자주 찾아와서 방 청소나 빨래를 해 주고 반찬까지 준비해 주던 여자가 있었다. 창민은 학교를 졸업하면 그 여자와 결혼하기로 약속했던 사이였다. 그 여자는 수출자유지역에 입주해 있던 전자제품의 생산공장에 다니면서 창민의 학업을 도와주고 있었다.

그 친구의 자취방에 같은 학과의 또 다른 친구인 현우와 그를 포함한 세 명이 자주 모이곤 했다. 걸핏하면 그 세 명이 창민의 자취방에 모여서 라면을 끓여 먹고 화투를 치거나 바둑을 두기도 했다. 그러면서도 그들의 나름대로는 열심히 공부를 한다고 했지만, 그것은 그들만의 생각이었다. 4학년 1학기가 끝날 무렵에 창민의 여자 친구가 그에게 소개해 주고 싶은 아가씨가 있다고 말했다. 그녀와 같은 공장에 다니는 아가씨인데 시골에서 중학교를 졸업하고 동생과 마산에 나와서 살고 있다고 말했다.

기말시험이 끝나던 날 저녁에 막걸리 파티가 벌어졌던 창민의 자취방에 그녀가 선숙을 데리고 나타났다. 이후로 여름방학 동안에 창민과 여자 친구, 그와 선숙, 그리고 현우를 포함한 다섯 명이 가까운 바닷가로 피서를 갔다 온 이후부터 그와 선숙의 관계가 가까워져서 2학기에는 창민과 그의 여자 친구처럼 함께 밤을 새는 날들도 있었다. 그의 자취방에서 단 둘이 밤을 새는 때도 있었을 뿐만 아니라 선숙의 전세방에서 그녀의 동생인 명숙과 셋이서 밤을 새는 때도 있었다. 그럴 경우에는 셋이서 잠자리에 누워서 명숙이 잠들기를 기다렸다가 둘의 사랑을 나눴지만, 명숙은 잠든 척하면서 숨을 죽이고 있는 경우도 있었을 것이다.

이후로 이십여 년에 가까운 세월이 지나서 명숙을 다시 만나게 됐지만, 그는 그녀를 아는 척할 수 없었다. 그래서 모자를 눌러쓰고 음식이 나오기를 기다리며 신문을 뒤적거리는데, 다행히 그녀는 식사를 준비하려는지 주방으로 들어갔다. 홀의 식탁에 앉아서 나물거리를 다듬던 여자가 주방에서 명숙이 차려 내는 반찬과 돼지갈비를 날라 와서 불판에 올려놓았다.

그는 주방과 반대쪽인 입구 쪽으로 의자를 비틀고 앉아서 모자를 눌러쓴 채 고기가 익기를 기다리며 신문을 접고 반찬에 젓가락질을 해 봤다. 깔끔한 그릇에 정갈하게 담겨 있는 김치며 젓갈 등 반찬 맛이 혀 속에 오랫동안 숨겨져 있던 미각을 자극했다.

그가 선숙의 전세방에 왔다 갔다 할 때 명숙이 밥을 지어서 그녀의 언니와 셋이서 즐겁게 식사를 한 적이 여러 번 있었다. 그럴 때마다 명숙의 음식솜씨가 좋아서 나중에 결혼하면 남편의 사랑을 많이 받을 것이라고 말했던 적도 있다.

그가 탁자 위의 물컵을 잡는 척하면서 주방 쪽으로 쳐다봤더니 명숙이 그를 물끄러미 바라보고 있었다. 속으로 놀랐지만, 손님이 맛있게 먹는가를 알고 싶어서 지켜보고 있을 것이라고 생각했다. 그는 좌불안석이 되어 제대로 고기를 먹을 수 없었다. 맥주라도 한 잔을 마시고 싶었지만 불판 위에 익은 살코기들만 몇 점을 집어먹고 자리에서 일어났다.

"왜 일어나세요? 맛이 없으세요?"

"그게 아니라 지금 이 시간에 친구들과 약속이 있다는 것을 깜박 잊어 버렸어요. 다음에 친구들과 와서 맛있게 먹을게요. 대단히 죄송합니다."

"그러세요? 그러면 음식 값은 안 주고 가셔도 됩니다. 이거 우리가 먹을게요."

그의 식탁 위 돼지갈비를 굽고 있던 여자가 미안하다는 듯 인사를 했다. 명숙도 주방에서 나오며 오늘은 사정이 그렇다면 그냥 갔다가 다음에 친구분들하고 같이 오라고 했다. 그가 지갑을 호주머니에서 꺼냈지만, 명숙이 한사코 그냥 가도 된다고 하면서 그의 등을 밀었다. 그는 못 이기는 척하면서 다음에 친구들을 많이 데리고 오겠다며 문을 열고 나섰다. 그리고 간판에 적혀 있던 전화번호를 수첩에 옮겨 적었다.

나중에 그 호프집에 전화를 걸어서 자신이 마산 K대학에 다녔던 공오성이라고 밝히고, 요즘에 선숙은 어디서 어떻게 살고 있는지 물어보고 싶었지만 그럴 수 없었다. 그가 호프집에 들어설 때, 명숙이 종업원 여자와 주고받던 말이 마음에 걸려서 두려웠다. 그때 그녀의 언니는 죽고, 언니가 낳은 아이를 키워서 지금 대학생이 됐다고 한 말이 그의 귀 속에 남아 있어서 전화를 해 볼 용기가 나지 않았다.

그래서 전화도 못 해 보고 있다가 한 달쯤 후 다시 그 호프집 앞으로 지나치면서 간판이 바뀌어 있는 것을 알았다. 호프집이 아니라 분식집으로 바뀌어 있었다. 주인도 바뀌었는지 들어가서 확인해 보고 싶었지만, 감히 그럴 수 없었다.

지금 그가 철제 임시벽의 틈새로 들여다보며 그때 자신을 명숙에게 밝히지 못한 것을 후회했다. 그리고 거기에 새로운 빌딩이 들어서게 되면, 그가 그 빌딩을 바라볼 때마다 선숙에게 아무리 갚아도 다 갚지 못할 죄의식이 쌓여 갈 것만 같다는 생각을 하면서 교보문고 쪽으로 발걸음을 옮겼다.

*

2학기가 시작돼 안선미가 학교의 수업을 마치고 저녁에 귀가해서 아파트 문을 열자 평소와 다르게 현관에 신발들이 흩어져 있었고, 안쪽에서 어른들이 모여서 주고받는 소리가 새 나오고 있었다. 무엇인가 근심스러운 이야기들을 나누고 있는 것 같아서 조용히 안으로 들어서는데, 먼저 시골에서 올라오신 듯한 외할머니의 목소리가 들렸다.

"진작에 병원에 가 보지 않고 왜 병을 키워서 이렇게 청천벽력 같은 소리를 듣게 되는지 모르겄다. 무슨 암이라고 했다 캤노?"

"평소에는 그 병을 잘 모른다고 안 합니꺼? 췌장암이라는데, 벌써 말기라고 합니더."

아버지의 대답소리에 선미는 긴장했다. 엄마의 목소리는 들리지 않았다.

"선미, 저걸 제 딸처럼 키워서 대학에 보내게 됐다고 좋아하더니만……. 이제 우짜모 좋겄노?"

그렇게 말하는 외할머니의 소리가 들리자 당황한 그녀는 뒤돌아서 발소리를 죽이며 조용히 아파트를 나왔다. 온 세상이 깜깜했다. 엘리베이터가 있는 곳으로 이어진 긴 복도가 미로처럼 흔들렸다.

그녀는 아파트단지를 나와서 근처의 커피숍으로 들어가 자리를 잡고 앉아서 방금 전 외할머니로부터 들은 이야기를 되뇌어 봤다. 외할머니는 엄마가 자신을 제 딸처럼 키웠다고 말했다. 그 말은 엄마가 자신의 친엄마가 아니라는 뜻이었다. 그리고 엄마가 암이라는 진단을 받게 된 것 같았다. 외할머니가 무슨 말을 한 것인지 갈피를 잡을 수 없었다. 그리고 외할머니가 시골에서 올라온 것이 이상했고, 그 시간에 식당에서 일을 하고 있어야 될 아빠가 집에 와 있는 것도 수상했다. 집안에 무슨 일이 생긴 것이 틀림없었다.

그녀는 커피 한 잔을 마시고 그대로 앉아 있을 것이 아니라 빨리 집에 돌아가서 무슨 일이 생긴 것인가를 확인해 보고 싶었다. 다시 아파트로 돌아왔을 때에는 문을 열면서 일부러 큰소리로 그녀가 돌아왔다는 것을 알렸다. 안쪽에서 외할머니가 다정스럽게 나오며 반겨주었다. 선미는 아무것도 모르는 척했다.

"외할머니, 오셨어요? 오신다는 말을 못 들었는데……. 건강은 어떠세요? 괜찮으세요?"

"나야 괜찮다만……. 공부는 잘 하고 있지?"

"예, 외할머니의 손녀가 장학금을 받으면서 학교에 다니고 있다는 것을 아세요?"

그녀는 밝게 웃었다. 시골에서 외삼촌과 외숙모도 올라와 있었다.

"그런데 엄마는 식당에서 안 돌아왔어요? 외할머니가 오셨는데……."

"오늘 엄마의 몸이 불편해서 병원에 입원했단다."

외할머니를 뒤따라 나오던 외삼촌이 침통한 표정을 지었다.

"엄마가요? 어디가 불편해서요?"

"선미야, 이리 들어와 봐라!"

먼저 외숙모가 안방으로 되돌아 들어갔다. 외삼촌과 외할머니도 뒤따라 들어가고, 선미와 그녀의 아빠도 뒤따라

들어가서 둘러앉자 외숙모가 입을 열었다.

"선미야, 잘 들어라! 그리고 놀라지 말거라. 네 엄마가 며칠 전 몸이 좀 이상하여 병원에 가서 진찰을 받았단다. 오늘 오전에 그 결과가 나왔는데 암이란다."

"엄마가요? 무슨 암이래요?"

"췌장암인가 무슨 암이라고 하는데 말기라고 하는구나. 이미 다른 부위로 많이 전이가 됐단다."

"어떻게 그 정도가 되도록 모르고 있었대요?"

"글쎄 말이다. 식당일이 바쁘다 보니까 몸이 좀 불편해도 곧 괜찮아질 것이라고 미련을 부리고 있었던 거지. 엄마가 니한테도 아무런 말을 안 했던가 보구나. 이 일을 우짜모 좋겄노?"

그녀는 할 말을 잃었다. 모두 다 방바닥만 내려다보고 있었다. 엄마가 어느 병원에 입원해 있느냐고 그녀가 물어보자 외숙모가 저녁이나 먹고 다 같이 가 보자고 하면서 자리에서 일어나 주방으로 나갔다. 그녀도 뒤따라 나가서 옷을 갈아 입으려고 자신의 방으로 들어갔다.

이후로 그녀는 학교의 수업시간 이외에는 엄마를 간호하기 위하여 병원에서 지내야 했다. 그렇지만 그녀가 다음 학기에도 장학금을 놓치지 않기 위해서는 공부를 게을리할 수 없었다. 병원에 있으면서 수업시간에 제출해야 되는 리포트를 열심히 썼고, 중간고사와 기말고사를 준비하기 위하여 엄마의 침대 옆에서 밤을 새기도 했다. 그녀가 엄마를 간호하는 것보다 엄마가 그녀를 더 염려했다. 그만큼 열심히 노력해서 한 학기를 마치고 방학이 되자 조금의 여유가 생기는 것 같아서 한 학기 동안 한국문학사의 강의를 들었던 공오성 강사의 소설집을 사 읽었다.

그동안 엄마의 건강은 별로 호전되는 것 같지 않았다. 병원에서 특별한 치료를 해 주는 것 같지도 않았다. 그래서 주위로부터 병원보다는 요양원으로 옮기는 것이 좋을 것이라는 이야기를 들었고, 엄마도 그렇게 해 주면 좋겠다고 해서 집 근처의 요양원으로 옮기기로 했다.

그렇게 결정하고 나니까 금방이라도 엄마가 죽을 것 같다는 생각이 들어서 그녀의 눈에서 눈물이 마를 사이가 없었다. 병실을 나와서 구내식당에서 혼자 밥을 먹을 때에나 화장실에 갈 때마다 엄마를 생각하면 저절로 눈물이 솟구쳤다.

그녀는 그런 슬픔을 잊어버리기 위해서라도 소설을 열심히 읽었다. 작가의 자전소설 같기도 한 '내가 사랑을 외면한 여자'가 재미있었다. 한 대학생과 전자제품을 만드는 공장에 다니는 아가씨의 러브스토리였다.

원호라는 대학교 3학년생이 공원에서 알게 된 정순이라는 아가씨, 그녀는 시골에서 중학교를 졸업하고 도시로 나와 공장에 취직하여 성실하게 살고 있었다. 몇 푼도 되지 않은 월급을 부모에게 보내고 남은 돈을 쪼개어 적금에 들기도 하면서 전세방을 마련하여 그녀의 여동생도 불러내 함께 살고 있었다. 그러다가 꽃바람이 불던 어느 봄날에 공장에서 함께 일하는 친구들과 공원에 놀러갔다가 그를 만났다.

그 둘은 사랑에 빠졌고, 정순은 원호를 위하여 모든 것을 다 바쳤다. 월급을 받아서 부모에게 보내던 돈도 그를 위해서 쓰게 되었다. 앞으로 시집갈 때를 위해서 한푼 두푼 은행에 저금하던 돈도 가난한 그의 학비에 보탰다. 그녀의 결혼을 걱정하는 시골의 부모에게 훌륭한 남자가 있으니까 염려하지 말라고 했다. 그녀에게 그는 미래의 모든 것이었다. 그녀와 함께 살고 있던 동생도 그를 형부가 될 사람이라고 생각하고, 그가 그들이 살고 있던 방에 찾아와서 셋이서 잠을 자고 가더라도 싫어하지 않았다.

그렇게 일 년쯤 사귄 후 원호는 졸업할 때가 가까웠지만 취직이 되지 않아서 고민했다. 여기저기 입사원서를 접수하고 시험을 쳐 봐도 그를 받아주는 곳은 없었다. 그렇게 취직을 못 한 채 졸업하던 날 그의 부모와 기념사진을 찍은 후 점심을 함께 먹고 헤어진 다음에 정순을 만나서 그녀의 방에 가 봤더니 그녀의 어머니가 와 있었고, 언니와 형부도 와 있었다. 그녀의 가족들도 그의 졸업을 축하해 주기 위해서 모인 것 같았다. 원호는 당황했지만 피할 수 없었다. 그들과 함께 저녁을 먹고, 술잔이 몇 차례 오간 뒤 그녀의 형부가 말했다.

"처제와 결혼은 언제 할 거요?"

"아직 취직을 못 했고 군대도 가야 됩니다만……."

"군대에 가더라도 약혼식을 해 놓고 가야제!"

그녀의 어머니가 오금을 박았다. 옆에 있던 그녀의 언니도 거들었다. 이제 졸업을 했으니까 하루라도 빨리 양가의 부모가 만나서 약혼이라도 할 수 있게끔 서둘러야 된다고 했다. 그런 그녀의 가족들 앞에서 그는 아무런 말도 할 수 없었다. 만약에 그럴 수 없다고 하게 된다면, 그녀의 우락부락하게 생긴 형부가 술기운에 주먹을 휘두르게 될지도 모른다고 생각했다. 그날 밤에 그들과 함께 잠을 잘 때, 그녀의 어머니가 그의 옆에 누워서 이불깃을 다독거려 주면서 대학을 졸업한 사위를 보게 됐다고 흐뭇하게 생각하는 것 같았다.

그러나 그는 앞으로 살아갈 방향도 모른 채 그녀와 약혼을 해 놓고 군대에 갔다 와서 결혼하여 아이들을 낳아 키우면서 한평생을 산다는 것은 상상도 해 볼 수 없었다. 그러기에는 어렸을 때 꿈꾸었던 대통령, 장군, 판사가 되겠다던 희망들이 너무나도 허망했다. 그는 조용히 하루 이틀을 지내다가 군대에 입대하라는 소집영장이 나오면 아무런 말도 없이 가 버릴 생각을 하고 있었다.

그가 그렇게 생각하면서 군대에 입대할 때까지 부모의 농사일을 거들어 주겠다고 시골에 와 있었는데, 바쁜 일이 있거나 모내기를 할 때에는 공휴일이나 일요일에 그녀도 와서 도와줬다. 가끔씩 그녀가 올 때 소주를 사 와서 따뤄 주던 술맛을 그의 아버지는 좋아하며 장차 며느리가 될 거라고 여겼다.

그렇게 한창 바빴던 농사철이 끝난 후 어느 날 소집영장이 나왔다. 그 사실을 그녀에게 알리지 않고 있다가 입대하던 날 진주역 근처의 초등학교 운동장에 모여서 입영열차를 타기 위하여 다른 입대자들과 줄지어 걸어갈 때, 어떻게 알았던지 그녀가 찾아와서 그의 팔에 매달리며 울었다.

그는 그녀에게 매정하게 잊어버리라는 말을 할 수 없었다. 첫 휴가를 나오면 다시 만나자는 말을 했지만, 첫 휴가를 나오지 않았다. 다른 신병들은 목을 빼고 기다리던 첫 휴가까지 반납해 버릴 정도로 그녀를 다시 만나서는 안 된다는 각오를 단단히 굳히고 있었지만, 그녀의 뱃속에 임신했던 아이는 다 자라서 출산할 때 그만 산모가 죽고 말았다. 나중에 그녀의 동생이 결혼해서 그 아이를 자기의 아이처럼 훌륭하게 키워서 소설가가 되어 원호를 만나게 된다는 줄거리였다.

*

연말연시에 도시의 요란한 분위기를 떠들썩하게 전해 주던 텔레비전 방송이 시들해진 1월 중순의 용양원 병실은 조용했다. 창밖으로 보이는 들판에는 시든 초목들의 앙상한 풍경이 찬바람에 흔들리고 있었다. 선미가 지금 산발치 양지바른 곳으로 번지고 있는 햇살 속으로 산책이라도 나가 보고 싶지만, 이제는 곁에서 한시라도 떠나면 안 될 만큼 엄마의 건강이 악화됐다. 지난 밤에도 엄마의 호흡이 곤란해서 간호사들이 한동안 소란을 피웠다.

서울에서 병원에 입원해 있다가 엄마의 요구대로 외할머니와 외가의 친척들이 살고 있는 경남 고성군에서 멀지 않은 마산 근처의 요양원으로 옮겨 왔는데, 처음에는 엄마가 외가의 친척들이 찾아올 때마다 반갑게 인사말도 나누곤 했지만, 이곳에 한 달쯤 있는 사이에 건강이 급속하게 악화된 것이다. 그렇게 한 번씩 찾아왔던 친척들은 엄마가 숨을 거뒀다는 소식을 기다리고 있었고, 어제는 외할머니가 찾아와서 하루 종일 울기만 하다가 돌아갔다.

선미는 방정맞다고 생각하면서도 잠들어 있는 엄마의 머리맡에서 쉼 없이 수증기를 뿜어 내고 있는 가습기가 똬리를 틀고 앉아서 독을 내뿜고 있는 독사와 같다고 상상했다. 쉬쉬쉬, 그 독사가 뿜어 내는 뽀얀 독기에 엄마의 몸이 마비되다가 곧 죽게 될 것이라고 상상하면서도 가습기를 꺼

버릴 수 없었다. 그 소리에 그녀의 의식까지 체면에 걸리는 것 같았다. 이곳에 옮겨와서 이삼 일이 지나고 병문안을 왔던 사람들이 돌아간 날 저녁에 엄마가 차근차근 들려주던 이야기를 곰곰이 떠올려 봤다.

"선미야, 힘들지? 고맙고 미안하다."

"엄마, 무슨 그런 말을 해?"

"지금까지 나한테 니가 선물해 준 행복과 기쁨이 얼마나 감사한지 모르겄다. 니 아빠와 내가 너를 키우면서 삶의 보람을 느꼈고, 니가 착하고 영리하게 커 줘서 고마웠다."

"엄마……!"

"선미야, 이 사진을 봐라!"

엄마가 베개 밑에서 꺼낸 흑백사진에는 엄마의 모습과 낯선 두 사람이 함께 있었다. 엄마의 왼쪽에 있는 여자는 낯설었지만, 오른쪽에 서 있는 남자는 어디에선가 본 듯한 모습이라서 이상한 느낌이 들었다.

"엄마의 왼쪽에 있는 여자를 잘 봐라! 한 번도 니한테 얘기를 안 했지만 엄마의 언니란다. 엄마보다 미인이지? 참 예뻤는데, 그만 오래 전 죽고 말았다."

"이 남자는 누구야?"

"엄마의 언니가 사랑했던 남자!"

"이분은 아직 살아 있어요?"

"작년 봄에 서울 종각에 있던 우리 호프집에 왔더구나!

혼자 와서 돼지갈비 2인분을 시켜서 살코기 몇 점을 집어먹더니 친구들과 만나기로 한 약속을 잊어 버리고 있었다면서 금방 나가시더라. 그때는 엄마가 그분을 몰라봤고, 그분도 엄마를 몰라보는 것 같아서 그렇게 헤어졌지만 나중에 생각해 보니 이분이었다."

"다시 호프집에 안 찾아왔어?"

"며칠 후 그 호프집을 다른 사람에게 팔게 되지 않았니? 그래서 다시 못 만나게 된 거지. 서울에서 살고 있는가 봐."

"그런데 왜 이 사진을 나한테 보여 줘?"

"선미야, 사실 니 엄마는 내가 아니란다. 이 사진에 있는 내 언니가 니 엄마야. 그리고 이분이 니 아버지이시고……."

"무슨 소리야?"

선미는 엄마의 수척해진 얼굴을 바라보며 작년 가을에 학교에서 귀가해서 아파트 문을 열었을 때, 외할머니가 했던 말을 떠올렸다. 그때 외할머니도 엄마의 이야기를 하면서 그녀를 제 딸처럼 키웠다고 했다.

"선미야, 이제 엄마가 살 날도 며칠 안 남았잖니? 그래서 사실대로 말해 줘야 되겠다고 생각하면서 기회를 기다리고 있다가 이제서야 이야기를 꺼내게 되는구나. 지금까지 이런 사실을 니한테 숨겨 왔던 내가 밉겠지만, 지금이라도 사실대로 얘기를 안 해 주면 안 되겠다고 생각했다."

엄마는 목이 마르는지 물을 달라고 했다. 선미가 컵을 들고 정수기가 서 있는 복도로 나갈 때, 그녀의 다리가 후들거렸다. 지난번에 외할머니가 하던 이야기를 엿들은 것과 지금 엄마가 한 이야기가 가세해서 갈피를 못 잡도록 그녀를 흔들어대고 있었다. 엄마는 물 한 컵을 다 마시고 이야기를 이어 나갔다.

"언니와 내가 마산에 나와서 공장에 다니며 함께 살고 있었다. 어느 날 언니가 남자를 데리고 왔더구나! K대학 3학년이라고 하더라. 중학교밖에 졸업하지 못한 언니는 그 남자를 열렬히 사랑했다. 언니와 내가 살고 있던 방에도 그 남자가 찾아와서 셋이서 함께 잠을 자기도 했지. 언니는 그 남자와 결혼할 것이라고 생각했고, 나도 형부가 될 것이라고 믿었다.

그런데 그 남자는 대학을 졸업하고 군대에 가 버렸다. 대한민국 남자라면 누구든지 군대에 갔다 와야 하지만, 그 남자는 언니한테 입대한다는 말도 없이 가 버리려고 했던가 보더라. 그런데 어떻게 그 남자의 입대일과 소집장소를 알았든지 당일에 언니가 진주로 찾아갔던가 봐. 그래서 첫 휴가를 나오면 만나기로 했다던데, 언니는 그 말을 믿고 임신했던 너를 낳다가 난산의 고통으로 죽고 말았지 뭐니.

언니가 너를 낳았을 즈음에는 그 남자가 첫 휴가를 나왔으면 오래 전에 나왔겠지만 휴가를 나오지 못했던가 봐. 언니는 그 남자가 휴가를 나오기만을 기다리고 기다리다가 결국 니 아빠를 만나지 못하고 너를 낳다가 죽었다. 그래서 내가 언니를 대신해서 너를 키웠다. 지금까지 너를 키워 온 아빠도 너 때문에 얼마나 행복하게 살아왔는지 모른다. 그 양반도 너에게 많이 고맙게 생각하고 있을 것이다. 만약에 내가 죽더라도 그 양반의 마음은 변함이 없을 거야.

어떻게 이야기해 주면 좋을지 몰라서 망설이고 있다가 이렇게 사실을 털어 놓고 나니까 속이 후련하구나! 너는 많이 괴롭겠지만, 시간이 지나면 안정을 되찾게 될 거야. 네 친아빠를 찾아보도록 해라. 작년 봄에 우리 호프집에 왔다 가셨으니 서울에 살고 계실 것이다. 그날 친구들과의 약속을 잊었다고 했으니까 서울에 살고 계시는 것이 분명해. 그리고 그분의 이름이 공오성이라고 했던 것 같다. 언니와 내가 그분을 육군이 아니라 공군에 가면 사성장군보다 높은 사람이 될 거라며 놀려대던 것이 기억난다. 그리고 이 사진을 잘 간직하고 있거라."

지금 잠들어 있는 엄마의 침대 옆에 앉아서 이미 다 읽은 공오성의 소설을 다시 꺼내서 표지날개의 작가 사진과 엄마가 준 흑백사진을 비교해 봤다. 그리고 지난 학기에 강의실에서 열심히 강의하던 공 강사의 모습을 마음속으로 떠올렸다. 그 세 모습들이 오버랩되면서 그의 양 눈매가 하나로 겹쳐졌다. 지금 그녀는 그 눈매를 저주하고 싶지만, 어쩐지 다정다감한 시선으로 그녀를 쳐다보고 있는 것 같았다.

"반드시 엄마와 나를 버린 복수를 할 거야!"

다음에 서울에 올라가면 그를 찾아서 응분의 대가를 치르게 하겠다고 다짐할 때, 엄마의 호흡이 곤란해지는 것 같았다. 곧바로 그녀가 간호실로 달려가서 간호사를 불렀다. 간호사가 엄마의 상태를 살피더니 다른 간호사들을 급하게 불러 모았다. 산소마스크를 부착하고, 호흡의 흐름을 살피는 기계를 작동시켰다. 기계에 그려지는 파장이 차츰차츰 완만해지고 있었다. 선미는 엄마의 가슴 위에 엎드려 조용히 엄마를 불러 보다가 대답소리가 희미해지는 안타까움에 목청껏 엄마를 부르면서 목 놓아 울음을 터뜨렸다.

참으로 지난겨울은 선미에게 길었다. 이십여 년 동안 키워 준 엄마를 잃었고, 그동안 모르고 있었던 친부모를 알았다. 매서운 찬바람처럼 아픔을 느끼게 했고 당황하게 만들었던 겨울도 엄마처럼 떠나고, 어느덧 신학기가 돼 학교에 나가 보니 공 강사는 마산에 있는 그의 모교에 전임으로 가게 됐다는 소문이 나돌았다. 그녀가 소속돼 있는 학과의 사무실에 가서 알아보고 사실임을 알았다. 당장에 그와 마주치지 않게 된 것이 다행이라면 다행이라고 생각했다.

4월 말경에 종로에 나갔다가 스탠다드차터드은행 본점 뒤쪽의 호프집이 있던 곳으로 가 봤더니 청진구역 정비계획의 공사가 진행되고 있었고, 벌써 그 자리에는 신축건물이 꽤 높이 올라가고 있었다. 그녀의 가족이 경영했던 고기집이 사라진 아쉬움을 느끼면서 뒤돌아 나오는 길가에 서 있는 목련나무에서 떨어지는 꽃잎들이 이모의 손짓처럼 하늘거렸다. 지금쯤 마산에도 봄꽃들이 피어서 바람에 하늘거리는 모양이 친아빠의 눈동자에 엄마가 부르는 손짓처럼 비치고 있는 것일까 하는 생각이 들었다.

그녀의 마음이 정리되는 대로 아빠에게 끝이 없는 편지를 써서 보내고 싶은 생각으로 지하에 있는 서점의 문구코너로 내려가서 두툼한 편지지를 두 묶음이나 샀다. 그리고 도서검색대의 검색창에 공오성이라고 입력하고 Enter키를 두들겼더니 지난겨울에 새로운 소설집 '선숙의 노래'가 나와 있었다.

유리벽

새로운 하루가 휴대폰의 알람소리에 깨어난다. 늦가을 토요일 새벽 홍만수가 깜깜한 방안의 머리맡에서 요란하게 울리는 휴대폰을 손으로 더듬어 찾는다. 잠이 깨지 않은 두 눈에 비치는 어렴풋한 액정화면 왼쪽의 빨강 엑스(X) 표시를 집게손가락으로 오른쪽에 끌어다 붙인다. 알람소리가 멈추고, 또 다시 방안은 적막해진다.

그는 베개 위에 머리를 누이고 이불을 머리 위까지 끌어올린 후 다시 잠에 빠진다. 아직 의식이 잠의 껍질 속에 파묻혀 있다. 그의 의식이 껍질을 깨고 나오기에는 방안의 공기가 너무 썰렁하다. 여전히 이불 속에서 일어나야 한다는 생각이 비몽사몽이다.

어제 아침에 한 번만 더 지각하면 잘라 버릴 거라던 회사 팀장의 얼굴이 몽롱하다. 그가 다니고 있는 회사에서는 아침마다 일과를 시작하기 십여 분 전 티타임을 갖는다. 이십 분 전에 모일 때도 있다. 팀장이 출근해서 인터넷으로 자신의 메일을 확인한 후에는 커피를 마시면서 팀원들을 모아 놓고 조회 아닌 조회를 한다.

가끔씩 그 시간에 사무실에 들어서는 직원들이 없는 것은 아니지만, 그가 사무실에 들어서면 팀장을 중심으로 아홉 명의 직원들 모두가 모여 있기가 일쑤이다. 그때마다 팀장으로부터 좀 일찍 나오라는 소리를 들어 왔다. 어제 아침에는 팀장이 짜증스러운 표정으로 한 번만 더 지각하면 잘라 버릴 거라고 말했던 것이다. 사실은 아침마다 그 시간에 출근하더라도 지각은 아니다. 출근시간이 9시로 정해져 있는데, 팀장은 낮이 길었던 여름과 변함없는 시간에 일과를 시작한다.

그가 이러저런 생각을 되뇌다가 이불을 걷어차고 몸을 일으킨다. 문 쪽에 붙어 있는 형광등 스위치를 누르자 딸깍, 하는 소리가 휴대폰의 알람으로 겨우 열려 있던 청각을 완전히 열어젖힌다. 콧구멍만한 원룸의 모든 것들이 일시에 형체를 드러낸다. 또 다른 하루를 향하여 열리게 된 두 눈이 부신다.

벽과 행거에 걸려 있는 옷가지들, 싱크대에 덩그러니 놓여 있는 라면 냄비, 밥상이면서 한 번도 밥상으로 사용해 본 적 없는 잡물들의 받침대 등이 방안의 차가운 공기에 오소소하다. 행거에 걸쳐져 있던 상의 하나를 껴입고, 방안의 모퉁이에 있는 화장실 문을 열고 들어선다. 변기 위에 앉아 있는 그의 희미한 의식이 반쯤 열려 있는 샛창으로 밀려드는 바깥 공기에 살얼음처럼 엉긴다.

겨울이라고 하기에는 이른 계절인데, 아침저녁과 한낮의 일교차가 십 도 이상 벌어진다는 일기예보를 들었다. 엊그제 수요일과 목요일에 가을비가 내리더니 금요일이었던 어제 아침의 기온이 육 도까지 떨어졌다. 어제 저녁 뉴스에서는 오늘 아침에 설악산에 눈이 내릴지도 모른다고 했다. 그동안 단풍이 절정이라는 소리가 먼 나라의 이야기처럼 들렸다. 회사에서 야유회라는 말을 한 번도 들어 본 적이 없다.

영상물을 주문받아 제작하는 기획사에서 그가 하는 일은 나레이션을 작성하는 것이다. 하나의 영상물이 완성될 때까지 그가 작성하는 나레이션은 몇 번이나 교정된다. 그래도 대학에서 국문학을 전공한 그의 적성에 별다른 거부감이 없어서 졸업 후 3년째 근무하고 있는데, 오늘은 토요일이니까 만약에 회사에서 오전 근무만 하고 오후에 퇴근할 수 있으면 뭘 하는 게 좋을 것인가를 상상해 본다.

토요일 아침에는 지하철이 평소보다 붐비지 않은 것으로 보아서 많은 사람들이 쉬는 것 같은데, 그는 회사에 출근해야 된다는 사실이 불만스럽다. 그래도 오후에 퇴근할 수 있다면 다행일 것이다. 토요일에도 걸핏하면 3시나 4시까지 회사에 붙들려 있는 경우가 흔하기 때문에 오후에 퇴근해서 뭘 하면 좋을 것인가를 생각해 보는 것은 희망일 뿐이다.

그렇게 변기에 앉아서 시원하게 대장 속을 비우고 화장실의 때 묻은 벽 거울에 비치는 유령 같은 그의 모습을 들여다보며 양치질을 할 때, 입가에 부글거리는 하얀 거품은 입 속에 밤새 고여 있었던 말이다. 거울 속에서 내다보고 있는 그의 모습이 바깥으로 나가면 그 소리가 들릴지도 모른다고 생각하는 것 같다. 그러나 때 묻은 거울이기 때문에 그 속에서 내다보더라도 거울 바깥에 있는 그의 모습이 불투명할 것이다.

실제로 그 자신이 희미한 존재라고 생각하고 있다. 회사에서도 무슨 일이든지 적극적으로 나서는 경우가 없고, 팀장을 비롯하여 과장이나 계장이 시키는 대로 잠자코 일을 할 뿐이며 매사에 능동적이지 못하다.

화장실에서 세수를 마치고 나와서 잠자리의 머리맡에 놓여 있던 휴대폰을 주워 들고 디엠비의 아침 뉴스를 듣는다. 정말로 오늘 아침에 설악산에 눈이 내렸다고 한다. 한라산 정상까지 눈이 쌓였다고 하면서 설경을 비춘다. 가을이 끝나기도 전에 겨울이 시작된 것 같다. 북극의 얼음이 녹아서 올 겨울은 예년보다 추울 거라는 리포트의 말이 이해되지 않는다.

아침마다 7시 반에 그의 방문을 열고 나서서 멀지 않은 지하철역에서 15분 후 지하철을 탈 수 있으면 8시 반에는 회사에 출근할 수 있다. 그러면 팀장이 출근시간인 9시보다 이십 분쯤 일찍 조회를 시작하더라도 늦지 않을 수 있는데, 그렇게 기계처럼 맞출 수 없는 것이 일상이다.

그렇지만 오늘은 토요일이다. 토요일에는 팀장이 출근하지 않거나 10시쯤에 나올 경우도 있기 때문에 부담스럽지 않다. 과장이나 계장은 그의 출근에 대해서 너그러운 편이다.

그래도 어제 팀장이 다시 구성해 보라고 한 나레이션에 신경이 쓰인다. 이번에는 꽤 큰 규모의 중소기업체를 운영하던 사장이 작년에 사망해서 올 연말쯤에 1주기를 맞는데, 그때 참예자들에게 보여 줄 영상물을 만드는 것이다. 나레이션은 그 사장이 태어나서 죽을 때까지의 자전적인 내용들로 구성될 예정인데, 이미 기본적인 원고는 작성돼 있기 때문에 초고를 쓰는 것보다는 어렵지 않을 것이다.

여의도 한강변에 있는 9층 빌딩의 8층에 세 들어 있는 회사에 도착하니 팀장은 보이지 않고, 먼저 출근한 과장과 계장을 비롯한 직원들끼리 서로의 컴퓨터를 들여다보면서 인터넷으로 무엇인가를 열심히 검색하고 있었다. 그가 자리에 앉기도 전에 과장이 입을 열었다.

"만수 씨도 빨리 컴퓨터를 켜고 항공권 예약이 가능한 곳을 찾아봐요."

"항공권 예약이라뇨?"

"내일 석진 씨가 칠레까지 가야 된대요."

"왜요?"

김석진 씨는 그보다 일 년 늦게 입사한 후배로서 영상편집을 담당하고 있다. 그의 옆자리에 앉아 있던 여직원이 과장을 대신해서 대답한다.

"석진 씨의 형님이 칠레까지 여행을 갔다가 그곳에서 불의의 사고로 사망했대요. 어제 저녁에 현지의 대사관으로부터 이곳에 있는 형수한테 연락이 왔답니다. 그래서 내일 석진 씨가 형수와 함께 칠레로 떠나야 된다는데, 항공권 예약이 쉽지 않아요. 만수 씨도 빨리 컴퓨터를 켜고 알아보세요."

그때 컴퓨터에 빨려 들어갈 듯 들여다보고서 마우스를 클릭하고 있던 김석진 씨가 초췌한 얼굴을 들었다.

"아, 됐어요. 지금 인천에서 미국으로 갔다가 칠레로 가는 비행기로 갈아탈 수 있는 티켓을 찾아서 예약했습니다."

"그래요? 다행입니다."

책상마다 파티션으로 구분돼 있어서 얼굴이 잘 보이지 않던 모습들까지 고개를 들면서 석진 씨 쪽으로 시선을 집중했다.

"모든 분들이 수고해 주셔서 감사합니다. 다행히 항공권이 예약될 수 있어서 내일부터 칠레까지 다녀오겠습니다. 회사의 일에 폐를 끼치게 돼서 죄송합니다."

"무슨 소리야? 아무리 회사의 일이 바쁘더라도 사정이 사정이니 만큼 갔다 와야지! 그런데 형님이 무슨 일로 칠레까지 가게 된 거야?"

계장의 그 말에 석진 씨가 자초지종을 얘기한다.

"한의원을 하고 있는 제 바로 위의 형님인데요, 얼마 전에 1년쯤 쉬고 싶다면서 병원 문을 닫고 혼자서 여행을 떠났습니다. 한 달간만 갔다 오겠다면서 형수와 조카딸 하나를 남겨놓고 떠났습니다. 보름쯤 지났습니다만, 그동안 어디를 여행하고 있는지 몰랐는데 칠레까지 갔던가 봅니다. 어제 대사관에서 형수한테 전화가 오기를 현지에서 홍수에 떠내려가던 어린아이를 구해 주려다가 사고를 당했나 봐요. 그래서 거기서 화장을 해야 되는데, 가족이나 친척의 동의가 있어야 된답니다. 그런 사정이 생겨서 내일 형수님을 모시고 칠레까지 다녀오겠습니다."

"이거 여행경비에 보태도록 해요."

과장이 윗도리의 안주머니에서 지갑을 꺼내서 만 원짜리 두세 장을 석진 씨에게 건넸다. 계장을 비롯한 직원들도 얼마씩을 보탰다. 석진 씨는 겸연쩍은 얼굴로 직원들이 건네는 돈을 받아서 경황없이 책상 위를 정리하고 자리를 떠났다.

갑자기 사무실의 분위기가 침울하게 가라앉았다. 누군가가 칠레는 지금 홍수 철인가? 하는 소리에 각자의 컴퓨터로 칠레를 검색해 본다. 홍만수가 검색해 보는 칠레는 세계에서 영토가 남북으로 가장 긴 국가로서 그 길이가 4,300킬로미터에 이른다고 나와 있다. 서울과 부산 간 거리의 열 배나 된다는 계산이다. 그래서 기후가 다양해서 북쪽은 건조하고, 중앙부는 지중해성 기후를 보이며, 남쪽은 빙하와 호수가 있는 서안해양성기후라고 한다.

가끔씩 일기예보를 들으면서 한반도의 중부지방과 남부지방의 날씨가 다르다고 할 때마다 우리나라도 꽤 넓은 땅이라고 생각될 때가 있는데, 이곳의 열 배나 긴 땅이라고 하니 오죽할까 싶다. 석진 씨의 형님이 칠레의 어떤 방면에 매력을 느껴서 거기까지 갔는지 알 수 없지만, 홍만수 자신도 최근에 남미의 이국적인 바다와 고대문명의 흔적들이 배경이 된 공상적사실주의 작가들의 소설을 읽으면서 한번쯤 그쪽으로 가 보고 싶은 생각을 해 본 적이 있다.

어쨌거나 영상편집을 담당하고 있는 석진 씨가 일주일 정도 일할 수 없게 됨으로 말미암아 그동안 진행해 왔던 회사의 계획들이 순차적으로 미뤄질 수밖에 없게 됐다. 그러면 오늘 오후에는 쉴 수 있게 될지도 모른다.

“계장님, 어제 팀장님이 다시 써 보라고 한 나레이션을 어떻게 해야 되는 건가요?”

“글쎄, 과장님한테 물어봐요.”

“과장님, 어제 팀장님이 다시 써 보라고 하신 나레이션을 오늘까지 완성해야 되는 것은 아니죠?"

"글쎄, 석진 씨가 없으니……. 아무튼 오늘은 토요일이니까 오전 근무만 하고 오후에는 퇴근하도록 합시다. 다음 주 월요일에 출근해서 지금까지 진행해 온 계획들을 어떻게 조정해야 될 것인가를 의논해 보도록 하지요."

"예, 알겠습니다!"

오전 근무만 하고 퇴근하자는 과장의 말에 홍만수는 갑자기 오늘 오후와 내일 하루의 빈 시간이 남미의 망망한 바다처럼 파랗게 펼쳐지는 것 같다. 항상 시간에 쫓기며 살던 그에게 예기치 않게 허락되는 시간이 복권에라도 당첨된 것처럼 기쁘다. 나레이션도 신경을 쓸 필요가 없을 것 같다. 어제 그에게 나레이션을 새롭게 쓰라고 한 팀장이 여태껏 출근하지 않은 걸 보면, 아예 오늘은 출근하지 않을 가능성이 높다. 그냥 인터넷 서핑만 하다가 점심때쯤에 퇴근하면 될 모양이다.

그런 생각을 하면서 느긋해지는 마음으로 칠레의 이미지들로 가득 차 있는 컴퓨터 모니터의 화면을 바꿔서 그의 카페가 있는 사이트로 들어가 본다. 괜스레 메일을 클릭해 보자 스팸 편지함만 가득 차 있다. 공연안내, 비아그라, 강한 남자의 꿈들로 차 있는 편지함을 비운다. 오래 전에 그가 개설했던 카페의 전체보기를 클릭해서 문학일반 카테고리로 분류돼 있는 '막다른 골목' 위에 커서를 올려놓고 마우스의 버튼을 누른다. '지금 방문한 카페의 배경음악을 들어 보세요! 배경음악 플레이어를 설치하시겠습니까? 프로그램을 설치 안 함(60일 동안 다시 묻지 않음) 확인 취소'라고 뜨는 팝 안내의 '취소'에 커서를 올리고 마우스 버튼을 누른다. 홈페이지의 대문이 열린다.

이 홈피는 그가 대학에 다닐 때 만든 것인데 한동안 잊고 있었던 것이다. 이것을 만들었던 3학년 때 습작동아리들이 회원으로 가입해 주었다. 그들이 하나둘 회원으로 가입해 줄 때마다 반갑고 고마워서 하루에도 몇 번씩 들러 보곤 했었다. 시, 소설, 수필, 독서 메모, 유머 코너, 넋두리, 우리들의 앨범 등을 카테고리로 만들어 놓았더니 친구들 스무 명쯤의 참새 떼 둥지가 됐다. 학교에서 모일 때 친구들이 올려놓은 글들이 화제거리였다.

그러다가 4학년 2학기부터 한 사람 두 사람씩 카페에 들르는 횟수가 줄어들기 시작했다. 그때는 모두 다 졸업 이후의 진로문제로 우울하던 때였다. 가장 열심히 글을 올리던 윤정은과 이근우도 졸업한 이후로 가끔씩 들르다가 나중에는 소식이 뜸해지고 말았다. 맨 마지막에 윤정은이 카페의 쓸쓸한 분위기를 안타까워하다가 졸업한 지 몇 개월이 지나자 그녀도 들르지 않았다.

이후로 카페지기인 홍만수가 일주일에 한 번, 두 주일에 한 번씩 들러보곤 하다가 그 자신마저도 들어가 보지 않게 됐다. 나중에 카페를 폐쇄해 버리려고 생각했지만 모든 회원들로부터 허락을 받지 않으면 폐쇄할 수 없다는 안내 글을 읽고 난 이후로 방치해 두었던 것이다.

홈피의 대문에 올려놓은 사계절의 사진들이 슬라이드로 돌아가고 있었다. 아무도 들르지 않고 있는 동안에도 그 사진들은 쉼 없이 돌아가고 있었는지 궁금하다. 카테고리들 가운데 우리들의 사진방에 올라와 있는 북한산행이라는 제목의 사진을 클릭해 본다. 동아리에서 불교 시인으로 알려져 있던 정○○ 시인을 초청해서 함께 북한산 중성문에 올라가 찍은 것이다. 열세 명의 얼굴들이 정겹다. 그 자신이 달아 놓았던 댓글을 읽어 본다.

북한산 중성문까지 올라갔다가 내려오던 중간에서 점심을 먹을 때 가까운 사찰의 주지스님이 찾아오셨다.

오후 2시쯤 널따란 식당에 앉아서 도토리묵과 모듬전을 시켜서 막걸리를 마시며 육신의 피로를 풀고 있을 때, 그 스님이 찾아와서 시루떡과 찰떡 그리고 귤을 비롯한 과일들을 내놓았다.

틀림없이 부처님께 올렸던 떡과 과일들이었을 것이다.

우리가 그 떡과 과일들을 먹게 됐다.

우리가 부처님이 됐다.

그래서 식사를 마치고 두 발로 걸어서 하산하지 않아도 될 신분들이 되어서 식당의 주인이 봉고차로 지하철역까지 모셔다 주었다.

그렇게 우리는 모두 다 부처님이 되어서 하산하여 중생들 속으로 문장을 베풀기 위하여 내려와 있다.

그 자신도 모르게 얼굴에 빙그레 웃음이 번진다. 그때만 해도 위대한 소설가가 돼 보겠다는 꿈이 옹골찼다. 홈피의 이름도 '막다른 골목'이라고 붙였을 만큼 다른 길은 없다고 생각했다. 오로지 소설을 쓰면서 살아갈 것을 다짐했던 것이다. 특별히 불교를 믿는다거나 관련 동아리에 기웃거려 본 적은 없지만, 동시대에 함께 살아가는 인간들을 위한 소설을 쓰면서 살겠다는 꿈이 부풀었던 시절이다. 그 아래로 주절주절 엮어져 있는 댓글들이 한 편의 시나리오처럼 이어져 있다.

다음으로 '강화도 엠티'라는 제목의 사진을 클릭해 본다. 동아리들의 밝은 모습 뒤쪽에 고인돌이 제단처럼 놓여 있다. 동아리들과 고인돌 사이의 시간이 제물로 바쳐져 버린 듯 간격이 없다. 고인돌에 기대어 선 모습들도 보인다. 과거와 현재가 밀착돼 반만 년도 더 지났을 역사가 제물의 연기로 사라져 버린 것 같다. 동막해변의 갯벌에 기울어져 있는 배 한 척이 외롭다. 송림 숲의 벤치에 앉아서 친구의 얼굴에 먹던 아이스크림을 플라스틱 스푼으로 퍼 던지는 다른 친구의 모습이 우습다.

그 친구의 이름들이 그리워서 카테고리 위에 있는 회원수를 클릭해 본다. 재미있는 닉네임들과 가입일 그리고 최종 방문일이 표시돼 있다. 그동안 아무도 들르지 않은 홈피라고 내버려 뒀는데, 지난주에 윤정은이 방문했다고 표시돼 있었다. 카테고리의 출석부에 글까지 세 차례 남겨놓았다. 세 번 모두 이제는 아무도 찾지 않은 홈피가 버려진 빈집처럼 눈물겹도록 쓸쓸하다고 돼 있었다.

그녀의 닉네임은 스마일이었다. 그 닉네임처럼 언제나 밝게 웃는 모습이 아름다웠다. 항상 머리카락을 어깨 위까지 잘라서 단정하고 활달해 보였고, 가늘고 진한 눈썹 아래의 두 눈동자가 여전히 생글거리고 있었다. 콧날이 곧게 뻗었으며, 두꺼운 입술의 윤곽이 또렷했다. 하마터면 그 자신이 그녀와 첫사랑의 인연을 맺을 뻔했다.

대학 3학년 때 종로에서 동아리의 모임이 끝나고 집으로 돌아오는 시내버스를 기다리던 정류장에서 그와 그녀가 단둘이 만났다. 그녀도 시내버스를 기다리고 있었다. 약간의 취기가 있었던 그가 그녀를 데리고 치킨집으로 들어가서 맥주 한 잔씩을 마시고 나왔다. 동아리의 모임에서 마셨던 몇 잔의 소주 때문인지 취기가 제법 느껴졌다. 그녀도 얼굴이 발갛게 상기돼 있었다. 그런 기분으로 둘이서 팔짱을 끼고 버스정류장으로 걸어 나오던 낙원동 길 안쪽의 골목에서 러브호텔의 네온사인들이 반짝거리고 있었다. 이미 밤

길은 시간이었다. 갑자기 그가 발걸음을 머뭇거렸다.
"왜 그래요?"
"……"
"왜 그러냐니까요?"
그가 점퍼 주머니에 찔러 넣었던 양손을 빼서 팔을 벌리고 그녀를 절반쯤 껴안은 자세로 러브호텔의 네온사인들이 번쩍거리고 있는 길 안쪽으로 향해서 돌아섰다. 그녀는 순간적으로 그의 의도를 알아채고 반항했다. 그러자 그는 노골적으로 그녀를 밀어붙여 보다가 뜻대로 안 되자 그녀의 팔을 잡아끌며 그 자신이 앞장을 섰다.
"안돼! 미쳤어요?"
"저기에 잠깐만 들렀다 가자!"
그녀가 계속해서 반항하자 그는 자존심 때문에라도 포기할 수 없었다. 그녀를 억지로 끌듯이 잡아당기며 골목의 안쪽으로 발걸음을 옮기려고 했다. 그러자 힘이 약한 그녀가 끌려가는 듯했다. 그때 그에게 잡히지 않은 그녀의 오른손으로 그의 왼쪽 뺨을 후려쳤다. 그녀의 갑작스러운 행동에 당황한 그가 어리둥절해 하며 어쩔 줄 몰라 하는 사이에 그녀는 그의 뺨을 때렸던 손을 감추며 그 자리에 쪼그려 앉아서 울기 시작했다. 그는 어떻게 해야 좋을지를 알 수 없었다. 옆으로 지나가는 사람들이 쳐다봤다.
"야, 울지 마! 내가 잘못했다."

"……."

"울지 말라니까! 내가 잘못했다잖아."

그렇게 길 위에 쪼그리고 앉아서 어깨를 들썩이며 울고 있던 그녀를 일으켜 세우려고 애를 쓰고 있던 그의 팔 힘에 의지해서 그녀가 몸을 일으켰다. 그렇게 일어선 그녀의 어깨 위로 그의 한 팔을 두르고서 다른 쪽의 손바닥으로 그녀의 눈물을 훔쳤다. 그러자 그녀의 입가에 알 듯 모를 듯한 미소가 번졌다.

"아직 시내버스가 있는지 모르겠다. 빨리 정류장으로 가 보자!"

"벌써 막차가 끊어졌으면 어떻게 해요?"

그 둘이 서둘러서 버스정류장으로 향했다. 조금 전 일은 다 잊어버린 것 같았다. 그의 서두르는 발걸음을 따라서 뛰다시피 따라가던 그녀는 웃음소리까지 밤바람에 날리고 있었다.

그런데 그들이 버스정류장에 도착해서 아무리 기다려 봐도 그녀의 집으로 가는 버스는 좀처럼 오지 않았다. 거기서 기다리던 사람들이 하나둘 버스를 포기하고 택시를 잡아타고서 떠나기 시작했다. 그들은 불안해졌다.

"잠깐 여기서 기다리고 있어 봐!"

"어디로 가려고 그래요?"

"글쎄, 잠깐만 기다리고 있어 봐!"

그렇게 말하고 버스정류장에서 기다리던 버스를 포기하고, 그는 그녀를 정류장에 남겨둔 채 그녀가 보이지 않은 곳에서 택시를 잡으려고 애쓰던 사람들을 붙들고 사정하기 시작했다.

"죄송합니다. 집으로 가는 시내버스가 끊어져서 그러는데, 택시비 만 원만 빌려 주세요. 반드시 갚아드리겠습니다."

그러면서 몇 사람에게 사정해서 마음이 좋아 보이던 한 중년으로부터 만 원짜리 한 장을 얻을 수 있었다. 그는 뛸 듯이 기뻐하며 버스정류장에서 기다리고 있던 그녀에게로 달려왔다.

"벌써 막차는 끊어진 모양이다."

"그러면 어떻게 해요?"

"어쩔 수 없지 뭐……."

"어쩔 수 없다니요?"

"택시를 잡아 줄게, 타고 가!"

"만수 씨는……?"

"내 걱정은 안 해도 돼. 부모님이 걱정하실 테니까 빨리 가!"

그날 밤 그녀를 택시로 태워 보내고 난 후 그는 한 시간 이상 걸어서 신촌에 있던 자취방으로 돌아왔다. 그날 밤 길을 걸으며 가끔씩 그녀로부터 얻어맞은 뺨을 손바닥으로 쓸어 보면서 많은 것들을 생각했다.

남자와 여자의 사이에 그때까지 몰랐던 성벽보다 견고한 유리벽이 가로막혀 있는 것 같았다. 가장 가까워질 수 있는 남자와 여자의 사이에 그런 벽이 가로놓여 있다면, 다른 사람들과의 사이에는 그것보다 높으면 높았지 결코 낮지 않은 벽들이 있을 것 같았다. 문득 그 자신이 사방으로 가로막혀 있는 벽 속에 갇혀 있는 것 같았다.

다음날부터 눈에 비치는 세상의 모든 것들이 다르게 보였다. 주위의 사람들마다 제각각 벽 속에 고립돼 있는 것처럼 보였던 것이다. 학교에서 친구들과 이야기를 나눌 때에도 서먹서먹한 느낌이 들었다. 이후로 조금씩 그의 마음이 닫혀 가고 있었다.

그럴수록 그는 소설책 속으로 빠져들었다. 그때부터 소설책을 읽기 시작하여 유명한 출판사에서 출간한 세계문학전집을 첫 권부터 마지막 권까지 독파했다. 매년 발표된 문학상 수상작품들까지 빠짐없이 읽었다. 이후로 그는 늘 혼자 있는 것이 편했다. 한 번도 외롭거나 고독하다는 생각을 해 본 적은 없었다.

그의 사무실 책상 위에 놓여 있는 컴퓨터 모니터를 통해서 그동안 잊고 있었던 홈피에 그녀가 최근에 세 번이나 들렀다는 사실을 확인하자 대학 3학년 때의 그날 밤 기억이 새로웠다. 요즘에는 그녀가 어디서 어떻게 살고 있는지 궁금했다.

컴퓨터 모니터 옆에 놓여 있던 휴대폰을 집어 들고 전원 버튼을 누른 다음에 초기화면을 옆으로 밀고서 연락처 아이콘을 터치한다. 오래 전에 등록해 두고 한 번도 지운 적 없는 이름들 가운데 그녀의 이름을 찾았다. 그러나 곧바로 통화버튼을 누르지 못한다. 그녀의 전화번호를 메모지에 옮겨서 적어 놓고 망설인다.

다시 책상 위의 컴퓨터 모니터를 들여다보자 홈피의 출석부에 남겨놓은 그녀의 글이 보인다. 그 문장 가운데 쓸쓸하다고 표기해 놓은 글귀가 그의 시각을 자극한다. 이번에는 책상 위에 놓여 있는 회사 전화기의 수화기를 들고 메모지에 옮겨서 적어 놓은 전화번호대로 버튼을 하나둘 누르기 시작하자 가슴이 두근거리기 시작했다.

잠시 수화기를 들고 기다려 봐도 전화를 받는 사람은 없다. 그가 수화기를 내려놓으면, 그 순간에 그녀가 전화를 받게 될지도 모른다는 불안한 마음에 한참을 기다려 봐도 마찬가지였다. 결국 수화기를 내려놓았다.

그때 과장이 오늘은 일찍 퇴근하자면서 자리에서 일어나 옷걸이에 걸어 두었던 윗도리를 걸쳐 입었다. 그가 컴퓨터 모니터의 오른쪽 아래에 표시돼 있는 시간을 확인해 보니 12시가 가까웠다. 사무실에 앉아 있던 직원들이 퇴근준비를 했다. 그의 옆자리에 있던 여직원이 그를 쳐다보면서 퇴근을 안 할 거냐고 물었다. 퇴근해야지요, 하면서도 자리에서 일어날 줄 모르는 그를 이상하다는 듯 쳐다보며 직원들은 모두 다 사무실을 빠져 나갔다.

사무실에 그만이 남아 있게 되자 그녀에게 다시 한 번 전화를 해 보고 싶었다. 그러나 회사의 전화기 위에 놓여 있는 수화기를 선뜻 들지 못하고 홈피의 대문에 새로운 사진 한 장을 올려놓고 싶었다. 강화도에서 찍었던 동아리들의 사진들 가운데 동막해변의 갯벌에 기울어져 있는 목선의 사진을 바탕화면에 복사했다. 그리고 홈피의 대문을 클릭해서 이전에 올려놓았던 다른 사진들을 삭제하고 조금 전 바탕화면에 복사했던 목선의 사진을 올렸다. 홈피의 초기화면으로 돌아가 보니 대문에 올라와 있는 목선 한 척의 사진이 그녀가 쓸쓸하다고 안타까워했던 홈피를 더욱 쓸쓸하게 만들어 버린 것 같기도 하고, 곧 밀물이 밀려들면 파도를 따라서 살랑거리며 어딘가로 노를 저어 떠날 수 있을 것 같기도 했다.

카테고리가 있는 곳으로 돌아와 보니 스마일이 손님으로 들어와 있었다. 곧바로 그는 그 닉네임을 클릭한 후 채팅방으로 들어가서 키보드를 두들겼다.

“지금 여기에 윤정은이 들어와 있네! 너무너무 반갑다. 요즘에 어떻게 지내니?”

“카페지기님, 반가워요. 오랜만이에요. 어저께 여기에 들어왔을 때에는 요즘에 아무도 들르지 않고 있는 것 같아서 안타까웠는데, 오늘은 카페지기님이 들어왔네요? 이렇게 연결돼 무척 기뻐요. 여전히 잘 지내고 있는지 궁금해요."

"잘 지내고 있지! 토요일인 오늘도 회사에 출근했다가 오전 근무만 하고 퇴근하게 됐는데, 오후에 뭘 하면 좋을지 알 수 없어서 아직까지 퇴근하지 않고 회사의 컴퓨터로 여기에 들어와 봤다. 그런데 너와 채팅을 하게 될 줄은 꿈에도 생각을 못 했다. 너무너무 반가워서 어떻게 인사를 하면 좋을지 모르겠다."

"나도 그래요."

"한 번 만나보고 싶다. 그동안 어떻게 변했는지 궁금하다."

"옛날의 모습 그대로예요. 며칠 전 동아리였던 경숙을 만났는데, 나보고 얼굴 모습은 하나도 안 변했대요."

"그러면 더욱 더 만나보고 싶다. 오늘 오후에 안 바쁘니?"

"나한테 있는 것은 시간뿐이에요."

"오늘 오후에 만나자!"

"나도 카페지기님을 만나 보고 싶지만……."

"시간이 없어?"

"나한테 있는 것은 시간뿐이라고 했잖아요. 그런데 요즘에 내 마음대로 바깥으로 나다닐 수 없어요."

"왜 바깥으로 마음대로 나다닐 수 없다는 거야?"

"요즘에 요양 중이에요."

"어디가 아파서 그래?"

"몇 개월 전 갑상선암 진단을 받았어요. 그래서 되도록 밖으로 안 나다니고 있어요. 다행히 조기에 발견돼 요양을 잘 하면 치료가 가능하다는 말을 들었어요."

"그렇구나! 어디서 요양하고 있는데……? 오늘 병문안 겸 찾아가 보고 싶다."

"요양에 바닷바람이 도움이라도 될 수 있을까 해서 강화도에 와 있어요."

"그래? 그러면 거기에 기다리고 있어! 지금 내가 강화도로 간다."

"정말로 오후에 할 일이 없었던 건가요?"

"그렇다니까! 마침 잘됐다. 지금 몇 년 전에 동아리들과 함께 강화도에서 찍은 사진들을 보고 있었다. 그때 우리가 돌아봤던 강화지석묘터와 동막해변 그리고 분오리돈대를 다시 한 번 너와 함께 돌아보고 싶다. 해 지는 마을에 가서 저녁놀도 보고 싶고……."

"그러면 한 번 와 보세요. 나도 카페지기님이 보고 싶어요."

"지금 바로 출발한다!"

그가 홈피를 닫고 컴퓨터의 시스템 종료를 클릭했지만,

컴퓨터는 꺼지지 않고 종료될 때까지 기다리라는 메시지가 떴다. 그렇지만 그의 마음이 조급하여 의자를 뒤로 밀면서 자리에서 일어선다. 그때 뒷쪽에 놓여 있던 자료 캐비닛 문에 그의 의자가 부딪쳐서 유리창이 깨져 내렸다. 그는 바닥에 흩어진 유리 조각들을 쓸어 모을 여유도 없이 사무실을 나선다. 엘리베이터를 기다리는 동안 어느 사무실에서 누가 무슨 목적으로 그 시간에 세팅해 놓았는지 알 수 없는 휴대폰의 알람소리가 끊임없이 들려오고 있었다.

소설수업

지난겨울에 장식된 동네 교회의 일루미네이션들이 퇴색하고, 2월이 시작되자 입춘으로 이어졌다. 아직 겨울이 끝났다고 생각하기에는 이른 감이 있지만 엊그제 입춘이 지나자 봄기운이 느껴지고, 일요일인 오늘 아침에는 창 밖에 안개가 뿌옇다. 전국에 안개가 짙어서 항공기의 이착륙이 지연되고, 고속도로마다 교통사고로 인한 정체가 발생하고 있다는 텔레비전의 뉴스가 들린다. 오늘 지하철을 타고 교외로 나가 보려던 어제 저녁의 생각을 바꿔서 소설 한 편을 써 봐야 되겠다고 생각하는데, 어떻게 시작해야 좋을지 모르겠다.

지나간 겨울이 나에게는 행운의 계절이었다. 대학을 졸업한 후 3년 가까이 무역회사에서 잡다한 서류들을 번역하면서 지내다가 D대학 문화예술대학원 신입생모집에 응시하여 문예창작과에 합격했다. 대학에서 일문학을 공부하며 소설을 써 보고 싶다고 생각한 적이 있었고, 가끔씩 서점에 들러서 문학상수상집들을 사서 읽어 보기도 했다. 그러면서 문예지의 신인상모집에 한두 번 응모해 봤지만, 지금 생각해 보면 터무니없는 글에 지나지 않았다.

그래서 일간지에 실렸던 대학원 신입생 모집광고를 보고 응시해서 의외로 합격하게 돼 기뻤다. 대학원 수업은 야간에 있게 되고, 그것도 일주일에 이틀 정도 수업이 있어서 회사의 일을 계속하며 공부할 수 있을 것 같다.

그렇지만 개학이 한 달도 안 남게 되니까 어떻게 수업을 따라갈 수 있을지 불안하다. 하루하루 회사에서 처리해야 되는 일이 만만찮다. 아무래도 회사의 일을 계속하면서 대학원 수업을 따라가는 데 무리가 없지 않을 것 같다. 그래서 소설 한 편이라도 미리 써 놓을 필요가 있겠다고 생각해 왔는데, 오전 내내 이런저런 궁리를 해 보지만 어떻게 시작해야 좋을지 알 수 없다.

대학 4학년 여름방학 때 고향인 통영에 내려가서 아무런 계획 없이 하루하루를 보내고 있었다. 마지막 여름방학이었으니까 취업준비 때문에 눈코 뜰 새 없이 바쁘게 보내야 했겠지만 학교를 졸업하면 삼촌이 경영하는 무역회사에 와서 도와달라는 얘기가 있었고, 내 건강도 좋지 않아서 그동안 읽고 싶었던 소설을 읽으면서 지냈다.

그때 우리 옆집에 일본에서 시집을 와서 살고 있던 언니가 있었다. 처음에 경북 영주에 시집와서 살았는데 남편의 일자리를 따라서 통영까지 오게 됐다고 했다. 엄마를 통해서 들었는지 모르겠지만 내가 대학에서 일문학을 공부하고 있다는 것을 알고 하루는 저녁에 나를 찾아와서 밤늦도록 이런저런 이야기들을 나누게 되었다. 그 언니가 일본에서 대학을 졸업하고 은행에 취직해서 훌륭한 남자와 결혼하여 행복한 가정을 이루고 싶은 희망에 부풀어 있었는데, 꿈에도 생각하지 못했던 한국으로 시집을 와서 10여 년 동안 고생했다고 말했다.

그러면서 당시에 어떤 출판사에서 다문화가정의 체험수기를 모집하고 있었는데, 그 언니도 원고를 보내고 싶지만 한국어를 잘 모르기 때문에 생각뿐이라고 했다. 그래서 내가 일본어로 써 보라고 했다. 그러면 내가 번역해 주겠다고 했다. 그 언니가 처음에 경북 영주로 시집와서 통영까지 남편을 따라오게 된 경위가 예사롭지 않았다. 그때에도 고등학교를 졸업한 남편의 직업이 일정하지 않아서 그 언니의 얼굴에 그림자가 서려 있었다.

그 언니가 써 주던 원고를 번역하느라고 며칠 동안 밤을 새다시피 했다. 그때에 내가 읽고 있었던 소설을 중간에 접어두고 그 원고를 번역하는 데 여름방학의 남은 시간과 관심을 다 기울였지만, 그 체험수기가 당선되지는 못했다.

지금 그 원고를 찾아서 새롭게 구성하면 한 편의 소설이 될 수 있을지 모르겠다는 생각이 든다. 그렇지만 플로피디스켓에 원고를 저장해 뒀는데 아직까지 저장상태가 양호

한지, 혹시 지금은 잊어버린 암호라도 걸어 둔 것은 아닌지 알 수 없다. 그렇게 생각하니까 지체할 시간이 없다. 회사에 나가서 그 디스켓을 찾아봐야 한다는 생각으로 아무렇게나 옷을 걸쳐 입고 하숙집을 나선다.

안국동 지하철역을 지나서 사무실이 있는 낙원동으로 가는 길가의 운현궁 담을 따라서 쓸어 붙여놓은 어저께 내린 잔설이 도시의 얼룩에 절어서 숭숭하다. 낙원빌딩 12층에 있는 회사에 도착해 보니 박 팀장이 출근해 있었다. 서른 중반이 되도록 결혼을 안 한 것인지, 못 한 것인지 알 수 없지만 독신으로 살면서 회사의 일에 성실하다. 다른 직원들은 쉬는 오늘도 출근한 것을 보면 재미없게 사는 사람인 것 같다. 그런 박 팀장이 나를 보자 반갑게 인사를 한다.

"선희 씨가 무슨 일로 일요일에 회사에 나와요?"

"좀 찾아볼 게 있어서요. 그런데 박 팀장님은 바쁘신가 보네요, 오늘도 출근하신 걸 보니?"

"회사일이 바쁘다기보다는 갈 만한 곳이 없고, 오라는 데도 없고 해서……. 그런데 점심시간이 다 됐는데 어디에 가서 식사부터 하죠? 제가 맛있는 것 살게요."

"저는 금방 돌아갈 거예요. 팀장님이 식사하고 올 때까지 제가 사무실에 있을 테니까 식사하고 오세요."

"사무실 문은 잠가 두면 되니까 같이 가요."

"아니에요. 아침을 늦게 먹었고, 금방 돌아가야 돼요. 식사하고 오세요."

그가 인사치레로 함께 식사하러 가자고 하는 것이 아니라 진심으로 그러는 줄 모르는 게 아니다. 기회가 있을 때마다 나에게 호의를 보이곤 한다. 그래도 나는 남자 때문에 내 삶을 허비할 생각이 없다. 대학 3학년 때 사귀던 오빠가 학교를 졸업하고 핑계도 아닌 핑계를 대면서 가족들과 함께 미국으로 떠나 버린 후 그런 생각이 호두의 껍질보다 더 단단하게 굳었다.

"그러면 제과점에 가서 우유와 빵을 사 오겠습니다."

내 자리에 앉아서 서랍 속을 뒤적거리고 있는 사이에 그가 사무실을 나간다. 그 언니의 원고를 번역해서 저장해 놓은 듯한 디스켓을 어렵사리 찾아서 컴퓨터에 삽입하고 열어 보니 암호가 없이 열린다. 안도의 한숨이 나온다. 저장 상태도 양호하다. 그대로 '다른 이름으로 저장하기'를 클릭하고 '소설'이라는 이름을 입력해서 컴퓨터의 바탕화면에 저장해 둔다.

내일부터 회사 일이 끝나는 저녁이나 토요일 혹은 일요일에 시간이 있을 때마다 회사에 나와서 한 편의 소설로 구성해 봐야 되겠다고 생각할 때, 박 팀장이 빵 냄새를 풍기는 종이봉지를 안고 돌아온다. 나는 그 시간에 맞춰서 기다렸다는 듯 사무실을 나올 수 없어서 잠시 인터넷 신문을 클릭하면서 앉아 있었다.

“선희 씨가 어떤 빵을 좋아하는지 몰라서 내 마음대로 골라서 사 왔습니다. 하나만 먹어 봐요.”

그러는 그의 호의를 쌀쌀맞게 거절하지 못하고 고맙다며 애써 미소를 지어 보이고 한 입을 베어 무니 빵 속의 크림이 달콤하다. 그가 앉아 있는 쪽으로 쳐다보니 그도 내 쪽을 바라보고 웃음을 보인다. 그의 입가에 묻은 우유 빛이 선명하다.

“저 먼저 가요.”

“해피 선데이!”

조금 전에 읽고 있었던 인터넷 신문을 닫고 컴퓨터를 종료한 후 먹던 빵과 우유를 양손에 들고 사무실을 나올 때, 그의 인사말이 내 뒤에서 닫히던 사무실의 문틈에 끊겼다.

공교롭게도 월요일부터 회사의 일이 더욱 바빠졌다. 일본에서 제작되는 피싱보터와 모터 행글라이더 등 수상 레포츠 용품을 수입할 의향으로 다양한 기구들의 제작원리와 특징 및 이용 방법들이 소개돼 있는 3백 페이지에 가까운 책을 번역하게 됐다. 그것도 가능한 한 빠른 시일 내에 번역이 끝나야 한다는 말을 들었다.

컴퓨터의 바탕화면에 저장해 놓은 ‘소설’은 한 번도 열어 보지 못했다. 28일밖에 안 되는 2월은 눈 깜박할 사이에 지나가 버리고, 3월이 돼 기쁨 반 근심 반으로 대학원에 입학하여 첫 수업을 듣게 되었다. 나와 함께 입학한 신입생이

세 명이었는데 한 명은 시, 다른 한 명은 아동문학을 전공한다고 했다. 소설창작 강의실에 들어가니 희뿌연 형광등 불빛 아래서 열 명 정도의 선배들이 잡담을 나누며 앉아 있었다. 내가 뒤쪽의 빈자리에 앉으니 옆에 앉아 있던 선배가 인사를 건네 왔다.

"안녕하세요?"

"안녕하세요?"

"이번에 소설 전공의 신입생 한 분이 계신다는 소식을 들었는데 만나게 돼서 반갑습니다."

"반갑습니다. 앞으로 잘 부탁드려요."

그렇게 인사를 나누는 사이에 교수가 들어와서 출석 체크가 시작되고 여기저기서 예, 하는 대답소리와 함께 가끔씩 웃음소리가 터졌다. 그 웃음소리들이 무슨 뜻인지 알 수 없지만, 조금도 분위기가 낯설지 않았다. 교수와 학생들은 모두 다 낯설었지만, 3년 만에 돌아와 앉아 보는 강의실 분위기는 예전과 다름이 없었다. 출석을 체크하던 교수가 마지막으로 내 이름을 부르고, 이번 학기부터 함께 공부하게 됐으니까 모두 다 많이 도와주기 바란다고 덧붙였다.

그리고 곧바로 강의가 시작됐고, 이번 학기에는 역사소설을 단편으로 한 편씩 써 보게 되겠다고 했다. 그리고 역사와 소설의 차이에 대한 설명과 역사소설의 의의, 역사소설을 쓰기 위한 마음자세와 준비 등에 관해서 강의가 이어졌고 다음 주까지 플롯을 구성해서 제출하라고 했다. 그동안 내가 써 보려고 생각했던 방향과 달라서 강의 내용이 귀에 들어오지 않았다. 더구나 다음 주까지 플롯을 구성해서 제출하라는 숙제가 양어깨에 바윗덩이로 얹혔다.

수업이 끝난 후 인사를 나눴던 옆 자리의 선배한테 역사소설이 아니라 다문화가정에 대한 소설을 써 보면 안 되느냐고 물어봤더니 그 주제는 지난 학기에 공부한 것이라고 대답했다. 그리고 다음 주에는 수업이 끝난 후 신입생환영회가 있을 예정이라고 하면서 바쁜 듯 강의실을 빠져나갔다. 다른 선배들도 다음 수업의 강의실이 몇 호실인가를 서로서로 확인하면서 떠나고, 또 다른 학생들이 강의실로 들어왔다. 다음 시간에도 나는 같은 강의실에서 문예사조의 수업을 들었지만, 역사소설의 플롯을 어떻게 짜야 할 것인가에 대해서 고민이 돼 강의 내용을 조금도 이해하지 못했다.

다음날 회사의 일이 끝나자마자 서점으로 달려가서 역사소설 코너로 가 봤다. 서가에 빼곡하게 꽂혀 있던 책 제목들 가운데 운현궁이라는 단어가 눈에 들어왔다. 그때서야 날마다 회사에 출퇴근하면서 운현궁 앞을 지나친다는 사실을 알게 됐다. 대학에 입학할 때부터 계동에서 하숙을 시작하여 학교를 졸업하고 회사에 입사하여 지금까지 그 앞을 지나치면서 한 번도 그 안으로 들어가 본 적이 없었던 운현궁이 마음속에 자리를 잡았다. 이번 주 토요일에는 무슨 일이 있더라도 운현궁에 가 봐야 되겠다는 생각이 들었다.

봄이 시작되는가 싶더니 날씨가 초여름 날씨처럼 20도에 가까운 날들이 계속되던 3월 첫째 주가 끝나고, 토요일 10시경에 찾아간 운현궁의 노안당 앞 매화나무가 가지마다 하얀 꽃을 피우고 있었다. 운현궁은 조선 제26대 임금이었던 고종의 잠저, 다시 말해서 고종이 즉위하여 창덕궁으로 이어하기 전까지 살았던 곳이며 고종의 아버지였던 흥선대원군의 사저이기도 했다. 그곳은 흥선대원군이 어린 고종의 아버지로서 실권을 쥐고 쇄국정책을 고수하여 유럽과 소련, 미국, 일본 등으로부터 끊임없이 가해지던 개방의 압력에 대항하여 조선을 지켜 내려고 애썼던 곳이다.

당시에는 임금 아버지의 사저였던 관계로 면적이 넓었겠지만 현재는 노안당, 노락당, 이로당이 나란히 자리를 잡고 있고 입구와의 사이에 마당이 있다. 그 마당의 끝쪽에 유물전시관이 있고, 정문의 우측에 있는 것은 수직사 건물이다. 정문을 들어서서 수직사 앞으로 통과하여 들어선 노안당은 흥선대원군이 일상적으로 거처하던 곳으로서 고종의 즉위 후 개혁정책이 논의됐던 곳이다.

노안당의 뒤쪽에 있는 노락당은 운현궁에서 가장 크고 중심이 되는 건물로서 명성황후가 왕비의 수업을 받았던 곳이며, 고종과 명성황후의 가례가 치르진 곳이기도 하다. 안

방에 흥선대원군의 부인이었던 부대부인 민 씨의 모형이 앉아 있고, 명성황후가 왕비의 수업을 받으면서 3개월 동안 거처했다는 방안을 들여다보니 그 넓이가 손바닥만하다. 어떻게 한 나라의 왕비가 될 신분으로 이렇게 좁은 방에서 살았을까 하는 의구심이 생기는데, 운현궁의 안내원처럼 보이는 노인이 중년 부부인 듯한 남자와 여자 그리고 그들이 데리고 온 초등학생으로 보이는 여자아이에게 운현궁에 대해서 설명해 주면서 뜰 안으로 들어선다.

"방들이 전부 다 너무 작지요? 그것은 겨울에 보온효과를 높이기 위한 것이었으며, 또 방이 넓으면 그만큼 함께 기거하는 부부이면 부부의 사이도 가깝지 못할 것이라는 생각으로 건물을 지었기 때문입니다."

그 노인이 노락당의 경비와 관리를 맡았던 사람들이 살았던 건물을 쳐다보며 마루에 걸터앉아 있는 나까지 들으라는 듯이 큰 소리로 설명하는 말을 듣고 보니 그랬을지도 모르겠다는 생각이 들었다. 나는 마루에 걸터앉아 있다가 뜰로 내려서면서 건물의 안내판이 서 있는 것을 들여다보고서 고종과 명성황후의 가례가 이곳에서 행해졌다는 사실을 확인하고, 이후에는 임금과 왕비가 어디에 기거했는지 궁금했다. 아무래도 그렇게 좁은 방에서 한 나라의 임금과 왕비가 기거했을 리는 없었을 것이라는 생각이 들었기 때문이다. 그래서 방금 모든 방들이 좁은 까닭을 설명해 준 노인에게 물어봤다.

"한 가지 여쭤봐도 되겠습니까?"

"뭔데요?"

노인은 나를 유심히 쳐다봤다. 가끔씩 우리 역사에 대해서 좀 알고 있다는 사람들이 찾아와서 곤란한 질문을 하는 경우가 있는 모양이었다. 노인이 긴장하는 눈치였다.

"다름이 아니고 여기의 안내판에 보니까 고종과 명성황후의 가례가 이곳에서 행해졌다고 하는데, 가례가 끝난 후에는 임금과 왕비가 어디로 갔습니까?"

"창덕궁으로 가셨죠!"

"그래요?"

비로소 노인은 긴장을 풀면서 조금 전 함께 들어온 아이와 부모에게 운현궁의 역사와 이곳에 있는 건물들에 대해서 장황하게 설명을 계속했다. 고종과 명성황후가 이곳에서 가례를 치르고 창덕궁으로 갔다는 말을 들은 나는 이왕에 나선 발걸음이니까 오늘 창덕궁까지 가 봐야 되겠다고 생각했다. 그래서 이로당과 유물전시관을 대충 둘러보고 운현궁을 나섰다.

예전에는 운현궁의 이로당 뒤쪽에서 창덕궁까지 곧바로 이어진 길이 있었겠지만, 지금은 일본문화원 앞으로 돌아서 현대건설 본사의 건물 앞을 지나가야 창덕궁의 입구로 갈 수 있다. 대로변에 차량들의 소음이 이상기온에 깨어나는 계절의 왕성한 기운처럼 소란스러웠다.

이미 창덕궁으로 들어가는 돈화문 앞에서 많은 사람들이 웅성거리고 있었다. 왜 사람들이 궁 안으로 들어가지 않고 웅성거리며 모여 있는지 모르겠다고 생각하면서 입구에 이르러 보니 궁궐 안을 안내하는 시간이 정해져 있었는데, 다음의 안내시간은 1시 45분부터 한국어 안내로 예정돼 있었다. 일본어와 영어 그리고 중국어 안내시간이 약 1시간 간격으로 정해져 있는 것으로 봐서 궁 안을 둘러보는 데 그만큼의 시간이 걸리는 것으로 짐작됐다. 누구든지 개인적으로는 궁 안을 둘러볼 수 없도록 돼 있었다.

약 20분 정도의 시간이 남았다. 출입구 왼쪽에 가건물로 지어진 매표소에 가서 입장권 한 장을 구입하여 남은 시간에 뭘 하면 좋을까를 생각하면서 입구 쪽으로 돌아오는데, 내 뒤에서 인사를 건네는 소리가 들려 왔다.

나와는 상관없는 소리라고 생각하고 입장권에 새겨져 있는 궁궐의 사진을 들여다보면서 발걸음을 옮기는데 또 다시 안녕하세요, 하면서 내 앞을 막아서는 사람이 있었다. 눈을 들어보니 소설수업 첫 시간에 인사를 나눴던 선배였다. 이런 곳에서 의외로 그를 만나게 돼서 반가웠다. 그 선배도 내가 반가운 모양이었다.

"이번 학기에 역사에 관련된 단편소설을 한 편씩 써야 될 모양인데, 뭘 어떻게 써야 할지를 몰라서 와 봤습니다. 그런데 이곳에서 반가운 분을 만나게 됐네요."

"안녕하세요? 저도 뭘 어떻게 써야 될지 몰라서……. 다음 주까지 플롯을 써 내라고 교수가 그랬는데, 그 플롯을 어떻게 써야 할지를 모르겠습니다."

그 선배의 인사에 반갑게 대답했다. 선배는 명랑한 성격인 듯하면서도 차분하고 매사에 빈틈이 없는 것 같은 삼십세 전후의 건장한 체격이다. 외모는 미남형으로서 신장도 180센티미터 정도로 훤칠하고 듬직하다. 그런 성격과 외모가 부담스럽지 않고 편안한 느낌을 주었다.

"저쪽 매표소가 있는 곳에 자판기가 있는 모양인데, 커피 한 잔 하실래요?"

"괜찮아요. 입장시간이 얼마 안 남은 것 같은데, 여기서 잠깐 기다리다가 들어가죠 뭐……."

"그러면 여기에 잠깐 계세요. 아직 입장권을 안 샀습니다."

그는 매표소가 있는 쪽으로 향했다. 그렇게 아는 사람을 만나게 되니까 내가 차려입고 나온 옷에 신경이 쓰였다. 평소에 옷 입는 데 신경을 쓰지 않은 편이라서 언제나 편하게 입고 다니는 가랑이가 너덜너덜한 청바지에 더워 보이는 칙칙한 윗도리를 걸치고 나온 것이 후회되었다. 좀 밝은 색으로 가볍게 차려입고 나왔더라면 좋았을 것이라고 생각하는데, 선배가 양손에 커피 컵을 들고 조심스러운 발걸음으로 돌아왔다.

"아직 10여 분이 남았으니까 여기의 그늘 쪽에서 기다리죠."

"그러죠."

내가 커피 컵 하나를 받아들고 돈화문 지붕의 그늘 아래로 들어섰다.

"벌써 초여름의 날씨와 같아요. 예년보다 10도 정도가 높은 이상기온이라고 그러죠?"

"예년의 5월 기온이래요. 이럴 때 환경문제를 들먹거리는데, 우리는 잘 모르지만 보통으로 심각한 문제가 아닌가 봐요."

그렇게 날씨에 대한 이야기를 주고받으며 뜻밖의 만남이 시작됐다.

"다음 주까지 플롯을 못 쓰게 되면 어떻게 되는 건가요?"

내 물음에 선배가 커피를 홀짝거리며 나를 안심시키려는 듯 대답했다.

"너무 걱정할 것 없어요. 이번 학기에 쓸 소설의 줄거리를 A4 한 장 정도로 대충 요약해서 써 내면 돼요."

"그렇지만 대충이라도 얘기거리가 잡혀야 할 텐데……. 오늘 선배와 창덕궁을 둘러보면 소재가 잡힐는지 모르겠어요."

"나도 그런 희망으로 나왔는데, 뜻밖의 반가운 분을 만나게 돼서 기쁩니다."

그 선배는 나와의 만남이 진정으로 반갑다는 듯 자신에 대해서 간단하게 소개했다.

"수년 전 이름도 없던 잡지를 통해서 등단해 놓고 학교를 졸업한 후 군대에 갔다 왔더니 뭐가 뭔지 아무것도 모르겠어요. 그래서 새롭게 공부를 시작했는데, 직장에 다니면서 공부해 보려니까 시간에 쫓겨서 제대로 되는 것이 아무것도 없어요."

"저도 학부에서 일문학을 전공하고 회사의 일에 매달려 살다가 소설창작을 공부해 보고 싶은 생각으로 3년 만에 학교로 돌아와 봤는데, 처음부터 난감해서 수업을 따라갈 수 있을지 걱정입니다."

창덕궁 앞에서 그렇게 만나게 된 선배의 소개를 듣게 되니까 이 선배의 역사는 어떤 것일까 하는 생각이 들어서 속으로 웃음이 솟구쳤다. 그러면서 현재의 이 선배가 어떤 사람인가를 좀 더 알고 싶어서 지나간 과거가 궁금해지듯이 지금까지 무관심했던 우리의 역사를 알게 됨으로써 현재의 우리를 좀 더 잘 알 수 있게 될 것이라는 생각이 들었다.

그렇게 생각하니 이번에 역사소설을 공부하게 된 것이 단편소설 한 편을 창작하는 것뿐만 아니라 우리의 역사에 대해서 새로운 관심을 갖게 되는 계기가 되겠다고 생각해 보지만, 오늘 창덕궁 안을 둘러보는 것으로 다음 주까지 제출해야 되는 플롯의 실마리가 잡힐지는 의문이었다.

돈화문 앞에서 우리처럼 입장시간을 기다리고 있는 사람들을 둘러보며 커피를 마시고, 선배가 담배 한 개비를 피우는 사이에 시간이 지나서 궁 안으로 입장하게 됐다. 한 사람 두 사람 안으로 들어서니 앞쪽에서 이쪽으로 모이세요, 하는 스피커의 금속음이 들렸다. 그렇게 소리가 나는 쪽으로 쳐다보니 저만큼 돌다리가 보이는 곳에서 가이드가 조그만 스피커를 핸드백처럼 둘러메고 우리 쪽으로 손짓하고 있었다.

대학생인 듯한 키가 작고 활달해 보이는 가이드 앞에 30여 명의 사람들이 모였다. 함께 창덕궁을 둘러보게 될 사람들이었다. 그렇게 모인 사람들 앞에서 가이드는 자신을 소개하면서 자원봉사자로서 창덕궁의 안내를 맡고 있다고 말했고, 앞으로 1시간 동안 창덕궁을 함께 돌아보며 우리를 안내할 것이라고 했다. 그러면서 우리가 통과해 들어왔던 돈화문에 대해서 설명했다.

“돈화문은 정면 다섯 칸, 측면 두 칸으로서 열 칸짜리 건물입니다. 가운데 세 칸은 문짝이 달려 있고, 가장자리 두 칸은 벽으로 마감돼 있습니다. 문짝 셋을 자세히 보면, 가운데 문이 좌우의 문보다 약간 더 큽니다. 왕만이 드나들던 어문입니다. 조금 전 여러분들께서 그 어문을 통과해 들어오셨습니다. 지붕은 2층으로 돼 있는데, 지붕만이 아니라 실제로 중간에 마루가 깔려 있는 2층입니다. 2층 마루에는 큰 종이 달려 있어서 시각을 알려 주거나 비상시에 위급을 알리는 용도로 쓰였다고 합니다. 돈화문은 광화문처럼 석축 위에 높게 짓지는 않았지만, 다른 궁궐의 정문들이 대개 정면 세 칸인데 비하면 훨씬 규모가 크다고 할 수 있습니다. 그만큼 돈화문은 품위가 있어 보입니다……."

그 말을 듣고 돈화문을 돌아보니 정말로 웅장해 보였다. 조금 전 아무것도 모른 채 통과해 들어왔던 문과는 다르게 보였다. 무엇이든지 정보를 갖고 대하면 다르게 보인다는 것을 알 수 있었다. 선배뿐만 아니라 다른 사람들도 모두 다 같은 생각을 하는지 표정들이 진지했다. 이어서 가이드가 바로 옆에 보이는 조그만 돌다리를 가리키면서 금천교라고 했다.

"이 다리는 돈화문을 들어와서 북쪽으로 십 미터쯤 온 곳에서 창덕궁 내부로 향하는 동쪽으로 꺾어진 곳에 놓여 있는데, 나무로 지었던 다른 건물들은 임진왜란이나 화재 혹은 변란 등으로 모두 불타 버렸지만 이 금천교는 태종 11년이었던 1411년에 창덕궁을 처음 지을 당시의 그대로 남아 있는 것입니다. 그리고 이 다리의 양쪽에 붙어 있는 네 마리 짐승의 돌조각들은 창덕궁을 뒤에서 감싸고 있는 응봉에서 흘러내리는 계곡물을 따라서 사귀들이 들어오지 못하게 지키고 있으며, 또 계곡물이 흘러나가는 남쪽에서도 나쁜 귀신들이 올라오지 못하도록 지키고 있는 것이라고 합니다.”

그렇게 설명해 준 다음에 가이드가 앞장서서 돌다리를 건넜다.

“이제 진선문 앞으로 가겠습니다. 저 앞에 보이는 문이 진선문입니다.”

그녀의 뒤를 따르는 사람들이 돌다리의 이쪽저쪽을 내려다보면서 돌짐승 조각들의 모양을 확인했다. 내가 보기에는 어떤 짐승들을 본떠서 조각한 것들인지 알 수 없었다. 거북이처럼 보이는 것도 있고, 해태나 도깨비 같은 모양을 하고 있는 것들도 있었다. 선배도 무슨 짐승을 조각해 놓은 것인지 모르겠다고 말했다.

금천교를 건너서 50여 미터 앞에 있는 진선문 앞에 사람들이 모여서 또 다른 설명을 들었다.

“이 문을 들어서게 됨으로써 궁궐의 내부로 들어가게 되는데, 이 문에 대해서 특별히 설명을 드려야 할 사항은 태종과 영조 때 백성의 억울한 사정을 임금이 직접 듣고 해결해 주겠다는 뜻으로 신문고를 이곳에 설치했다는 것입니다. 그런데 일반 백성들이 궁궐 문을 들어서서 금천교를 건너 이 진선문 앞까지 와서 북을 치기가 쉬운 일이 아니었습니다. 그래서 신문고라는 것은 결국 왕이 백성들의 고충을 해결하기 위하여 신경을 쓰고 있다는 점을 과시하기 위한 제스처에 지나지 않았다고 생각할 수 있다는 점입니다……."

그 가이드의 설명을 듣자, 나는 신문고를 소재로 해서 소설을 구성해 볼 수 없을까 하는 막연한 생각이 들었다. 그래서 진선문을 통과하여 궁궐 내부로 들어서면서 선배에게 내 생각을 이야기해 보니, 선배도 잘 생각해 보면 좋은 플롯을 짤 수 있겠다면서 긍정적으로 평가해 주었다. 오늘 창덕궁을 둘러보게 된 것이 헛되지 않겠다는 예감이 들었다.

그렇게 플롯의 소재를 찾았다고 생각하니까 가벼운 마음으로 다른 사람들을 따라서 인정전, 선정원, 희정당, 대조전 등을 둘러볼 수 있었다. 여전히 선배는 심각하게 가이드의 설명에 귀를 기울이고 여기저기를 꼼꼼하게 살펴봤다. 그러면서 후원인 비원 쪽으로 넘어오게 되자 매점이 있는 곳에서 휴식하게 되었다. 나는 음료수 캔 두 개를 사서 선배와 함께 마시며 내가 생각했던 플롯에 대해서 구체적으로 이야기해 봤다.

"계절은 어느 때라도 좋겠지만, 새벽에 신문고가 둥둥둥 울리면서 궁궐 안의 어둠을 흔들어 깨우는 거예요. 한 여인이 궁궐 문을 지키는 파수꾼이 졸고 있던 틈을 타서 응봉에서 흘러내리던 계곡물이 금천교를 지나서 궁궐 밖으로 흘러나가는 곳이 가뭄으로 뚫려 있어서 그곳으로 기어 들어와 신문고를 죽을힘을 다해서 울렸던 거예요.

그 소리에 궁궐 안이 소란해지고, 당장에 그 여인은 포졸들에게 잡혀서 막 잠에서 깨어난 임금 앞으로 끌려간 것이죠. 거기에서 여인이 신문고를 울리게 된 사연을 얘기하는 거예요.

그녀 자신은 한양에서 멀지 않은 여주에서 살고 있는데, 남편이 무고한 살인사건에 연루돼 감옥에 갇혀 있다가 내일 모레면 죽게 됐다는 겁니다. 그래서 한양으로 올라와 궁궐 앞에서 밤새도록 기다리다가 기회를 보아 새벽에 수문(水門)으로 기어 들어와서 신문고를 울리게 됐다고 하면서 억울한 남편을 살려 달라고 애원하는 것입니다.

그 여인의 자초지종을 듣게 된 임금은 당장에 그 사건을 구체적으로 알아보라는 어명을 내리는데, 실제로 그 남편이 무고한 살인사건에 연루돼 죽게 된 거예요. 그 사건 자체는 어떻게 구성해야 될 것인가를 좀 더 생각해 봐야 되겠지만, 우선 그렇게 시작하면 어떨 것인가를 생각해 봤는데 어떻게 생각하세요?"

"아주 재미있는 소설이 되겠는데요. 이전부터 소설을 많이 써 보신 분 같아요."

"아직도 선배는 잡히는 게 없으세요?"

"아까 인정전 안을 들여다볼 때 기둥마다 둥그런 전등이 달려 있던 것이 인상적이었어요. 거기서 왜군들이 술판을 벌였다고 했지요? 조선시대에 임금들이 어전회의를 한 곳인데 말이에요. 거기서 굴욕감, 자존심 같은 말들이 떠오르긴 했는데……. 아직은 잘 모르겠어요."

휴식이 끝나고 부용정, 주합루, 옥류천을 돌아본 다음에 내리막길을 걸어 내려가니까 앞쪽에 우리가 들어왔던 돈화문이 보였다. 창덕궁을 한 바퀴 다 둘러보게 된 모양이었다. 앞서가던 가이드가 발을 멈추고 길 왼쪽에 서 있는 향나무를 손가락으로 가리키며 말했다.

"저 향나무의 수령이 7백 년이래요. 태조의 한양 천도가 6백 년 전이었다고 하니까 한양의 역사보다 더 오래된 셈이지요. 그만큼 오래된 향나무의 뿌리가 땅 위로 휘어져 올라와서 조그만 원숭이의 모양을 하고 있는 것이 보이세요?"

가이드의 말을 들으면서 그녀가 가리키는 나무를 바라보니, 정말로 나무의 뿌리가 땅 위로 솟아올라서 원숭이 새끼의 모양으로 굽어 있었다. 한 시간쯤 창덕궁을 함께 둘러본 사람들이 그 원숭이 모양의 향나무 뿌리를 쳐다보면서 웃고 있었다.

"이것으로 창덕궁을 다 둘러보게 됐습니다. 제 안내에 부족한 점들이 있었다면 양해해 주시기를 바라며 여기서 인사를 드려야 되겠습니다. 저기에 있는 원숭이가 모든 선생님들께 행운을 빌어 주기를 바라면서 오늘 남은 시간도 즐거운 시간들이 되시기 바랍니다. 안녕히 가십시오. 감사합니다."

가이드는 그녀의 사무실이 있는 곳으로 향하고, 사람들은 모두 다 돈화문을 빠져나와서 뿔뿔이 흩어졌다. 나와 선배도 창덕궁을 나와서 헤어졌다. 선배는 약속이 있다고 했고, 나는 머릿속에 있는 플롯을 가능한 한 빨리 노트북에 옮겨 놓아야 안심할 수 있겠다는 생각이 들었기 때문이다.

오후 3시가 지난 봄 햇살의 입자들이 화신이 뿌리는 꽃가루처럼 뿌옇게 허공을 채우고 있었고, 하숙집으로 돌아오던 길가의 주택들에 피어 있는 목련꽃들이 담 너머로 눈부셨다. 서쪽으로 기우는 해를 쳐다보니 햇무리가 떠 있었다.

하숙집으로 돌아오자마자 시원한 물 한 컵을 마시고 졸음기를 쫓은 후 곧바로 노트북을 열고서 플롯을 입력했다. 창덕궁에서 선배에게 이야기한 그대로 입력하면 간단할 것으로 생각했는데, 어떻게 사건을 전개시켜야 할 것인지가 풀리지 않았다. 저녁을 먹고 계속하여 고민해 봤지만 A4 한 장을 채우는 게 쉽지 않았다. 서점에서 사다 놓은 책들을 뒤적거리며 밤늦은 시간까지 겨우 3분의 2쯤을 채워 놓고, 다음날 마무리하면 되겠다는 생각으로 잠들었다.

이튿날 아침에 고등학생인 하숙집 주인의 딸이 방문을 두드리며 전화가 왔다는 소리에 잠을 깨어 보니, 바깥에 비가 내리고 있었다. 제법 굵은 빗줄기였다. 그런 날씨 탓에 늦은 시간까지 잠이 들었던 것이다.

"회사에서 전화를 하면 휴대폰으로 할 텐데, 누구지?"

주인집의 안방으로 들어가서 전화기 옆에 쪼그리고 앉아 수화기를 들었다.

"여보세요."

"나야! 그동안 잘 있었어? 방금 인천공항에 도착했는데, 한국에 돌아오니까 네가 먼저 생각나서 전화했다. 별일 없지?"

귀에 익은 목소리였다. 몇 년 전 미국으로 떠났던 오빠였다. 갑자기 가슴이 콩닥거리고, 아직 잠이 들 깬 머릿속이 하얗게 바랬다. 어떻게 대답해야 될지를 몰랐다.

"별일이야 없지만……."

"오늘 당장에는 삼촌댁에 머물게 될 것 같은데, 아직 무엇을 어떻게 해야 될지를 모르겠어. 그래서 오늘은 시간이 없을 것 같고, 내일 저녁 7시에 우리가 자주 갔던 명동의 그 레스토랑으로 나와! 거기서 기다릴게. 그럼 끊는다."

그렇게 무엇이든지 일방적으로 결정해 버리는 태도는 여전했다. 수화기를 내려놓고 멍하게 앉아 있던 나를 보고, 주인집의 딸이 호기심 어린 표정으로 물었다.

"아직 언니가 우리 집에서 하숙하고 있느냐고 물어보던데, 누구세요?"

"회사 사람인데……."

정신을 잃은 사람처럼 머릿속이 멍한 채 내 방으로 돌아왔다. 여전히 가슴이 두근거리고 있었다. 어제 저녁 늦게까지 플롯을 입력했던 노트북을 켜 봤지만, 더 이상 아무것도 생각나지 않았다.

내일 저녁 7시라고? 소설수업이 있고, 신입생환영회가 있다고 했는데……. 어떻게 해야 좋을지 알 수 없었다. 괜스레 옷장 문을 열어 봤다. 마음에 드는 옷이 하나도 보이지 않았다. 예전에 그 오빠가 사 줘서 걸어 두었던 분홍색 원피스를 꺼내 입어 보니 더 이상 몸에 맞지 않았다. 그동안 다이어트 같은 것에는 신경을 쓰지 않았던 몸에 맞을 새 옷을 사야 되겠다는 생각이 들었다. 미장원에도 가고 싶었다. 노트북을 닫고, 방문을 열고 나서는 나를 보고 주인집 딸이 주방에서 나왔다.

"언니, 아침 안 먹어?"

"아주머니는 어디 가셨나 보네? 지금 나가 봐야 돼. 저녁에 보자!"

그렇게 대답하고 한옥의 대문을 열고 나서며 올려다보는 하늘이 차츰 개이고 있었다. 조금씩 가늘어지는 실비 속에서 새싹이 움트고 있는 옆집의 정원수 가지에 참새들이 뜻모르게 재잘거리며 날아다니고 있었다.

황금빛 고양이

밤새도록 내리던 장맛비가 개는 새벽, 창밖에서 짝짓기를 하는 길고양이들의 괴성이 들렸다. 옆집에서 창문을 열어 젖히는 소리가 나더니 무엇인가를 내던지는 소리가 났다. 고양이들이 놀라서 도망치는 소리가 요란했다. 그것들의 못 다한 사랑이 내 방안의 벽에 걸려 있는 이달의 캘린더에 남았다. 양력 7월과 음력 6월의 날짜가 같이 간다.

지난달에 에드가 앨런 포의 '검은 고양이'를 읽고, 이달 초부터 나도 고양이를 주인공으로 등장시켜서 단편소설 한 편을 써 보고 싶었다. 그렇지만 포의 플루토와 내 소설의 주인공이 될 고양이를 어떻게 연결시키면 좋을 것인가를 알 수 없어서 차일피일 미루어 왔다. 오늘 새벽에 길고양이들의 못 다한 사랑으로 얼룩진 이달의 캘린더가 다 넘어가기 전 완성해 보겠다는 생각으로 잠자리에서 일어나 컴퓨터의 파워 버튼을 눌렀다.

포의 플루토는 몸집이 크고, 온 몸이 새까맣고, 놀랄 만큼 영리하고 아름다운 고양이었는데 술에 취한 주인이 칼로

써 그 고양이의 한 쪽 눈을 후벼 파내는 바람에 애꾸가 되었다. 이후로 그 고양이는 주인이 보일 때마다 무서워서 도망을 쳤다. 결국 주인은 보기 흉한 고양이의 목에 밧줄을 걸어 나뭇가지에 매달았다. 그날 밤 주인의 집에 화재가 발생했는데, 누군가가 나뭇가지에 매달려 있던 고양이를 주인이 잠들어 있던 방안으로 던져 넣었다. 그 주인을 깨우려고 그랬지만, 고양이는 침대의 머리맡에 무너지지 않고 남아 있던 벽면에 눌어 붙은 흔적을 남기고 타 버렸다.

주인은 플루토를 잃은 안타까운 생각에 또 다른 비슷한 고양이를 술집에서 발견하고 집으로 데리고 와서 키우게 된다. 플루토는 털빛이 온통 검은색이었는데, 새로운 고양이도 하얀 반점으로 둘러싸인 가슴 부근만을 제외하면 완전히 검은색이었다. 한쪽 눈이 없는 것까지 닮아 있었다. 그런데 고양이 가슴 부근의 하얀 반점들이 차츰 교수대의 올가미와 같은 모양으로 변해 가고 있었다.

그래서 주인이 공포를 느끼던 중 집안의 일 때문에 아내와 함께 지하실로 내려가다가 자신에게 엉겨 붙던 고양이 때문에 계단에서 넘어질 뻔했다. 화가 난 주인이 도끼를 쳐들고 고양이를 죽이려고 하다가 아내를 죽이고 말았다. 주인은 아내의 사체를 지하실 벽 속에 넣었다. 그때부터 고양이는 보이지 않았다. 주인은 고양이가 겁에 질려서 도망친 것이라고 생각했다.

아내를 살해한 지 나흘째가 되던 날 경관들이 들이닥쳐서 집안을 수색하기 시작했다. 지하실까지 조사했지만 아무런 혐의를 발견하지 못한 경관들이 돌아가려고 계단을 올라갈 때 의심이 풀려서 기뻐하던 주인이 손에 들고 있던 지팡이로 잘 지어진 집이라면서 벽을 두들겨 보였다. 그러자 아내의 사체를 숨겨둔 부분에서 지옥에서나 들을 수 있을 것 같은 고양이의 울음소리가 새 나왔다. 계단 위에 서 있던 경관들이 지하실로 되돌아 내려가서 그 부분을 뜯어내자 아내의 사체 위에 그 고양이가 앉아 있었다. 그 고양이 때문에 살인을 저지른 죄가 드러난 주인은 사형을 당하게 되었다.

이렇게 포의 '검은 고양이'는 문학세계의 한 구석에 불행한 흔적으로 남아 있다. 그래서 내 소설 속 고양이는 그 이미지를 조금이라도 밝은 빛으로 바꿔 놓을 수 있기를 희망한다.

내가 어린 고양이 한 마리를 만나게 된 것은 작년 겨울이었다. 일본 남해안의 조그만 섬에서 살고 있는 아내와 두 아들을 포함한 우리 가족 네 명이 주말 오후에 읍내로 외식 겸 쇼핑을 나갔다가 돌아오던 중이었다. 차를 운전하던 아내가 집 근처의 편의점에 이르러서 다음날 아침에 먹을 식빵과 우유를 사야 한다며 주차장에 차를 세워 놓고 가게로 들어갔다.

그 사이 뒷자석에 앉아 있던 두 아들은 휴대용 게임기에 빠져 있었고, 조수석에 앉아 있었던 내 시선은 가게의 모퉁이에 웅크리고 앉아서 가끔씩 오가는 사람들을 구경하고 있던 생후 6개월쯤 돼 보이는 새끼 고양이 한 마리의 눈과 마주쳤다. 그 고양이의 두 눈이 애잔하고 불쌍해 보였는데 누런 털색이 귀여웠고, 작은 생명이 찬바람 속에 버려져 있는 것 같은 동정심이 발동하여 뒷자석에서 게임기에 빠져 있던 두 아들에게 차 밖으로 나가서 고양이를 희롱해 보라고 말했다.

먼저 초등학교 4학년인 순호가 그 고양이에게 다가가 온몸을 뒤틀며 재롱을 피웠다. 그렇잖아도 동물을 좋아하는 아이인데다가 우리가 살고 있는 집과 멀지 않은 곳에 있는 외삼촌 집에서 기르는 고양이를 볼 때마다 귀엽다면서 붙들고 놓지 않으려고 하지만, 그것은 귀찮다는 듯 도망가 버리기가 일쑤다. 그러면 아쉬운 눈망울로 우리도 고양이를 키우면 안 되느냐면서 나한테 졸라보다가 엄마한테 매달린다. 그러면 나는 그러자고 하지만, 엄마가 반대한다. 고양이의 사료를 사는 데 돈이 들어가고, 나중에 새끼를 몇 마리씩 낳기 시작하면 감당을 못 한다는 것이다.

차 밖으로 나간 동생이 뭘 하고 있는지 궁금해진 6학년인 병학이 게임기에 빠져 있던 눈을 들어 밖으로 내다보더니 지루해진 게임보다 동생과 고양이의 놀이가 더 재미있겠다는 듯 차문을 열고 나가서 함께 어울리며 내 눈치를 살폈다. 나는 병학에게 그 고양이를 안고 돌아오라는 눈짓을 했다. 그러자 두 아이는 기다렸다는 듯 그것을 붙들어 안고 차 안으로 돌아와서 뒷 자석의 가운데 내려놓고 눈을 맞추고, 귀를 뒤집어 보고, 먹다 남은 과자 부스러기를 고양이의 입속으로 밀어 넣어 보기도 했다.

이제부터 내가 어떻게 해야 될 것인가를 곰곰이 생각해 보는 사이에 아내가 돌아와서 차 안에 길고양이를 들여온 아이들을 나무랐다. 그렇게 아이들이 꾸지람을 듣게 된 것은 내 탓이기 때문에 나는 가만히 앉아 있을 수 없었다.

"아니, 추운 날씨에 먹을 것도 제대로 먹지 못하고 버려진 것 같은데 불쌍하잖아!"

"그러면 우리 동네에 돌아다니고 있는 고양이들을 다 주워 와서 키워요. 나중에 새끼들을 낳아서 온 집안이 고양이의 천지가 되면 어떻게 할 거예요? 그리고 사료 값도 한푼 두푼 들어가는 줄 알아요? 요즘에 사료 값도 장난이 아니라고요."

"일단, 알았어! 아이들이 저렇게 좋아하는데……. 그리고 황금빛 털색이 행운의 징조 같기도 하잖아? 귀엽기만 하구만!"

아내가 힐끔 뒤돌아보고 털색을 확인하더니 행운의 징조

라는 내 말에 마음이 누그러지는지 집에 가자마자 목욕부터 시켜야 할 것이라며 자동차의 시동을 걸고 핸들을 잡았다. 2차선 차도의 중앙선을 따라서 줄지어 있는 캣츠아이들이 깜박거리며 스쳐 가고, 이제 막 차 뒤쪽에서 달이 떠오르며 파르스름한 빛이 번지고 있는 하늘에 별빛들이 겨울답지 않게 포근해 보였다. 서서히 낮과 다른 모습들로 변모하는 풍경 가운데 수목들의 초록빛은 더욱 짙은 색깔로 변해 가고 있었다.

이곳은 아열대성 기후대에 속하는 지역이다. 그렇기 때문에 가을에 단풍이 들거나 낙엽이 떨어지는 일은 없다. 겨울철 평균기온이 영상 16도나 돼서 아이들이 추위를 느끼지 않은 밤에도 반소매의 티셔츠와 반바지를 입고 지내기도 한다. 잠시 후 내가 근심스럽게 뒤돌아보며 아이들에게 물어봤다.

"발톱으로 할퀴지 않아?"

"예, 아주 순한데요."

두 아이들은 신기하다는 듯 고양이로부터 눈을 뗄 줄 몰랐다. 집에 가면 어떻게 목욕을 시키고, 고양이의 집은 어디에 어떻게 만들어 줄 것인가를 고민하면서 그것을 안아 봤다가 들어 봤다가 뒷자석의 가운데 놓아 봤다가 발 아래 놓아 보기도 하는 동안에 차는 집 앞의 골목까지 이르렀다. 차가 집 안까지는 들어갈 수 없도록 돼 있다. 이전에 살고 있던 사람이 도시로 떠난 빈 집을 빌려서 매달 집세를 주인의 은행계좌로 입금시켜 주면서 살고 있는데, 집 안으로 들어가는 골목길이 비좁고 마당에 주차할 만한 공간도 없기 때문이다.

두어 해 전에 아내와 두 아이들이 이곳으로 이사를 왔을 때 옆집에 살고 있는 노인이 주차하기에 편리하도록 길 옆에 있는 다른 빈집의 입구에 자갈을 깔아서 주차공간을 만들어 줬지만, 얼마 지나지 않아서 그 집의 주인이 가끔씩 오가면서 불편함을 느꼈던지 한 마디의 말도 없이 입구에 쇠사슬을 걸어 놓는 바람에 인근의 어린이놀이터에 차를 주차시키지 않을 수 없게 됐다고 한다.

한때 이런 시골에 어린이놀이터가 필요할 만큼 많은 아이들이 자라던 때가 있었는지 모르겠지만, 이제는 썰렁한 공간에 바람만이 녹슨 그네를 삐걱거리고 있다. 다 부서진 시이소는 옆에 서 있는 나무에서 떨어지는 낙엽의 무게에도 흔들린다. 공원 가운데 서 있는 아름드리의 데이고나무는 소나무보다 더 대책 없이 구부러진 가지들마다 어른의 손바닥만하게 두꺼운 잎들로 하늘을 가리고 있는데, 작년 봄에 내가 이곳에 와서 보름쯤 머무는 동안 새빨간 꽃잎으로 불타는 듯 치장한 모양새가 화려했다.

아내가 어린이놀이터에 차를 주차하기 전 집으로 들어가는 골목길 입구에서 차를 세우자 순호가 고양이를 안고서 잽싸게 차 문을 열고 집으로 향해서 내달리는 뒤를 따라서 병학도 내팽개쳐 두었던 게임기를 찾아들고 달렸다. 달그림자가 흥분된 기분을 주체할 수 없다는 듯 흔들흔들 아이들을 뒤따라서 달려갔다. 엄마가 짐칸에 있는 쇼핑백을 들고 가라고 말했지만, 아이들에게는 그 소리가 들리지 않았다.

"저렇게 좋아하는데……."

"나중에 어떻게 되는가를 두고 봐요. 그때에 가서 모른 척하기만 해 봐요."

마치 내일부터 집 안에 고양이 새끼들로 난장판이 벌어질 것처럼 걱정스러운 불만을 내뱉는 아내의 말을 귓전에 흘리며, 내가 아이들을 대신하여 짐칸의 쇼핑백을 챙겨들고 골목으로 들어섰다. 오후에 백화점에 들러서 집안에 필요한 물건들과 식료품 그리고 꽃모종까지 사 담은 쇼핑백이 묵직하다. 가끔씩 아내는 여러 종류의 꽃모종들을 사 와서 키운 다음에 화분에 옮겨 심어 집안의 여기저기 배치해 놓기를 좋아한다. 그래서 늘 마당가에는 빈 화분들이 굴러다니고 있다.

오십 미터 정도의 골목에 가로등이 없어서 어두울 때에는 뱀이라도 나오지 않을까 싶을 만큼 불안하지만, 오늘 밤처럼 밝은 달빛이 비추고 있을 때에는 이웃 사람이 야채를 재배하는 비닐하우스가 있는 밭 가장자리의 풀꽃들이 양탄자의 무늬처럼 아름답다. 내가 집 안으로 들어서니 보일러가 가동되는 소리가 들리고, 마루 위를 왔다 갔다 하면서 떠들어대는 두 아이들의 발소리가 쿵쾅거리고 있었다.

우리 집의 구조는 이렇다. 동쪽은 2층 양옥으로 가려져 있고, 남쪽과 서쪽으로는 하늘을 가릴 만큼 자란 후쿠기나무들로 둘러싸여 있다. 북쪽에서 마당으로 들어서는 입구에 아내가 가꾸는 화분들이 놓여 있어서 크고 작은 화초들이 어우러져 있으며, 마당에서 집 안으로 통하는 출입구에는 파란 페인트의 색깔이 다 벗겨진 두꺼운 판자에 가로대를 붙이고 밑바닥에 도르래를 달아서 옆으로 열고 닫을 수 있도록 만들어진 미닫이문이 있다. 그런데 이 문의 도르래가 시멘트 바닥의 홈에 닳고 닳아서 더 이상 구르지 않기 때문에 열고 닫기에 힘이 든다.

그런 문을 열고 안쪽으로 들어서면 주방으로 이어지고, 주방의 오른쪽 벽에 샛문을 달아서 목욕탕과 화장실로 연결되며, 왼쪽으로는 문틀만 있고 문은 없이 곧바로 네 식구가 둘러앉아서 밥을 먹는 조그만 식탁이 놓여 있는 공간이 있다. 그리고 언제나 낡은 소파 위에 두세 장의 이불이 개켜져서 얹혀 있는 안방과 두 개의 책상만으로 꽉 차서 의자를 움직일 수 있는 여유가 없기 때문에 아이들이 공부하는 경우가 거의 없는 조그만 공부방이 있다.

이런 구조로 돼 있는 출입구로 내가 들어섰을 때 주방의 바닥에 고양이가 어리둥절한 채 앉아서 두리번거리고 있었고, 두 아이들은 고양이를 목욕시킬 준비를 하느라고 목욕탕에서 대야에 온수를 받고 샴푸와 솔을 준비하느라고 부산스러웠다. 얌전한 고양이 같지만, 아무래도 두 아이들만으로는 목욕을 시킬 수 있을 것 같지 않아서 내가 쇼핑백을 주방의 바닥에 내려놓고 목욕탕을 들여다보니 대충 준비가 된 것 같아서 고양이의 목덜미를 붙잡고 들어섰다.

대야에 받아 놓은 물이 너무 뜨겁지 않은가를 확인한 후 고양이를 물속에 서서히 담궜더니 발버둥을 쳤다. 목욕을 온전하게 시킬 수 있을 것 같지 않았다. 물기가 묻은 털에 서둘러 샴푸를 문지른 다음에 샤워기의 쏟아지는 물로 깨끗이 씻어 내렸다. 고양이가 도망을 치려고 몸부림을 칠 때마다 샤워기의 물줄기가 대야의 가장자리에 쪼그리고 앉아 있던 아이들에게 쏟아졌고, 내 옷도 흠뻑 젖어 버렸다. 그래도 아이들은 재미있다는 듯 깔깔대며 박장대소했다.

그런대로 목욕을 끝낸 고양이를 주방으로 안고 나와서 타월로 닦아 주고 황금빛 털을 드라이기로 보송보송 말렸다. 그러자 병학은 고양이의 집을 만들어 줘야 한다면서 밖으로 나가더니 빈 종이박스 하나를 주워 들고 들어왔다.

"방안에 고양이 집을 만들려고 그래? 여기의 신발장이 있는 곳에 만들어 주면 되겠네!"

그때 어린이놀이터에 차를 주차해 놓고 집으로 돌아온 아내가 체념한 듯 주방까지 빈 박스를 들고 들어온 큰아들에게 고양이 집을 만들어 놓을 수 있는 장소를 지정해 줬다. 동생인 순호는 옷장 서랍을 뒤져서 오래 전부터 입지 않고 있던 자신의 옷가지를 들고 나오다가 엄마의 꾸중을 들었다.

"그렇게 멀쩡한 걸 왜 가지고 나와?"

"밤에 고양이가 춥잖아요!"

"이걸 박스 안에 깔아 주면 되지!"

그것의 눈부신 털색이 행운의 징조라고 한 내 말에 생각이 바뀌었는지, 아내는 색 바랜 모피 숄 한 장을 순호에게 건네 주었다. 몇 년 전 서울에서 나와 함께 몇 개월 동안 생활할 때, 아내는 이곳처럼 따뜻한 곳에서 살았던 사람이라서 그랬던지 추위를 견디지 못하는 것 같아서 내가 생일선물로 사 줬던 것이다.

이후로 서울에서 나와 함께 살기가 용이하지 않았고, 장인과 장모가 몇 개월 사이에 잇따라 별세하는 바람에 처가의 사정으로 아내가 혼자 떨어져 와서 살게 됐다. 그러면서 한 번도 그런 숄을 걸쳐 볼 기회가 없어서 아무데나 팽개쳐 두었던지 처음에는 눈부시도록 하얗던 색깔이 누렇게 변색돼 있었다. 앞으로도 그런 숄을 걸치게 될 일은 없을 것이라고 생각한 것 같았다. 그렇게 되니까 아무리 귀한 것이라도 무용지물과 마찬가지라서 이왕에 행운의 징조라는 말까지 듣게 된 고양이의 집이나 따뜻하게 해 주자고 생각한 모양이었다.

"그거 내가 당신의 생일선물로 사 줬던 거잖아!"

"그래도 여기에서는 쓸 데가 없고, 놓아둘 데도 없어서 걸치적거리기만 하니까 행운이나 많으라고 저것의 집 바닥에 깔아 주지 뭐……."

"엄마, 이거 정말로 고양이의 집에 깔아 줘도 돼?"

"그래, 밤에 춥지 않도록 따뜻하게 깔아 줘!"

그토록 아이들이 반가워했던 고양이었지만, 엄마가 값비싸게 보이는 숄까지 꺼내 주며 그것의 집에 깔아주라고 하니까 믿기지 않았던 모양이었다. 그래서 엄마에게 물어봐서 그렇게 고급스러운 것까지 그것의 잠자리에 깔아 줘도 된다는 것을 확인하게 되자 고양이는 아이들에게 더욱 더 귀한 손님이 됐다. 아이들이 입구의 신발장 앞 비좁은 곳에 그 숄까지 깔아서 빈 박스로 집을 만들어 놓은 후 드라이기로 털을 말린 고양이를 안고 가서 뉘었다.

"따뜻하지, 좋지? 이제부터 이게 네 집이야. 밤에 자면서 좋은 꿈 많이 꿔!"

"형, 고양이가 배고프지 않을까?"

"맞다. 우유, 우유, 우유……!"

병학은 저녁 준비를 시작하는 엄마의 눈치를 살피며 냉장고의 문을 열고 우유팩을 꺼내서 냄비에 따른 다음에 가스레인지의 불 위에 올려놓고 잠깐 데웠다. 휴지통에 버려져 있던 빈 팩을 가위로 잘라서 만든 용기에 미지근하게 데운 우유를 담아서 갖다 주자 고양이는 맛있게 핥아 먹었다.

아마도 목욕이라는 걸 처음으로 하게 된 것 같은 그것은 태어나서 최고의 순간을 누리고 있다는 표정이었다. 아이들은 엄마의 눈치를 살피며 배고픈 고양이가 먹을 수 있는 것이 없을까 하는 생각으로 냉장고 안까지 들여다보다가 식빵을 꺼내서 잘라 주며 귀여워해 주고 싶은 만큼 가까이 해 보는 것 같았다. 그러더니 두 아이들은 텔레비전에서 재미있는 프로그램을 방영하는 시간을 잊고 있었다는 듯 서둘러서 방 안으로 들어갔다.

그러자 고양이는 졸음이 오는지, 아니면 두 아이들의 등살에 지쳤는지 전깃불 빛이 가려진 어두운 박스 안에 깔아 준 아내의 숄 위에 웅크리고 누워서 잠잠했다. 이번에는 내가 고양이를 들여다보며 인간이든 짐승이 생명으로 태어난다는 게 무슨 의미가 있는가를 생각해 봤다. 무슨 의미가 있어서 태어나는 생명이 아니라 성숙한 남자와 여자, 수컷과 암컷이 하나가 되는 결과로 생겨나는 것이 생명체라는 생각이 들었다.

그렇게 양성과 음성이 하나가 되는 것을 사람들은 사랑이라고 부른다. 그러니까 모든 생명은 인간이든 짐승이든 상관없이 사랑의 열매이다. 그렇게 사랑의 열매로 생겨나는 것이기 때문에 어떤 생명이든지 양성과 음성이 하나가 되는 사랑의 싹을 틔우고, 사랑의 꽃을 피우고, 또 사랑의 결실을 맺으려고 한다. 완두콩의 열매는 완두콩의 싹을 틔우고, 완두콩의 꽃을 피우고, 또 완두콩의 열매를 맺는 것과 마찬가지일 것이다.

"뭘 그렇게 들여다보고 있어요? 저녁밥 준비가 다 됐어요."

"알았어. 정말로 이것이 우리 집에 행운을 가져올지도 몰라! 왠지 그런 생각이 든단 말이야."

"칫, 그까짓 게 행운은 무슨 행운을 갖다 준다고 그래요? 괜히 쓸데없는 생각을 하지 말고 저녁밥 먹게 손 씻어요."

"알았어. 얘들아, 밥 먹을 준비하자!"

내가 고양이를 들여다보며 까닭 모를 길조를 느끼고 방안으로 들어서면서 저녁밥 먹을 준비를 하자고 말해도 텔레비전 앞에 앉아 있는 아이들은 들은 척도 하지 않았다. 아이들이 쳐다보고 있는 텔레비전을 나도 슬쩍 곁눈질해 보니 애니메이션이 재미있었다.

"저녁 먹자니까 요것들이……!"

"잠깐만요, 잠깐만요!"

엄마는 텔레비전까지 다가가 전원 버튼을 눌러서 껐다. 머쓱해진 나는 소파 위에 개켜서 얹어 놓은 이불에 기대어 앉아서 식탁 위에 저녁밥이 차려지기를 기다렸다. 두 아이들은 투덜거리면서도 그것이 일상이 돼 버린 듯 주방과 식탁 사이로 왔다 갔다 하면서 반찬거리와 밥그릇들을 갖다 나르는 듯하더니 식탁 앞에 자리를 잡고 앉아서 나를 돌아보며 저녁밥을 먹으라고 했다. 그렇게 옹기종기 식탁에 둘러앉아 저녁밥을 먹으면서 아내가 고양이의 이름은 어떻게 할 것이냐며 누구에게랄 것 없이 물어봤다.

"해피, 삼푸, 미야오……."

두 아이들은 학교에서 다른 아이들이 집에서 키우는 고양이에 대해서 나누던 이야기를 들은 적이 있는지 생각나는 대로 이름들을 불러대며 나를 쳐다봤다.

"그런데 저 고양이가 암컷이야, 수컷이야?"

그렇게 물어보는 내 말에 여태껏 가장 중요한 것을 확인해 보지 못했다는 생각에 모두 다 묵묵부답이었다. 조금 전 목욕을 시킬 때 고양이가 몸부림을 치는 바람에 그것을 확인해 보지 못했던 것이다. 아내는 아예 암컷으로 단정하고 나중에 새끼를 몇 마리씩 낳게 될 경우를 미리부터 걱정했다.

"암컷이든 수컷이든 그냥 뮤라고 하자! 괜찮은 이름 같지 않아?"

내가 아무런 생각 없이 그런 이름을 내뱉자 아이들은 괜찮은 것 같기도 하고, 안 괜찮은 것 같기도 하다는 듯 묵묵히 밥숟가락을 움직이다가 밥도 다 먹기 전에 텔레비전 리

모건을 찾았다. 공교롭게도 식사를 하면서 쳐다보는 텔레비전 화면에 고양이와 관련된 프로그램이 방영되고 있었다. 잘생긴 고양이들의 콘테스트라도 하는 듯 이런저런 모습들이 비치더니 그것들을 키울 때 유의해야 될 사항에 대해서 상세한 리포트가 있었다.

고양이가 똥오줌을 지정된 장소에서 배설할 수 있도록 길들이는 법, 목욕시킬 때 사람들이 사용하는 샴푸를 쓰면 안 된다는 것, 모래밭을 어떤 식으로 만들어 줘야 된다는 것, 여름에는 사료가 상하지 않도록 냉장고에 보관해야 할 것 등 여러 가지 주의사항들이 있었다. 그 리포트를 듣고, 아이들은 조금 전 내가 샴푸로 고양이를 목욕시킨 것을 염려했다. 다른 사항들은 도시의 아파트에서 고양이를 키울 경우에 해당되는 것들로서 이곳처럼 시골 같은 곳에서는 신경을 안 쓰도 괜찮은 것들이었다.

그 리포트 가운데 고양이가 웬만큼 자라게 되면 키워 준 주인에게 고맙다는 뜻으로 가끔씩 날이 밝기 전 죽은 벌레나 새 같은 것들을 마당 가운데 물어다 놓는데, 대부분의 주인들은 무심코 주워서 내버리게 된다는 말을 듣고 모두 다 웃었다. 그러면서 우리 뮤도 언제쯤 다 자라서 그럴 때가 있겠느냐며 기대 아닌 기대감을 갖게 됐다.

저녁식사가 끝나자 아이들은 텔레비전 앞으로 돌아갔고, 엄마는 설거지를 할 걱정에 아이들이 보고 있는 텔레비전을 우두커니 바라보며 하염없이 앉아 있었다.

"당신이 이 밥상을 좀 치워 주면 안 돼요? 나는 세탁기에서 빨래를 꺼내서 빨랫줄에 널어야 되고, 내일 병학의 테니스 대회에 갈 준비도 해야 되고……."

"아휴, 알았어! 빈 그릇을 싱크대에 갖다 놓기만 하면 되지?"

"그래요. 나중에 설거지는 내가 할게요."

언제부터인가 병학이 학교에서 테니스 연습을 한다면서 가끔씩 지역대회에 출전한다고 하더니 이제는 초등학생으로서 마지막으로 섬 전체의 대회에 나가게 됐다며 며칠 전부터 열심히 연습하는 것 같았다. 한 클래스에 열 명도 못 되는 아이들밖에 없는 시골학교에서 무슨 운동이든지 지역의 예선대회를 거쳐서 20여 개 학교들이 대항하는 섬 전체의 대회까지 나가게 됐다는 것은 병학뿐만 아니라 엄마에게도 단순하게 생각할 수 없는 사항이었다. 그래서 이것저것을 준비한다며 오늘 오후에 시내의 백화점까지 갔다 온 것인데, 도중에서 뮤까지 데리고 오게 된 것이다.

내가 식탁 위를 치우는 사이에 엄마는 텔레비전을 보고 있던 병학에게 목욕탕 욕조에 온수를 채우라고 시키고, 순호에게는 방안을 청소기로 청소하고 이불을 펴 놓으라고 하면서 일어나 세탁기가 있는 곳으로 나갔다. 언제나 저녁을 먹고 모두 다 목욕이나 샤워를 한 후 다음날 해야 될 일들을 계획하면서 잠자리에 들게 된다.

오늘은 토요일이니까 텔레비전의 주말영화도 보면서 늦게 잠들어도 괜찮겠지만, 내일 병학의 테니스 대회가 있기 때문에 아내도 서둘러서 세탁이 끝난 빨래를 빨랫줄에 널어 놓고 들어왔다. 그리고 내일 아이들이 입고 갈 옷가지들을 챙겼다.

“내일 순호도 응원하러 가?”

“응, 아빠는 혼자 집에서 뭘 해?”

“고양이를 돌봐야지, 솔개가 채 가지 않는지! 집에 아무도 없으면, 솔개가 고양이를 채 갈지도 모르잖아. 그리고 고양이의 이름은 뮤로 결정한 거다?”

아무도 이렇다 저렇다 반응이 없었다. 내일의 준비가 다 됐는지, 아내는 하루의 이런저런 것들에 지쳤다는 듯 주방의 싱크대에 쌓여 있는 빈 그릇들을 설거지할 생각은 하지도 않고 내일 아침에 일찍 일어나야 한다며 전깃불을 끄고서 아이들이 보던 텔레비전까지 리모컨을 찾아서 꺼 버렸다.

그러자 아무렇게나 이불 위에 누워서 텔레비전을 보고 있던 두 아이들이 나와 아내 사이에 잠자리를 찾아서 취침자세를 갖추고, 나도 머리 위로 손을 뻗어서 베개를 찾았다. 뮤는 깊은 잠에 빠졌는지 조용했다. 이따금 지붕 위로 가지를 뻗은 후쿠기나무의 열매가 떨어지는 소리가 툭탁거렸다. 창문에 달빛을 가리는 생나무울타리의 그림자가 살랑살랑 흔들리며 밤이 깊어 갔다.

다음 날 아침에 눈을 뜨니 잠자리의 이부자리가 어지럽게 흐트러져 있었고, 아내와 아이들이 벗어 놓고 간 옷가지들이 여기저기 흩어져 있었다. 사방은 적막했고, 벽시계 소리가 10시 언저리에서 째깍거렸다. 화장실에 가려고 주방 쪽으로 가다 보니 입구의 신발장 앞에서 뮤가 멀뚱멀뚱 나를 쳐다보고 있었다. 나는 화장실 변기 위에 앉아서 고양이가 뭘 먹을 수 있을까를 생각해 봤다.

주방에서 이 닦고 세수하고 가스레인지 위에 올려져 있는 이 냄비 저 냄비의 뚜껑들을 열어 보니 아내가 나 먹으라고 준비해 놓은 듯 된장국과 생선찌개가 있었다. 생선찌개를 데워서 밥솥에 있는 밥을 한 숟갈쯤 비벼 주방의 쓰레기통 안에 깔려고 모아 놓은 비닐봉지 하나에 퍼 담아서 뮤에게 갖다 줬더니 금방 다 먹어버리고 비닐봉지까지 삼킬 듯이 핥아댔다.

그렇게 고양이가 허기를 면한 모습을 보고서 나는 방안에 들어가 이부자리를 정리하고 방바닥에 흩어져 있던 옷가지들을 거두어 세탁기에 쓸어 넣고 스위치를 눌렀다. 조용하던 집안에 세탁기의 돌아가는 소리가 울려 퍼지기 시작했다. 그다음에는 주방의 싱크대에 쌓여 있던 빈 그릇들을 씻어야 했다. 평일에 아내가 공장에 나가서 일하기 때문에 서울에서 다니던 직장에서 보름간의 연차휴가를 얻어서 이곳에 온 나에게 어느덧 설거지가 익숙해졌다.

주방을 정리하고, 방안에 비질을 한 후 식탁 위에 아이들이 아침을 먹다가 두고 간 밥그릇과 반찬그릇들을 정리한 다음에 마당 쪽으로 나 있는 창문을 열어 젖히니 햇살이 눈부시도록 쏟아져 들어왔다. 스토브에 식빵을 굽고 우유를 데워서 식탁 위에 올려놓고, 텔레비전을 켜고 앉아서 식빵을 먹고 있을 때 집 앞에 서 있는 앙상한 벚나무 가지에서 직박구리가 찌이익 찌이익 울었다.

뮤가 오 미터쯤 되는 마당을 가로질러 맞은편에 있는 고구마밭에 가서 똥을 누었다. 그 밭에는 사람이 먹으려고 고구마를 심어 놓은 것이 아니라 근처에 살고 있는 집 주인의 친척이 염소의 먹이로 고구마줄기를 뜯어다 주기 위해서 심어 놓은 것인데, 아무도 가꾸지 않아도 줄기가 무성하다.

のら猫の糞して居るや冬の庭. 마사오카 시키의 하이쿠인데, 우리말로 옮겨본다면 '들고양이가/똥을누고있구나/겨울철마당'이 될 것이다. 주위에 아무도 없는 삭막한 겨울 풍경 가운데 들고양이가 자신을 바라보고 있는 사람을 두려워하지도 않고 유유히 지나가던 집 안으로 들어와서 마당가에 똥을 누고 있는 정경이 지금의 내 경우와 마찬가지였을 것이다. 다르다면, 이제 뮤는 들고양이가 아니라 주인이 있는 어엿한 애완용 펫이라는 사실이다. 그때 방구석에

놓여 있는 전화기의 벨 소리가 울렸다.
"여보세요."
"일어났어요? 식사는 했어요?"
"지금 먹고 있는 중이야."
"가스레인지 위에 국하고 찌개가 있죠? 밥통에 밥도 있을 거예요."
"식빵을 구워서 먹고 있어."
"왜 식빵을 먹어요? 아침밥 준비를 다 해 놓고 왔는데……."
"점심때 먹지 뭐……."
"고양이는 뭘 먹었어요?"
"응, 찌개를 데워서 밥 한 숟갈을 말아 줬어. 맛있게 잘 먹더라고. 웬일로 고양이의 안부를 다 물어보고 그래?"
"여보, 이겼어요. 워낙 상대가 실력이 뛰어난 아이라서 병학이 이기리라고는 생각을 못 했는데 말이에요. 당신의 말대로 고양이가 행운의 징조인가 봐요. 어쩌면 병학이 결승전까지 올라갈지도 몰라요. 그렇게 되면 오후에 늦게 돌아갈지 모르니까 점심밥은 제대로 챙겨서 먹어요."
"알았어. 내 걱정은 하지 말고 열심히 응원해 봐요. 그리고 돌아올 때 고양이 사료를 사 와야 된다는 걸 잊지 말아요."
"알았어요. 그럼 끊어요."

병학의 예상하지 못한 결과로 말미암아 뮤를 행운의 징조로 믿기로 한 것 같은 아내의 전화였다. 세탁이 끝났다는 세탁기의 부저 음이 울렸다. 식탁 위에 꺼내 놓았던 마아가린 통을 냉장고에 넣어 두고, 우유를 마신 컵은 주방의 싱크대에 갖다 치운 후 세탁기에서 빨래를 꺼내서 마당의 빨랫줄에 널었다. 두 아이들의 옷 사이즈가 몰라보게 커졌다. 가끔씩 남대문시장에서 어린 아이들의 옷을 사 보내곤 했는데, 어느덧 내가 입어도 될 만한 사이즈로 빨랫줄에 걸렸다.

이만큼 아이들이 자라도록 내가 아빠로서 돌봐 주지 못한 것에 대해서 아내에게 미안하다는 생각이 들었다. 아내는 혼자서 두 아이를 키웠다. 가끔씩 전화로 힘들다는 말을 할 때가 있었지만 묵묵히 아이들 때문에 겪어야 했던 좋은 일이나 궂은일을 그녀 혼자서 떠맡았다. 나는 일 년에 두세 번 집에 찾아와서 잠깐씩 머물다 가곤 했을 뿐이다. 보육원이나 유치원 때부터 아이들의 입학식이나 운동회에도 참석해 본 적이 없다.

빨랫줄에 빨래를 널어 놓고, 집 뒤쪽의 처마 아래 비를 피할 만한 곳에 세워 둔 자전거를 꺼내고 줄넘기를 챙겼다. 이 자전거는 운전면허증이 없는 내가 이곳에 올 때마다 집 안에만 갇혀 있는 게 안돼 보였던지 재작년 연말에 아내가 사 줬던 것이다. 지난여름에 왔을 때 나는 이 자전거를 타고 바닷가와 들판으로 바람처럼 내달렸다. 이번에도 이곳에 와서 일주일 동안 날마다 바닷가로 자전거를 타고 나가서 이마에 땀방울이 맺히도록 줄넘기운동을 해 왔다.

오늘도 낙지나무의 해변에 가서 줄넘기운동을 하고 돌아올 생각이다. 그곳은 집에서 5분쯤 자전거로 갈 수 있는 곳이다. 해변을 따라서 방파제가 만들어져 있고, 그 방파제 위로 낙지나무의 숲이 작은 언덕 위로 펼쳐져 있다. 그 나무의 열매가 어린아이의 머리만하고, 그 열매를 갈대보다 넓은 잎들이 감싸고 하늘로 뻗어 있어서 마치 낙지가 바닷물 속으로 가라앉고 있는 것처럼 보인다. 그런 나무들이 숲을 이뤄서 그 해변을 나 혼자 낙지나무의 해변이라고 부르기로 했다.

세탁기에서 빨래를 꺼내서 빨랫줄에 널 때, 내 다리에 다가와서 몸을 비벼대거나 나도 발등에 얹어서 가볍게 들어올렸다가 땅 바닥으로 덤블링을 시키곤 했던 뮤가 어느 새 친숙해졌는지 자전거를 끌고 삽작 밖으로 나서던 내 뒤를 따라 나왔다. 나는 헛발을 굴리며 엄포를 놓아서 고양이를 집안으로 되쫓아 들여보내 놓고 자전거에 올라앉아 페달을 밟으며 지나가는 동네의 길 가에 팬지나 제비꽃들이 피어서 예쁘게 가꿔져 있다. 이곳의 노인회에서 소일거리로 동네를 꾸미고 있는 것 같았다. 그렇게 겨울에도 꽃들이 피어 있는 풍경이 소담스러웠다.

지난밤 잠들기 전 내가 하루 종일 뭘 할 것인가를 물어보던 순호에게 솔개가 고양이를 채 가지 않도록 돌봐야 된다고 대답했지만, 내가 돌아올 때까지 그런 일은 없을 것이다. 병학이 늘 함께 살고 있지 않은 아빠라는 존재가 부담스러웠던지 한사코 내가 응원하러 따라오는 걸 반대했고, 아내도 나에게 집에서 조용히 쉬는 게 좋을 것이라고 말했기 때문에 핑계 삼아 그렇게 대답했을 뿐이다. 그래도 나는 아빠의 입장에서 가족과 함께 응원하러 가야만 했던 것이 당연했던 것은 아니었을까 하는 아쉬움이 남았다.

서울에 살다가 이곳에 와서 확 트인 수평선을 바라보며 방파제의 해안로를 따라서 자전거를 타고 유유히 달리는 기분은 표현할 수 없을 만큼 상쾌하다. 소금기가 섞여 있는 공기가 전신의 세포들 사이로 빠져 나가며 그동안 도심에서 상할 대로 상하여 무디어져 있던 모든 감각들을 소생시켜 준다. 넓은 바다 위에는 사방으로 둘러싸여 질식할 것만 같았던 벽돌담이 아니라 끝없이 파도치는 너울이 햇살 아래 눈부시며, 갈매기는 새벽길에서 전날 밤의 토사물을 쪼아먹던 도시의 비둘기들보다 평화롭고, 또 양지바른 곳에 무리를 지어 핀 백합은 예식장 신부의 웨딩드레스보다 성스럽다.

아무 곳에나 마음 내키는 대로 자전거를 기대어 놓고 준비체조로 몸을 푼 다음에 횟수를 헤아리며 줄넘기를 한다.

이곳에 와서 처음에는 몇 번을 못 넘고 줄이 발에 걸리곤 했지만, 이번에는 2백 회를 열 번까지 가능하다. 그렇게 한 시간쯤 운동을 하고 나니 이마에 땀방울이 맺혔다. 그 땀방울을 식히며 모래사장을 걸으면서 갑작스러운 인기척에 숨었다가 드러나고, 드러났다가 또 다시 숨어 버리는 게들과 숨바꼭질을 한다. 바다의 파도는 시원을 알 수 없는 태초로부터 밀려들기 시작하여 영원히 계속되겠지만, 내가 이곳에 찾아와서 한 순간이나마 그 소리를 들으며 감각의 간지러움을 느낄 수 있다는 환희가 뭉게구름처럼 수평선 위로 피어 올랐다.

얼마 후 점심때가 지난 것 같은 허기와 피로감에 젖어서 집에 돌아와 보니 축담의 양지바른 곳에서 뮤가 졸고 있다가 잠을 깨고 마중을 나왔다. 엊그제까지만 하더라도 평일에 아내가 공장에 출근하고, 아이들은 학교에 간 빈집에 나 혼자 드나들 때 허전함을 느꼈는데 오늘은 뮤가 인기척에 졸음을 깨고 마중을 나오는 것이 반가웠다. 내 머리 위로 뮤를 두 손으로 치켜들고 눈을 맞추니 표정이 평온하고, 안도의 가르랑거리는 목소리가 내 손바닥으로 전해졌다.

어제 오후에 우리가 집으로 돌아오다가 들렀던 편의점에서 사람을 겁내지 않았던 점으로 미루어 봐서 누군가에 의하여 버려져 있다가 우리 집으로 오게 된 것 같았다. 거기에 언제부터 버려져 있게 됐는지 모르겠지만 그동안 제대로 먹지도 못했을 것이고, 밤에는 찬바람 속에서 떨기도 했을 것이다. 여기도 밤이 되면 지열이 식어 버리기 때문에 밤공기가 차갑다. 그래서 뮤가 감기에 걸렸는지 코를 킁킁거렸다. 그래도 대수롭게 생각할 정도는 아닌 것 같았다. 어제 저녁에 고양이의 이름을 생각하다가 수컷인지, 암컷인지 몰라서 망설였던 것을 생각하고 사타구니를 헤집어 보니 암컷이다.

방안의 시계를 들여다보니 오후 2시에 가까웠다. 점심을 준비하면서 아침에 그랬던 것처럼 생선찌개에 밥을 비벼서 뮤부터 챙겨 줬다. 그것이 맛있게 먹는 모습을 내려다보고 있으니 내 보잘것없는 행동에 의해서 한 생명이 만족을 느끼고 행복할 수 있다는 것이 기뻤다. 나에게 그런 기쁨을 돌려주는 뮤가 고맙다는 생각까지 들었다. 나도 점심밥을 챙겨서 먹은 후 텔레비전 앞에 누워서 에드워드 호퍼를 소개하는 프로그램을 보다가 그 화가의 그림 속 모델 같은 적막감을 느끼며 낮잠에 빠졌다.

얼마 후 썰렁한 느낌에 잠을 깨어나 보니 해가 서쪽으로 기울어진 듯 지붕의 그늘이 마당을 가로질러서 고구마밭 중간쯤까지 드리워져 있었고, 호랑나비 한 마리가 방 안을 팔랑팔랑 날아다니고 있었다. 텔레비전 화면에는 살인사건을 추적하는 수사극인지 형사로 보이는 인물이 도망가는 혐의자를 뒤쫓아 달려가며 권총을 발사했다. 그 총소리가 내 귓속으로 날아들어서 낮잠 속에 쓰러져 있던 의식을 깨웠다.

아직 아내와 아이들은 돌아오지 않았다. 빨랫줄에서 빨래를 걷어서 개켜야 한다. 날마다 그냥 놓아두라는 말을 아내로부터 듣지만, 아내가 공장에서 퇴근하여 돌아오기 전 내가 빨래를 걷어서 개켜 놓으면 고마워하는 것 같아서 하루 이틀 그렇게 하다가 당연한 내 일처럼 돼 버렸다. 빨래를 걷으러 마당으로 나가면서 뮤의 집을 들여다봤다. 아내의 숄 위에 누워 있다가 입이 찢어지도록 권태로운 하품을 하더니 내 뒤를 따라나와 마당 가운데서 늘어지게 기지개를 켰다.

매일 네 가족이 갈아입고 벗어 놓은 빨래가 적지 않았다. 날마다 병학이 테니스 연습을 한다고 트레이닝복을 갈아입었고, 둘째인 순호도 교내 농구부에 가입했다면서 방과 후 연습을 하고 돌아와서 땀 묻은 옷을 갈아입었다. 뿐만 아니라 아내도 일과가 끝난 다음에 저녁 늦게까지 지역 여성 배구클럽의 회원들과 운동을 하고 돌아와 빨래감을 더했다. 아내는 고등학교 시절에 배구선수로 활약한 경력을 인정받아 지방대학에 특기생으로 입학했지만, 그 대학팀이 전국 규모의 대회까지 나가 본 적은 없다고 아쉬워했다.

그런 까닭인지 아내가 가입한 배구클럽에서 열심히 연습하여 전국 규모의 마마 배구대회까지 나가 보는 것이 그녀의 꿈이다. 그런 꿈을 가진 엄마의 영향을 받은 탓인지 아이들도 나중에 올림픽대회까지 출전하여 금메달을 따 보는 것이 희망이라고 한다. 그러니 학교에서 공부는 뒷전이다. 아빠인 나도 아이들이 공부를 잘해 주기를 바라는 희망을 포기했다. 그 대신 언젠가 나도 올림픽대회의 관중석에 앉아서 태극기를 흔들며 병학이나 순호를 응원해 볼 날이 올 것인가 하는 막연한 기대감을 갖게 됐다.

내가 빨랫줄에 걸려 있던 빨래를 걷어서 개키고 있는 사이에 집 밖에서 두 아이들이 달려오는 발자국 소리가 들리는가 싶더니 이내 집안으로 들이닥치며 서로가 먼저 기둥을 손으로 짚었다고 우겨대며 숨을 헐떡거렸다.

"병학, 어떻게 됐어?"

"3등!"

병학이 목에 걸고 있던 메달을 벗어서 내 눈앞에 흔들어 보인 후 마루에 팽개쳐 두고 뮤의 집을 들여다봤다. 순호가 뮤의 목덜미를 붙들고 마당으로 나왔다. 두 아이들과 뮤가 공놀이를 했다. 순호가 호주머니 속에서 고무공을 꺼내서 굴리자 뮤가 뒤따라 달려가 공을 입에 물고 뒹굴었다. 병학이 뒤쫓아가서 뮤의 입에서 고무공을 빼앗아 반대방향으로 굴렸다. 통통통 튀면서 굴러가는 고무공을 뒤쫓아 달려가던 뮤가 마당가에 버려져 있던 화분에 부딪치며 고꾸라졌다. 두 아이들의 깔깔대는 웃음소리가 저녁 하늘에 하나둘 별빛으로 떠올랐다. 곧이어 아내도 집으로 돌아와 병학이 테니스 대회에서 3등을 했다는 자랑을 집안에 형광등으로 밝혔다.

"오늘 우리와 함께 간 사람들이 모두 다 병학이 3등까지 할 수 있었던 것은 우리 집에 아빠가 돌아와 있기 때문이라고 말했어요. 그렇게 아빠가 아이들한테 미치는 영향이 큰데, 지금까지 우리 집에는 아빠가 없었으니……."

"무슨 소리를 하려고 그래? 뮤의 사료는 안 잊고 사 왔어?"

"사 왔죠. 어쩌면 뮤가 행운의 징조라고 한 당신의 말이 맞는지도 모르겠네요. 그런데 사료 값이 꽤 비싸요. 앞으로 사료 값도 신경이 쓰이게 됐어요."

아내가 뮤를 부르며 사료봉지를 뜯어서 마당가에 굴러다니던 화분 조각을 축담에 주워다 놓고 부어 줬다. 병학이 뮤를 붙들고 와서 사료 옆에 놓아 주니, 그것은 사료를 하나씩 깨물어 먹느라고 정신을 못 차렸다. 잠깐 그렇게 정신없이 사료를 먹고 있는 뮤를 물끄러미 바라보던 아내가 저녁밥을 준비하러 주방으로 들어가면서 오늘 저녁은 생선회를 준비한다고 했다.

"당신이 좋아하는 사시미도 사 왔어요."

아내의 그 소리에 내 자신이 지금까지 도시에서 길고양이로 떠돌며 살아 온 것은 아니었던가 하는 생각으로 사료를 깨물어 먹고 있는 고양이의 모습을 한참동안 바라보고 있었다.

여름휴가

7월의 첫째 주 토요일 오전에 아무도 출근하지 않은 세계그리스도교인연합회, 소위 '세그연' 직할의 다쿰출판사 편집실이 조용하다. 일주일 동안 김 과장과 조 대리가 세그연 대표인 전지일 목사의 설교가 녹음된 테이프를 녹음기에 꽂고 발판을 딸깍딸깍 작동시키며 귀에 꽂은 리시버를 통하여 들리는 대로 딕테이션 작업을 하던 소리만 컴퓨터의 꺼져 있는 모니터에 먼지로 뿌옇게 내려앉아 있다.

이 출판사에 근무하며 지난 학기로 대학원에서 문예창작을 전공으로 박사과정을 수료한 안문미가 평일의 아침보다 30분쯤 늦게 회사에 나와서 커피 한 잔을 마시며 컴퓨터를 켜고 메일을 확인하기 위하여 로그인해 보는데, 그녀가 안 읽은 메일은 없다. 포털 사이트에 들른 김에 그동안 들러 보지 못했던 몇 개 카페의 이름들을 클릭해 본다. 지난번에 들렀을 때와 달라진 것은 없다.

이렇게 그녀가 회원으로 가입한 카페에 들렀다 나가면, 그녀의 흔적이 남게 된다는 것을 알고 마음에도 없는 인사말 몇 마디를 입력해 놓고 나온다.

지난 학기까지 부족한 학점을 채우기 위하여 수업에 출석하면서 부지런을 떨다가 며칠 전 종강을 한 다음에 느껴 보는 여유이다. 인터넷 신문을 훑어 보고, 검색창에 '타이완'을 입력해서 Enter 키를 두들겨 본다. 관련 검색어들 가운데 타이완의 가 볼만한 곳을 클릭하고 카페와 블로그에 올라와 있는 사진들을 훑어 보면서 월말쯤 휴가 때 타이완에 가 보고 싶다고 생각하다가 곧바로 분수에 넘치는 생각이라고 고개를 가로저으며 모니터의 창을 닫는다.

다른 사람들은 다 쉬고 있는 토요일에 그녀 혼자서 단편소설 한 편을 써 보기 위하여 회사에 나와서 쓸데없는 꿈을 꾼다는 생각이 들었다. 그녀가 졸업논문 겸 작품집을 준비하기 위해서는 가능한 한 많은 작품의 단편소설을 써야 한다. 그렇게 쓴 작품들 가운데 다섯 편을 선별해서 졸업작품집을 완성해야 되는 것이다.

그녀의 커피 잔에 남아 있던 한 모금의 커피를 아쉬운 듯 마시고, 창문을 열면서 내다보는 도시가 주말의 늦잠에서 깨어나고 있었다. 회사 앞 차도에 오가는 차량들의 소음이 6층에 있는 사무실까지 차오르고, 골목길을 뛰어가는 한 아이의 노래소리가 비 개는 아침에 지저귀는 새소리처럼 맑다. 3층 베란다에 이불을 걸쳐놓고 먼지를 털고 있는 건너편 연립주택의 울타리에 며칠 전까지 만발해 있던 장미꽃은 어느새 모두 다 시들었다.

그녀는 시간의 무상함을 떠올리며 사무실 입구의 벽 쪽에 진열돼 있는 본부교회 전 목사의 설교집들 가운데 제1집을 뽑아서 펼쳐 본다. 지금까지 이십여 년에 걸쳐서 발간된 1백여 권에 이르는 설교집들이 서가에 촘촘하게 꽂혀 있다. 제1집의 첫 번째로 수록돼 있는 설교는 '하나님의 정병이 되자'라는 제목이다.

본래부터 정병이라는 말이 있었던 것은 아닙니다. 인간이 타락했기 때문에 생겨난 말이요, 안 나올래야 안 나올 수 없었던 말입니다. 즉 싸움이 남아 있기 때문에, 하나님을 대신하여 싸움을 감당할 수 있는 아들딸이 필요했기 때문에 생겨난 말입니다. 그런 아들딸을 세워서 어느 시기까지 싸움의 과정을 거치지 않으면 하나님의 뜻이 완성될 수 없기 때문에 그런 아들딸을 택하시는 것이고, 구약시대 4천 년과 신약시대 2천 년을 포함한 6천 년이라는 기나긴 시간 동안 하나님께서 사탄과 싸움을 해 나오신 것입니다.

그런데 하나님의 싸움을 대신 책임지고 실제로 전투를 해야 하는 책임자들은 어떤 존재들이냐? 하나님이 직접 싸우시는 것이 아니고, 예수 그리스도가 싸우는 것도 아니며, 성신이 싸우는 것도 아닙니다. 하나님과 예수 그리스도 그리고 성신을 잘 믿는 성도들이 이 싸움을 책임지고 있다는 것을 알아야 됩니다…….

이렇게 시작되는 설교가 30페이지 가까운 분량으로 실려 있다. 전 목사의 설교집에는 세상을 타락한 인간들이 끊임없는 갈등과 분쟁을 일으킴으로써 결국에는 망해야 될 곳으로 전제하고, 태초에 하나님이 인간을 창조한 후 심히 좋았더라고 한 세상으로 되돌려 놓기 위하여 그의 뜻을 이해하고 따르는 신도들을 밤낮없이 독려한 내용들이 작년까지 간행된 설교집에 수록돼 있다.

그녀가 설교집 제1집을 제자리에 꽂고, 다시 책꽂이의 중간쯤에서 뽑아 들고 펼쳐 보는 53집에는 '참된 자아를 찾자, 탕감복귀의 고개를 넘자, 이제 하나님주의를 주창할 때가 왔습니다'라는 제목의 설교들이 실려 있다. 그 가운데 '탕감복귀의 고개를 넘자'는 제목의 설교는 120페이지부터 232페이지까지 112페이지의 분량이다. 그만큼의 분량으로 수록돼 있는 설교는 몇 시간에 걸쳐서 행해진 것이다.

전 목사 자신이 가장 긴 시간 동안 설교한 것은 일곱 시간이나 된다고 했다. 그렇게 설교하려면 그 설교를 듣는 사람도 듣는 사람이거니와 설교하는 사람도 다리에 쥐가 나고, 혀가 굳어질 정도가 됐을 것이다. 식사를 거르는 것뿐만 아니라 화장실도 제대로 못 갔다 올 지경이었을 것이라고 짐작된다. 실제로 설교를 들으면서 자리에 앉은 채 방뇨를 한 사람이 없지도 않았다고 나중에 전 목사는 회고했다. 어쨌든 그렇게 장시간 동안 설교한 내용 가운데 '하나님은 있을 수밖에 없어'라는 중간제목이 그녀의 시선을 끌어서 두 페이지 정도를 선 채로 읽어 보기로 한다.

물질이 정신보다 앞서요? 미쳐도 유만부동이지……! 생각해 보라고요. 처음부터 사람의 속눈썹 자체가 스스로 눈꺼풀에 붙었어요? 그게 얼마나 복잡한 거예요? 박물학적 지식의 배경을 중심삼고 눈의 보호를 위해서 그것을 만들어 붙이는 일을 눈 자체가 할 수 없었다는 것을 논리적으로 부정할 도리가 없습니다. 정신이 물질의 부산물이에요? 젊은 사람들이 그런 말을 한다면 창피한 줄 알아야 됩니다. 그런 말을 하게 되면, 사물들이 비웃습니다.

그러니까 하나님을 있다고 하겠어요, 없다고 하겠어요? 성급하게 있습니다, 라고 결론을 내리지 말라고요. 돌아서면 없다고 할 테니까 말입니다. 이론적으로 정립한 다음에 있을 수밖에 없다고 생각하면서 인정해야지 그냥 간단하게 있다고 대답하는 것은 너무 빨라요. 지금까지 수십 년 정성들인 게 십 년 공부 나무아미타불이라고 하듯이 순간적으로 뻥 하는 것이 기가 막히잖아요. 미련이 있지요?

사막에 똥을 싸 놓을 때 바람이 불면 그 똥이 비참해지기 때문에 자기가 묻어 주고 오는 것이 인지상정인데, 생명을 바쳐서 수십 년 동안 투쟁해 온 무신론을 버리기에는 너무나 가슴이 아프다는 걸 내가 잘 압니다. 그걸 버리라고 말하지 않습니다. 두고두고 생각해 보라는 것입니다. 생각이 안 끝나면, 전 목사한테 와서 교육을 받아야 됩니다. 40일

정도 교육을 받아야 알 수 있습니다.

동이 터 옵니다. 하루 24시간 중 열두 시간은 밤입니다. 지구의 절반은 밤이 되지 않습니까? 지구가 도니까 절반은 밤이라고 생각해야 됩니다. 그런데 밤 가운데 있던 사람이 단번에 낮으로 올 수 없습니다. 지구를 맞뚫고 나오지 않는 한 올 수 없습니다. 시간을 거쳐서 여명이 지난 후 태양빛을 맞이하여 태양이 이렇구나, 할 때 비로소 과거를 회개하고 눈물을 흘리며 천지 앞에 스스로 해방의 자세를 갖출 수 있습니다.

다시 물어요. 진화된 인간이냐, 창조된 인간이냐? 진화할 수 없습니다. 그것은 논리적인 비약입니다. 입력이 출력보다 큰 것입니다. 이 말은 무슨 뜻이냐? 아메바로부터 사람이 나왔다면, 입력보다 출력이 커야 됩니다. 그런 논리는 없습니다. 그다음에는 아메바가 먼저냐, 수컷과 암컷의 개념이 먼저냐?

천지창조의 원칙에는 모든 환경에 플러스와 마이너스가 있습니다. 식물과 동물이 나오기 전에 광물이 먼저 생겨났습니다. 개념적으로 볼 때 그렇지 않습니까? 어디까지나 플러스와 마이너스가 먼저입니다. 그런데 사랑의 관계에 제3자를 개입시키는 일은 동물세계에도 없습니다.

미국 알래스카에 가 보면, 연어가 있습니다. 그것이 쌍을 맺을 때가 되면, 수놈이 2주일 이내에 호랑이같이 됩니다. 암놈을 지키기 위해서는 수놈이 포탄같이 된다는 것입니다. 제3자가 달려들면 공격합니다. 어떤 큰놈이 달려들더라도 배에 구멍을 뚫어 놓습니다. 그 두 마리의 물고기가 사랑하는 것을 필설로 형용할 수 없습니다. 얼마나 간절하고 지극한지 모릅니다. 저 뒤에 앉아 있는 남자, 여자를 무신론의 이상을 가지고 진정으로 사랑할 수 있다고 생각해요?

이 마지막 물음에 대해서 그녀가 남자라면 어떻게 대답할 수 있을 것인가를 생각해 본다. 어떤 남자라도 긍정적으로 대답할 수 없을 것이다. 그녀도 자신을 사랑해 주는 남자가 있다면 아무리 많은 금은보화를 갖다 주는 사람이라도 물질적인 깜깜한 사랑을 넘어서 별처럼 영롱하게 빛날 수 있는 영혼의 사랑을 모르지 않는 남자가 좋겠다는 것을 부정하지 못하겠다고 생각하면서 읽던 설교집을 접어서 제자리에 꽂는다.

이 설교의 내용처럼 전 목사가 하나님의 존재를 알지 못하는 사람들에게 하나님은 죽지 않았다는 사실을 깨우쳐 주기 위하여 부단히 설교해 온 내용들이 지금 그녀가 읽어 본 53집보다 먼저 출간된 설교집들에 실려 있을 것이라는 생각으로 이 책 저 책을 뽑아서 펼쳐 본다. 오늘은 그런 내용들이 포함돼 있는 설교가 어디에 수록돼 있는가를 찾아서 메모해 뒀다가 다음 주에 일과가 끝난 후 읽어 볼 생각이다.

그때 조용한 사무실에서 휴대폰이 울렸다. 책상 위에 올려놓은 그녀의 휴대폰을 집어 들고 폴드를 열기 전 대기화면에 뜬 발신자를 보니 그녀가 소속돼 있는 교회의 교회장이다. 그동안 학교의 수업 때문에 예배에 출석하지 못한 지 두어 달이 넘었다.

"교회장님, 안문미예요. 그동안 교회에 나가지 못해서 죄송합니다. 별고 없으시지요?"

"예, 안문미 씨도 잘 있지요? 학교 때문에 바쁜가 보죠? 아직까지 종강을 안 했어요?"

"종강은 이번 주에 했습니다만, 아직 제출하지 못한 리포트도 있고 해서……."

"웬만하면 내일은 예배에 나올 수 있으면 좋겠네요. 다른 사람들이 문미 씨를 보고 싶어해요."

"예, 알겠습니다."

"그리고요, 오늘 안 장로의 승화식이 있어요. 문미 씨는 몰랐지요? 엊그제 갑자기 운명하셨는데, 오늘이 승화식이에요. 12시에 승화식 예배가 있으니까 바쁘더라도 참석해주면, 안 장로가 기뻐하실 겁니다. 장소는 연신내에 있는 ㅅ병원 영안실입니다."

"그래요? 저는 모르고 있었습니다. 그러면 당연히 가 봐야지요. 여러 가지로 바쁘실 텐데 저한테까지 연락해 주셔서 고맙습니다. 그러면 나중에 뵙겠습니다."

전화를 끊고 생각해 보니, 안 장로는 육십을 갓 넘긴 분으로서 그녀에게 아버지와 같았다. 그녀가 베이징 유학생활을 1년 만에 청산하고 돌아와 지금 일하고 있는 출판사에 입사한 후 출석하기 시작한 서대문교회의 교인들 가운데 그녀에게 각별하게 신경을 써 줬던 분이다. 해마다 그녀의 생일날이면 빠지지 않고 불러서 맛있는 것을 사 줬을 뿐만 아니라 선물까지 주었고, 과년한 딸을 대하는 아버지처럼 결혼문제에 대해서 태평스러운 그녀를 나무라기도 했으며, 회사에 근무하면서 박사과정의 공부를 시작하게 됐을 때에는 자신의 집안에서 큰 인물이 나오기라도 하게 된 것처럼 만나는 사람들마다 그녀에 대한 자랑을 늘어놓았다.

오히려 그녀는 안 장로의 그런 호의가 부담스러워서 스스럼없이 대할 수 없었지만, 교회에 자주 못 나갈 경우에는 교회장보다 안 장로에게 전화를 통하여 변명하곤 했다. 지난번에도 학교에 제출해야 되는 리포트 때문에 교회에 출석할 수 있는 시간을 낼 수 없다면서 전화했을 때 들었던 안 장로의 목소리가 여전히 그녀의 귓전에 생생하게 남아 있었다.

"그래요? 회사 일을 하랴, 공부하랴 바쁘겠지요. 그래도 가끔씩 시간을 내서 예배에 나오도록 노력해 봐요. 주일날 예배에 빠지면, 그 주에는 마음에 갈등이 있게 돼요. 아무리 바쁘더라도 예배에 출석한 다음 주에는 마음에 평화가 있게 되고요. 혹시 교회에 나오지 못하더라도 내가 문미 씨의 마음에 평화가 있게 해 달라고 기도할게요."

오늘 오전에 전 목사의 설교집을 체크하면서 지금도 살아 계시는 하나님이 역사하고 계신다는 내용을 찾아서 메모해 두려던 계획을 미루고 안 장로의 승화식 예배에 가 보지 않을 수 없게 됐다. 세그연에서는 장례식을 승화식이라고 한다. 사람이 죽는다는 것은 벌레가 나방이 돼 날아오르는 것처럼 세상으로부터 하늘로 올라간다는 의미에서 그렇게 부르고 있다. 미물에 지나지 않은 한 마리의 벌레도 고치 속에 갇혀 있다가 나방이 돼 날개를 펼치고 하늘로 날아오르는데, 만물의 영장이라는 인간이 벌레보다 못할 리 없다는 것이다. 하나님이 인간을 창조했다면 벌레보다 못하지 않게 창조했을 것이 틀림없기 때문에 사람의 죽음을 슬퍼할 것이 아니라 세상에 아무런 미련을 남기지 않고 떠날 수 있도록 웃으면서 보내 줘야 된다고 한다.

그녀가 원룸에 돌아가서 옷을 갈아입고 지하철을 타고 가게 되면 시간에 맞춰서 갈 수 있을 것 같다고 생각하면서 사무실을 나서는데, 또 다시 휴대폰이 울렸다. 이번에는 김 과정의 전화이다. 무슨 이유로 전화를 하는지 궁금하게 생각하면서 폴드를 열었다.

"차장님, 지금 안 장로님 승화식에 가 봐야 되지요?"

"그걸 어떻게 아세요?"

"나도 가 봐야 되거든요. 내가 회사 쪽으로 갈 테니까 지금 곧바로 회사 앞으로 나오세요. 지하철을 타고 가면 불편할 것 같아서 내 차로 모시고 가려고 그래요. 그러면 나중에 봐요."

날마다 사무실에서 그녀와 나란히 앉아서 일을 하고 있는 김 과장은 그녀보다 두어 살 어리면서 아내와 초등학교에 다니는 아들 그리고 유치원에 다니는 딸을 둔 가장이다. 책상에 세워 놓은 프레임 속의 가족사진이 화목해 보인다. 아들과 딸이 귀엽고 예쁘다. 김 과장의 부모가 교회의 장로이기 때문에 그가 교회의 모든 일에 헌신적이고, 회사의 일을 그 자신의 아버지 일을 하는 것처럼 착실하고 성실하다. 그런 김 과장에게 그녀는 차장이면서도 언제나 당당하지 못하다. 김 과장만큼 교회와 회사의 일에 적극적이지 못하기 때문이다.

그렇다고 김 과장이 그녀를 함부로 대한다는 것은 아니다. 그녀가 회사 일을 힘들어하면서도 젊지 않은 나이에 공부한다고 수고한다며 앞으로 큰일을 하게 될 거라고 격려해 주기도 한다. 또 그녀가 교회에 자주 출석하지 않는다는 것을 알고 일요일에 교회에서 듣고 온 소식을 월요일 아침마다 이야기해 준다. 특별한 집회가 있을 경우에는 그와 함께 참석하러 가자면서 시간의 여유가 있는가를 물어본다. 그럴 때마다 그녀는 바쁘다고 핑계를 댄다. 그런 까닭으로도 김 과장에게 당당하지 못하다. 어쨌든 서둘러서 회사에서 멀지 않은 그녀의 룸까지 갔다가 옷을 갈아입고 돌아와야 한다.

그녀가 룸에서 장례식에 어울리게 옷을 갈아입은 후 11시 30분을 확인하고 회사 앞으로 돌아오니 김 과장이 기다리고 있었다. 김 과장은 그녀가 차에 오르자 곧바로 출발했다. 회사가 있는 곳에서 연신내까지 가려면 20분쯤 걸릴 것이기 때문에 시간의 여유가 없다고 생각하는 것 같았다. 그녀에게 안전벨트를 매라고 하면서 차를 몰아 차도 위 차량들의 흐름 속으로 합류한다. 잠시 후 신호등의 빨강 불 신호에 걸려서 멈췄을 때, 그녀가 입을 열었다.

"고마워요. 어떻게 내가 안 장로님 승화식 예배에 가야 된다는 것을 알았어요?"

"우리 아버지가 차장님을 모시고 오라고 했어요. 안 장로님이 우리 아버지와 친구분이었는데, 그분이 아버지한테 차장님을 입에 침이 마르도록 자랑했다는 것을 아세요? 그래서 아버지도 차장님을 잘 알아요. 앞으로 큰일을 할 분이라고요."

"아이고, 교회에 출석도 제대로 못 하고 있는데요."

"그리고 다가오는 10월에는 교회에서 합동약혼식이 있을 거래요. 그때는 차장님도 서류를 갖춰서 신청해 보세요. 차장님은 박사과정까지 공부를 하셨고 미인이시니까 틀림없이 훌륭한 남자를 만나게 될 거예요."

10월에 있을 거라는 합동약혼식은 세그연에서 주최하는 행사이다. 그 행사에 동참하기 위하여 서로가 결혼하기로 결정된 남자와 여자들은 그대로 참가하게 되고, 상대가 결정되지 않은 남자와 여자들은 교회에서 미혼 남녀들 가운데 짝을 맺어 줘서 참가시킨다. 그렇게 짝을 맺기 위해서는 제출해야 되는 서류와 절차들이 있다. 김 과장이 신청해 보라는 것은 그것을 말하는 것이다. 그 말을 들은 그녀는 얼굴이 빨갛게 달아올랐다. 금방 신호등이 푸른색으로 바뀌었다. 그녀는 계속해서 말을 이었다.

"아직 공부도 끝나지 않았고, 경제적으로 뿐만 아니라 마음적으로 아무런 준비가 안 돼 있어요."

"무슨 말씀이세요? 모든 것들이 갖춰진 이후로 미루면 기약이 없어요. 안 차장님의 부모님은 안 계세요?"

"부모님은 오래 전에 돌아가셨어요. 아버지는 내가 중학교 3학년 때 돌아가셨고, 이듬해 어머니도 돌아가셨지요. 그래서 부산에 있던 이모의 집에서 가게를 봐 주며 학교에 다녔는데, 그때 살아가는 법도 배운 것 같아요. 이모의 집에서 고등학교까지 다니고, 대학에 다닐 때에는 이런저런 장사도 해 봤어요. 대학을 졸업하고 그런 장사를 계속할까도 생각했는데 공부를 더 해 보고 싶어지더라고요.

그래서 무작정 서울로 올라와서 처음에는 노점상을 하게 됐는데, 다른 사람들처럼 떡볶기나 먹거리가 아니라 꽃을 팔았어요. 새벽에 양재동 꽃시장에 가서 몇 다발을 사 오면 그날 오전에 다 팔 수 있었어요. 주로 장미나 안개꽃 같은 것들을 조그맣게 포장해서 강남에서 팔았는데, 예상보다 돈벌이가 잘 됐어요. 그래서 2년 후 대학원에 진학해서 국문학을 공부할 수 있었습니다. 그런데 우리의 문학이 중국으로부터 영향을 많이 받았다는 것을 알게 됐어요. 그 사실을 알고 베이징에 가서 중국문학을 공부해 보려고 생각해 봤지만 어학과정만 1년을 마치고 한국으로 돌아와서 지금의 출판사에 입사하게 된 거예요."

"우와, 한 편의 소설 속 주인공처럼 살아오셨네요. 차장님이 그런 분인 줄 몰랐어요. 그러면 형제도 없어요?"

"나 혼자예요. 그래서 어렸을 때 부모님이 나를 많이 사랑해 줬어요. 그렇지만 부모님이 돌아가시고 이모의 집으로 가서 학교에 다닐 때 너무나 힘들었어요. 부모님도 너무너무 보고 싶었고요. 그랬던 심리가 지금까지 살아올 수 있었던 추진력이 된 것 같습니다. 아직도 갈 길은 멀지만……."

"어디까지 가려고 생각하길래 아직도 갈 길이 멀다고 하는지 모르겠네요. 이제 그만큼 공부했으면 10월에 약혼해서 가정을 이뤄야 되지 않겠어요? 저는 그게 차장님을 위한 가장 좋은 길이라고 생각합니다."

그녀는 더 이상 말을 잇지 않았다. 차창 밖으로 바라보니 그녀가 탄 차는 서대문을 지나고 은평구로 이어지는 고가도로 위로 올라가고 있었다. 비행기를 타고 이륙하는 듯한 느낌이 좋았다. 고가도로 아래로 내려다보이는 건물들이 잠깐이나마 장난감들의 세상처럼 재미있다. 그 고가도로를 내려갈 때, 김 과장이 다시 말을 이었다.

"나도 어렸을 때 힘들게 자랐어요. 아버지가 교회를 개척하면서 한국 땅에는 안 가 본 데가 없을 정도로 이사를 다녔지요. 그때는 먹을 것이 없어서 중고등학생들이 도시락을 목사님들한테 갖다 주기도 했다는 이야기를 들었습니다. 강원도에서 어떤 목사님은 길을 가다가 배가 너무 고파서 부잣집 마당에서 개가 먹던 개밥을 뺏어 먹었다는 얘기도 들었습니다. 그렇게 초창기에 눈물겹도록 개척해서 요즘에 이만큼 우리교회가 성장하게 됐다고 하네요.

오늘 승화식의 예배를 드리게 되는 안 장로님도 중학교 때 입교한 이후로 교회를 개척하느라고 온갖 어려움을 다 겪었다는 이야기를 들었습니다. 그분이 전도해서 신앙을 지도한 사람들이 30명쯤 되는 걸로 알고 있습니다. 현재 우리교회의 유명한 교회장들 가운데 많은 분들이 그분들입니다. 그만큼 안 장로님이 전도를 많이 했는데, 이번에 항암 치료가 잘못돼 갑자기 돌아가시게 된 것이 안됐어요."

"저도 전 목사님의 설교집을 간행하는 일을 하면서 세그연에 관하여 많은 것들을 알게 됐습니다. 전 목사님은 정말로 대단하신 분이에요. 그동안 우리 민족이 불교나 유교 혹은 기독교 등 외래의 종교들을 받아들여서 문화의 근간을 형성해 왔는데, 그분이 우리의 독창적인 문화의 근본을 새롭게 창시해서 전 세계적으로 선교하신다는 것은 정말로 대단하신 거예요."

"솔직히 말해서 저는 차장님이 교회에 잘 안 다니기 때문에 우리 교회에는 관심이 없는 줄 알았습니다. 어떻게 교회와 연결된 거예요?"

"베이징에 가서 공부하고 있을 때 어느 대학생의 전도를 받고 입교했어요. 내가 중학교에 입학하고 얼마 지나지 않았던 일요일 아침에 늦잠을 자고 있었는데, 아버지가 들에 나갔다가 돌아와서 내 이름을 부르면서 깨웠어요. 그때 어머니가 부엌에서 일요일인데 푹 자게 내버려두지 않고 괜스레 깨운다고 핀잔을 주던 말이 지금도 귀에 들리는 듯합니다. 아무튼 아버지가 마당에서 나를 부르던 소리에 잠을 깨어 방문을 열고 나가 봤더니 산딸기가 주렁주렁 매달린 딸기넝쿨과 낡은 성경책 한 권을 나한테 건네 줬어요.

우리 고향마을에 조그만 예배당이 있었는데, 아마 그 예배당의 목사가 아침에 성경책을 들고 나와서 읽다가 바위 위에나 어디에 두었던 것을 아버지가 집어 왔던 것 같아요. 이후로 나는 그 성경책을 운명처럼 생각하면서 책꽂이에 꽂아 두고 가끔씩 여기저기 펼치는 대로 읽어 보곤 했지요.

그러다가 부모님이 돌아가시고 이모의 집에 가 있을 때에도 그 성경책은 잃어버리지 않았습니다.

나중에 대학에서 공부할 때 성경을 알아야 되겠다는 생각이 들어서 영어공부도 할 겸 영어성경을 읽기 시작했지요. 그래서 열 번쯤 읽었을 거예요. 그때는 성경의 내용을 이해하려고 읽었던 것이 아니라 영어단어를 암기하고 영어문장을 공부하기 위해서 읽었기 때문에 그 내용에 대해서는 잘 몰랐습니다.

그렇지만 창세기에서 야곱이 형이었던 에서를 속이고 아버지의 축복을 받았던 것과 요셉이 두 아들을 이스라엘의 축복을 받게 하려고 가까이 보낼 때 "우수로는 에브라임을 이스라엘의 좌수를 향하게 하고 좌수로는 므낫세를 이스라엘의 우수를 향하게 하고 이끌어 그에게 가까이 나아가매 이스라엘이 우수를 펴서 차자 에브라임의 머리에 얹고 좌수를 펴서 므낫세의 머리에 얹으니 므낫세는 장자라도 팔을 어긋맞겨 얹었더라."는 이야기는 아무리 읽어 봐도 무슨 뜻인지 알 수 없었어요. 왜 그런 내용이 성경에 있는지 모르겠더라고요.

성경의 첫 부분에 그 내용이 있어서 전체적인 내용을 이해하지 못하겠으니까 나에게는 그 성경구절이 성경 전체를 잠궈 놓고 있는 자물통과 같았습니다. 그래서 그 열쇠는 어디에 있을 것인가 하는 공상 같은 의문이 생겼는데, 세그연에 들어와서 그 열쇠를 찾았습니다. 요즘에 와서야 알았지만, 그게 인간시조였던 아담과 해와가 타락해서 낳았던 두 아들 중에서 장자였던 가인이 동생이었던 아벨을 죽였던 것을 탕감하기 위하여 하나님의 섭리가 차자를 장자보다 앞세우게 됐다는 것이지요."

그렇게 그녀는 그동안 어느 누구에게도 털어놓지 않았던 신앙간증까지 하고 말았다.

"이제 생각해 보니까 오래 전부터 차장님은 우리 출판사에서 본부교회 목사님의 설교집을 편집하도록 하늘이 준비했던 분이네요. 이제 10월에 약혼하게 되면 일취월장하게 될 겁니다."

김 과장이 핸들을 꺾어서 길 옆에 있는 건물로 들어섰다.

"여기예요?"

"다 왔습니다. 시간을 꼭 맞춰서 왔네요. 주차해 놓고 같이 들어가요."

김 과장은 전에도 와 봤던 것처럼 차에서 내려 병동의 왼쪽으로 돌아 장례식장이라고 표시돼 있는 입구로 들어갔다.

김 과장을 뒤따라 계단을 내려가서 향 냄새가 자욱한 안쪽으로 들어서니 연이어 있는 빈소들에 드문드문 앉아 있는 사람들이 조문을 온 듯 상주들과 인사를 나누기도 하고, 식사를 하기도 하고, 여기저기 앉아서 잡담을 나누고 있었다. 요즘에는 이런 곳에서 곡소리나 울음소리는 들리지 않는다. 상주들이 조문하러 온 사람들과 어울려 농담을 주고받으면서 웃음소리를 흘리기도 한다. 사람들이 왔다 갔다 하고 있지만 허전하고 썰렁한 분위기가 아닐 수 없다.

안 장로의 빈소는 가장 안쪽에 있었다. 김 과장을 뒤따라 통로를 지나서 왼쪽으로 꺾어 들어가니 화환들이 줄지어 세워져 있었고, 많은 사람들이 영정 앞에 모여 앉아서 승화식 예배가 시작되기를 기다리고 있었다. 김 과장이 앞쪽으로 가 앉자는 것을 마다하고, 그녀는 뒤쪽에 혼자서 떨어져 앉았다. 앞에서 예배를 시작하려고 준비하고 있던 교회장이 그녀를 쳐다보고 아는 척했다.

곧 예배가 시작됐다. 찬송가가 끝난 다음에 기도가 이어졌고 안 장로가 승화하게 된 경위와 약력 소개, 가족 소개, 가족과 참례자들의 헌화와 분향이 이어지는 동안에 보통 사람들의 장례식과 다르게 그야말로 승화의 뜻으로 진행되는 듯했다. 그렇지만 예식의 순서가 끝나자 사모님과 딸들의 통곡과 울음소리가 터졌고, 그 자리에 참석한 사람들 모두 다 눈시울을 붉혔다. 그녀도 딸처럼 생각해 줬던 안 장로의 보살핌을 부담스러워했던 죄송스러움에 손수건으로 눈물을 훔치다가 더 이상 그 자리에 앉아 있을 수 없어서 밖으로 나왔다.

그리고 지하철역으로 향하면서 휴대폰으로 김 과장에게

회사로 돌아간다는 문자를 남겼다. 늘 도심에서 길 위의 행인들과 부대끼고 차량들의 소음 가운데 살아가고 있지만 지하철역으로 향하는 그녀의 시야에 들어오는 행인들과 차량들의 풍경이 불현듯 낯선 세상처럼 보였다. 아이러니컬하게도 그녀는 그런 풍경 속으로 걸으면서 김 과장과 함께 차를 타고 올 때, 그가 두 번이나 말했던 10월에 있을 예정이라던 약혼식을 생각해 보았다.

3년 전에도 세그연에서 합동약혼식이 있었는데, 그때에도 주위의 사람들이 그녀에게 약혼식에 동참할 것을 강요했지만 회사를 그만둘 각오로 버티었다. 이번에도 그렇게 버티게 된다면, 벌써 마흔도 중반을 넘어선 그녀의 나이도 나이거니와 더 이상 회사의 일을 계속하지 못하게 될지도 모른다. 또 언제 약혼식이 있을지도 알 수 없다. 그렇게 생각하니 머릿속이 복잡했다.

그녀는 복잡해진 머리를 가로저으며 오전에 생각했던 소설을 상기하면서 걸음을 재촉하여 지하철에 오르니 냉방이 돼 있는 지하철 안이 시원하고 상쾌했다. 맹인이 하모니카를 불면서 지나간다. 좌석에 앉아 있는 사람들 가운데 절반이 눈을 감고 있다. 손잡이를 잡고 서 있는 사람들도 무슨 생각들을 하고 있는지 꼼짝도 하지 않는다. 그녀가 서 있는 앞자리의 젊은 남녀는 두 가닥의 이어폰을 한 가닥씩 나눠서 각자의 귀에 꽂고 웃으며 앉아 있다. 맹인이 지나간 후 조용하던 차 안에 그녀의 귀에도 익은 멜로디가 흐르다가 끊어지고, 한국인들이 좋아하는 팝송 CD가 20장에 만 원이라면서 판매원이 통로를 왔다 갔다 한다. 그러는 사이에 다시 차 안에는 모세다데스의 에레스뚜가 흘렀다.

Como una promesa eres tu, eres tu
Como una manana de verano
Como una sonrisa eres tu, eres tu
Asi asi eres tu……♬

그녀가 선 채로 손잡이를 잡고 조용히 따라서 불러 봤다. 갑자기 그녀 자신에게 믿음을 주는 사람, 어느 여름날 아침처럼 미소를 주는 사람, 바로 그런 사람이 없다는 사실에 외로움이 느껴졌다. 일상에 묻혀서 한눈을 팔 여유가 없이 바쁘게 살아가는 동안에는 그런 것을 못 느끼지만, 가끔씩 이렇게 조금이라도 마음의 여유가 생기면 그런 느낌이 들고는 하는 것이다.

경복궁역에서 지하철을 내려서 출구와 이어져 있는 교보문고에 들렀다. 점심을 안 먹어서 허기가 느껴졌지만, 기독교와 관련된 소설작품이 있는지 궁금했기 때문이다. 검색대에서 '기독교소설'을 입력하고 검색해 보니 해당되는 제목의 책은 없다는 메시지가 뜬다. 회사의 컴퓨터로 인터넷을 통해서 검색하여 구체적으로 알아보고 오지 않으면 안 되겠다는 생각이 들었다. 어쩌면 지금까지 생각해 온 그대로 전 목사의 설교집에 있는 내용을 정리해서 소설 한 편을 구상해 볼 수밖에 없을 것 같았다. 교보문고의 정문 쪽으로 나와서 새로운 빌딩들이 들어서고 있는 피맛골에서 점심을 먹고 회사 쪽으로 향하는 시내버스에 올랐다.

그녀가 회사에 돌아와서 자리에 앉자마자 습관대로 컴퓨터를 켜고 메일을 체크한다. 오전에 회사에 나왔을 때에도 그녀에게 온 메일이 없다는 것을 확인했지만, 언제든지 컴퓨터 앞에 앉을 때에는 메일부터 체크해 보는 것이 버릇처럼 돼 있다. 그렇게 체크해 볼 때마다 읽지 않은 메일이 없거나 스팸메일만 한두 통이 와 있는 경우가 대부분이다. 그 스팸메일을 삭제하는 동안에 그것을 보내는 사람은 어떻게 그녀의 메일주소를 알게 됐는지 궁금하다는 생각이 수포처럼 떠오른다.

그런데 이번에는 한 통의 메일이 와 있었다. 마우스를 움직여서 클릭해 보니 타이완에서 김권재가 보내온 것이다. 그는 교포 2세로서 그곳의 대학에서 한국어 강사를 하며 지난봄에 그녀가 재학하고 있는 대학원에 등록하여 한 학기 동안 공부했다. 그가 수업에 출석하는 날이면 점심시간에 다른 대학원생들과 어울려서 점심을 먹으며 어설픈 중국어로 그와 나누던 대화가 재미있었다.

그가 보내온 메일의 제목은 '타이완에 놀러 오세요'라고 돼 있었고, 보내온 시간은 그녀가 안 장로의 장례식장을 나와서 김 과장이 10월에 있을 예정이라고 말했던 약혼식에 대하여 고민하며 지하철역으로 향하던 때였다. 메일을 열어 보니 시원한 바다풍경의 사진 한 장과 여름휴가 때 타이완에 놀러 오라는 내용이었다. 그녀가 타이완에 오기만 하면, 모든 스케줄과 경비는 그가 책임질 것이라고 언급해 놓았다.

그녀는 메일에 첨부된 이국적인 풍경사진을 물끄러미 바라보며 정말로 월말쯤 있게 될 휴가 때 타이완에 가 보면 어떨 것인가를 곰곰이 생각해 본다. 그녀가 다음 학기부터 수업에 출석하지 않으면 그 후배를 만나기가 어려워지게 될 것이고, 그러면 그녀가 타이완에 가 볼 수 있는 기회는 영원히 없을지도 모른다.

그렇게 생각하면서 지난 학기 초 그 후배가 하나님의 존재에 대해서 물어봤던 것을 기억했다. 그때 그녀는 그것에 대해서 이야기하려면 인류의 역사보다 길어질 것이라면서 얼버무리고 말았던 아쉬움을 느꼈다. 그래서 이번 기회에 지금까지 그녀가 회사에서 전 목사의 설교집을 편집하면서 나름대로 정리된 생각을 간략하게 요약하여 메일로 보내 주면 좋겠다고 생각했다.

오전에 회사에 출근해서 안 장로의 승화식 예배에 가기

전 소설을 쓰기 위하여 필요한 내용을 설교집에서 찾아 보겠다던 생각은 내일로 미루고, 저녁때까지 하나님의 존재에 대한 그녀의 생각을 정리하여 그에게 메일로 보내 주려고 생각한다. 전 목사가 청중을 앞에 두고 설교하는 형식으로 그녀의 생각을 정리하면서 훈글의 새 문서 파일을 열고 익숙한 손놀림으로 자판을 두들기기 시작한다.

지금 우리가 살고 있는 사회는 선한 사회라고 할 수 없습니다. 악이 만연한 사회입니다. 그것은 사회가 이기심을 버리지 못하는 개인들로 구성돼 있기 때문입니다. 사회뿐만 아니라 그런 개인들로 이뤄져 있는 국가와 세계도 마찬가지입니다. 이와 같은 사회에서 개인이 추구하는 행복이나 기쁨은 저절로 얻어질 수 없습니다. 그것은 개인의 노력으로 획득해야 되는 것들입니다. 그러나 누구든지 그것들을 획득하기 위해서는 이기심을 버릴 수 없고, 그래서 더욱 악한 사회와 국가 그리고 세계를 이루게 되는 모순이 생깁니다. 이 문제가 해결돼야 합니다.

그러기 위해서는 개인의 노력으로 획득하려는 행복이나 기쁨이 이기적인 것이 아니어야 합니다. 그래서 개인의 갈등이 생깁니다. 그 갈등은 정신적인 것과 육신적인 것이 조화를 이루지 못하기 때문입니다. 그 둘이 조화를 이루기 위해서는 제3의 존재가 필요합니다. 정신적인 것이나 육신적인 것 가운데 어느 쪽을 강조하더라도 조화가 불가능하기 때문입니다. 그래서 신의 존재가 긍정될 수 있습니다.

그러면 신이 존재한다는 사실을 어떻게 알 수 있습니까? 그것은 개인에게 양심이 있는 것으로써 알 수 있습니다. 항상 양심은 선한 방향으로만 움직입니다. 인간의 마음은 악하기도 하고 선하기도 하지만, 양심은 악한 방향으로 움직일 수 없습니다. 그래서 개인이 악한 마음을 먹게 되면 양심의 가책을 느낍니다. 그렇게 선한 방향으로만 움직이는 양심은 그 자체의 작용에 의해서 움직인다고 볼 수 없습니다. 인간의 양심을 선한 쪽으로만 지향하게 하는 존재가 있습니다. 그 존재가 신입니다.

기독교에서는 그 신을 하나님이라고 부릅니다. 하나님은 사랑이시고, 사랑은 희생입니다. 희생이 없는 사랑은 위선입니다. 그래서 성경에서 '나를 위해서 목숨을 잃고자 하는 자는 얻을 것이요, 목숨을 얻고자 하는 자는 잃을 것'이라고 했습니다. 남녀간의 사랑에 있어서도 주체는 상대, 상대는 주체를 위한 희생이 없으면 그 사랑이 오래가지 못합니다.

그런 희생이 선의 근본입니다. 아무리 보잘 것 없는 것이라도 자기 자신을 위해서 이용하려고 하면 악이 됩니다. 무엇이든지 공공의 것을 자기를 위해서 취하면 악이 되고, 다른 누군가를 위해서 취하게 되면 선이 됩니다. 그렇게 위해주고자 하는 대상이 한 사람보다 두 사람이면 그만큼 더 큰 선이 되고, 세 사람이나 네 사람으로 많아질수록 그만큼 커지는 선이 되는 것입니다. 누구든지 그런 선을 이루는 사람이 돼야 합니다. 그럴 때 선한 사회와 국가 그리고 평화의 세계가 이뤄질 수 있는 희망을 가질 수 있습니다.

요즘에 인문학에서는 중심의 소멸이라고 하면서 센터가 없다고 가르치고 있습니다. 예를 들면 10년 전의 나와 현재의 나는 똑 같지 않습니다. 외모가 변했을 뿐만 아니라 내적으로도 많이 달라졌습니다. 그러면 어느 쪽이 진정한 나입니까? 10년 전의 내가 진정한 나였습니까, 현재의 내가 진정한 나입니까? 또 10년 후에는 내가 어떻게 달라지게 될는지 알 수 없습니다. 그래서 나 자신의 정체성이 애매합니다. 분명한 기준이 없습니다. 이런 나 자신이 다른 사람을 비판하고 모든 것을 판단합니다. 그렇게 확고한 기준도 없으면서 누구를 올바르게 비판하고 판단할 수 있겠습니까……?

그녀가 나름대로 하나님의 존재에 대해서 정리한 후 메일의 주소록에서 김권재를 클릭하고 정리된 파일을 첨부한 후 지난 학기 초 하나님의 존재에 대해서 물어봤던 것에 대하여 늦었지만 지금 간략하게 정리해서 보낸다고 입력했다. 그리고 휴가 때 타이완에 초청해 줘서 고맙다면서 가능하면 한 번 가 보고 싶다고 덧붙였다. 그다음에 마우스를 움직여서 커서를 '메일보내기' 위에 올려놓고 잠깐 동안 망설이다가 마우스의 왼쪽 버튼을 눌러 버렸다.

그리고 사무실 창밖으로 시선을 돌려 보니 어느새 빌딩들 사이로 어둠이 깔리고 있었다. 회사에서 나가서 저녁도 먹고, 근처에 있는 불가마에 가서 좀 쉬고 싶어졌다. 컴퓨터를 끄면서 그에게서 어떻게 회신이 오는가를 본 다음에 휴가 때 타이완에 갈 것인가, 말 것인가를 결정하기로 한다.

다음날인 일요일 아침에는 어제 교회장이 안 장로가 승화했다면서 전화했을 때 예배에 출석하기로 약속했던 것을 기억하고 오랜만에 교회로 향했다. 설교시간에 교회장은 어느 부모에게 아들이 있다고 할 때 그 아들이 장성하여 결혼도 못 하고 죽었다면 얼마나 한스러울 것인가를 전제하고, 2천 년 전 예수님이 하나님을 모시고 가정을 이뤄서 하늘 편 후손을 번성시키려고 했지만 당시의 이스라엘 민족이 그분을 불신하고 십자가에 매달아 죽임으로 말미암아 그 뜻이 이뤄지지 못했습니다. 그때 예수님의 뜻이 이뤄졌더라면, 이 땅 위에 하늘 편 혈통이 연결될 수 있었습니다. 그렇게 됐더라면 하나님이 있느냐, 없느냐 하는 논쟁은 있을 수 없을 것입니다. 오늘날 우리가 예수님의 대신으로 하나님을 모시고 가정을 이뤄서 그 뜻을 이뤄드려야 한다며 10월에 예정돼 있는 약혼식에 많은 젊은이들이 동참할 수 있도록 열심히 전도해야 될 것이라고 강조했다.

어제 안 장로의 승화식에 가면서 김 과장이 말했던 것이 생각났다. 그가 괜히 해 본 소리가 아니라는 것을 알았다. 이제부터 교회가 10월의 약혼식을 위해서 전도활동에 총력을 기울이게 될 것이라는 느낌이 들었다. 그렇다면 그녀는 선택의 여지가 없을 것 같았다. 지난번처럼 그 약혼식에 동참하지 않게 되면 다른 사람들에게 교회가 추진하는 일에 무관심하게 비쳐지게 될 것이고, 그러면서도 다쿰출판사에서 계속하여 근무한다는 것은 불가능할 것 같았다. 그렇다고 해서 어떤 남자를 만나게 될지도 모르면서 약혼을 하겠다고 서류를 갖춰서 제출할 수 있는 일도 아닌 것 같았다. 사랑하지도 않은 남자와 결혼을 한다는 것은 상상도 할 수 없는 것이다.

교회의 예배가 끝난 후 이런저런 고민을 하면서 종로에 가서 서점에 들러 여행안내서들이 비치돼 있는 코너로 찾아가 타이완을 소개해 놓은 책 한 권을 구입했다. 휴가 때 타이완에 가 보고 싶은 미련이 남아 있어서 포켓용 중국어 회화책까지 샀다. 베이징에 유학을 가서 1년쯤 중국어를 공부했지만 일상적인 대화에 자신감을 가질 수 있을 정도는 아니다. 중국어 회화책을 펼쳐 보니 여행에서 필요할 때마다 활용할 수 있는 그때그때의 적절한 회화체들이 편집돼 있었다. 그런데 다음날 월요일 회사에 출근해서 일을 시작하려고 할 때 이 부장도 그랬다.

"문미 씨, 다가오는 10월에 약혼식이 있을 거라는 말을 들었지요? 그때는 서류를 낼 거죠?"

"안 내면 안 되겠지요, 부장님?"

"그럼, 우리 출판사의 편집부에 근무하고 있는 안 차장이 안 내면 다른 사람들이 어떻게 생각하겠어요? 이번에는 틀림없이 서류를 갖춰서 제출할 준비를 하고, 마음속으로도 준비하고 있어야 돼요."

"예, 알겠습니다."

이 부장까지 그러는 걸 보면, 앞으로 3개월 동안 교회의 활동이 어떻게 전개될 것인지 분명했다. 3년 전에도 교인들마다 몇 명씩을 전도해서 약혼식에 참여시켜야 한다는 목표를 정해 놓고 밤낮없이 전도활동을 전개했다. 그래서 교세가 급성장한 동기가 됐다.

그때는 그녀가 아무런 준비도 갖춰지지 않았다는 핑계로 서류를 제출하지 않았지만 이후의 고조된 분위기 가운데서 묵인될 수 있었다. 그래서 다큼출판사에 계속 근무하며 박사과정까지 공부할 수 있었지만, 이번에는 그렇게 될 수 없을 것이다. 이번에도 그녀가 약혼식에 동참하지 않으면 회사를 그만둬야 할 것이다. 월요일 아침부터 이 부장으로부터 그런 소리를 듣게 되니까 그녀의 마음이 뒤숭숭했다.

그런 마음으로 그녀의 컴퓨터에서 메일을 확인해 본다. 김권재가 보내 온 회신이 있었다. 토요일에 그녀가 보낸 메일을 감동적으로 읽었다면서 여름휴가 때의 항공권을 예약하려면 지금쯤 여행사에 알아봐야 된다고 했다. 그리고 항공권이 예약되는 대로 그쪽에서 필요한 것들을 준비할 수 있도록 타이완으로 오게 될 날짜를 알려 달라고 했다.

토요일에 그녀가 메일을 보내면서 휴가 때 가능하면 타이완에 한 번 가 보고 싶다고 한 것을 그 후배는 그녀가 타이완에 오겠다고 한 것으로 받아들인 모양이었다. 그의 메일을 읽어 본 후 그녀가 타이완에 가게 되면 그에게 부담이 되지 않을까 하던 염려가 놓이면서 이번 기회에 타이완에 꼭 가 보고 싶다는 생각이 들었다. 그래서 점심시간에 여행사에 전화해서 항공권을 알아보기로 작정하고, 커피 한 잔을 마시기 위하여 사무실의 탕비실로 향했다.

이후로 날마다 이어지던 폭염 속에서 휴가 때 타이완에 가 보겠다는 설렘으로 무더운 줄 모르고 시간이 흘렀다. 드디어 그녀가 타이완으로 떠나는 날이 다가왔다. 전날에 이런저런 준비를 마치고 들뜬 마음에 밤새도록 잠을 못 이루고 뒤척이다가 새벽에 그녀의 원룸을 나서서 택시를 잡았다. 비행기의 탑승시각이 오전 8시 반으로 돼 있었기 때문에 두 시간 전인 6시 반까지 공항에 도착하여 탑승수속을 하려면 늦어도 5시에는 출발해야만 했다.

그동안 얼마나 갈등이 심했던가! 날이 갈수록 회사에서는 10월의 약혼식에 틀림없이 서류를 갖춰서 제출해야 된다는 분위기가 그녀를 압박했고 그녀가 타이완에 갈 것인가, 말 것인가를 항공권을 예약한 이후에도 분명하게 결정하지 못해서 망설였다. 만약에 그녀가 교회의 약혼식에 동참하지 않아서 회사를 그만두게 된다면, 앞길이 불투명할 것 같았다. 그동안 고생하며 박사과정까지 공부한 것도 졸업작품집을 완성하지 못하여 물거품이 될지도 모르겠다는 불안감을 떨쳐 버릴 수 없었다. 그렇게 갈등의 한 달을 보내고 여름휴가를 맞이하여 공항으로 향하는 택시에 오르니 모든 것들이 잊어지고 홀가분했다.

그녀가 택시를 타고 기사 아저씨에게 인천공항까지 가 달라고 부탁하자, 택시기사는 외국으로 휴가를 가느냐고 물어봤다. 그래서 타이완으로 가게 됐다고 대답했다. 운전수는 공항까지 처음으로 가 보게 됐다면서 똑바로 갈 수 있을지 모르겠다며 미소를 지었다. 그녀는 지난밤에 잠을 설쳤고, 새벽에 목욕탕까지 갔다 왔기 때문에 택시에 오르자마자 잠이 들었다.

그 사이에 택시는 영종대교를 건너서 공항으로 가는 듯한 은회색 밴을 뒤따라서 달렸다. 인천공항이 가까워지자 앞에서 달리던 밴은 귀국하는 사람의 마중을 나왔는지 그대로 입국장 쪽으로 직행했는데, 그 밴을 뒤따라가던 택시기사는 안문미가 타이완으로 간다고 한 말을 상기하고 갑자기 출국장으로 올라가는 방향으로 핸들을 꺾었다. 그때 뒤에서 과속으로 달려오던 스포츠카와 충돌하고 말았다. 그녀는 택시에서 튕겨져 나와 길바닥 위에 나뒹굴었다. 곧바로 구급차가 달려와 그녀를 싣고 간 후 길바닥 위에는 붉은 피가 흥건히 고여 있었다.

타이완행 비행기는 이륙시간이 되자 창쪽에 예약된 그녀

의 자리에 아침 햇살이 안전벨트를 매고 앉아서 신문을 펼쳐 보고 있는 사이에 구름 위로 날아올랐다. 그 시간에 타이완에서는 김권재가 멋지게 차려입은 옷차림으로 검정색 선글라스를 끼고 그녀의 목에 걸어 줄 화환과 가슴에 안겨 주고 싶은 향기로운 꽃다발을 자신이 운전하는 자동차의 뒷자석에 싣고서 휘파람을 날리며 타오위안 국제공항을 향하여 마중을 나오고 있었다.

일로다로

기온이 영하로 떨어진 초겨울 저녁, 종로타워 뒤쪽의 음식점 골목 회덮밥집에 손님들이 북적거리고 있다. 입구 쪽보다 계단을 높여서 만들어 놓은 안쪽에서 젊은이들이 왁자하게 떠들고 있고, 출입문이 열릴 때마다 찬바람이 불어드는 입구 쪽에는 대여섯 명의 중늙은이들이 자리를 차지하고 있다.

그 늙은이들 가운데 자리를 잡고 앉아서 대구탕이 나오기를 기다리는 사이에 털모자를 쓰고 미색의 선글라스를 낀 박 노인이 어깨에 메고 있던 빨간색 숄더백에서 노랑 서류봉투를 꺼낸다. 그 봉투에서 몇 장의 사진들을 꺼내서 식탁 위에 펼친다.

"지난번에 얘기했잖아요. 영화배우가 되겠다던 생각을 버리고 모델이 돼 보겠다고 몇 군데 기웃거릴 때 찍어 뒀던 거예요. 명동에 있던 모델협회 사무실에 큰 사진들도 걸려 있었는데, 언젠가 그 사진들을 찾으려고 협회의 건물이 있던 곳에 가 봤지만 다른 곳으로 옮겨 가고 없더라고요. 그래서 이것이라도 내가 살아온 지난날을 소제로 해서 써 보겠다는 소설에 참고가 될 수 있을까 해서 가지고 왔어요."

"그래요? 잘 가지고 오셨어요. 지금도 여전하지만 젊었을 때 멋지셨네요. 영어로 돼 있는 이 신문은 뭐예요?"

식탁 위에 사진들과 함께 타블로이드판으로 된 노란색 종이의 영자 신문도 접혀 있었다.

"그건 미군 내 USOM 클럽에서 만들었던 신문인데, 거기에도 내 사진이 실려 있어요. 그때에 거기에 불려가서 패션쇼를 할 때도 있었지요."

그 노인과 마주앉아 있는 김상묵 작가는 홀 아줌마가 대구탕 2인분을 갖다 놓고 돌아간 후에도 밥 먹을 생각을 하지 않고 사진들을 들여다봤다. 그 사진들 속에서 러시안 털모자를 쓰고 독특한 의상을 입은 채 고민에 빠진 포즈를 취하고 있는 모습이 지금 그의 앞에 앉아 있는 노인의 옛 모습이라고는 믿기지 않을 정도이지만, 유심히 뜯어보면 눈과 코 모양이 닮았다.

"식사하면서 얘기하도록 하지요. 그때부터 모델의 활동을 계속했더라면 지금쯤 나 같은 사람은 만나 볼 수 없을 정도의 유명인사가 돼 계실 텐데, 왜 그만뒀어요?"

"그때는 모델이라고 해 봐야 일 년에 한두 번 무대에 오를 수 있었던 것이 고작이었지요. 잡지 같은 데 사진이 실리는 경우도 있었지만, 결혼한 다음에는 그것으로 생활이 될 수 없었어요. 그래서 대학을 졸업하고 매형의 소개로 정부간행물 취재기자가 된 거지요."

"매형이 유명했던 분인가 보네요?"

"한동안 원호처와 상이군경회에 소속돼 있다가 일본에 유학을 갔다 와서 서울의 H대학교 기초과학연구소장으로 있었는데, 수년 전 교통사고로 죽었어요."

"그런데 선생님은 어떻게 결혼했다고 하셨지요? 고향인 구포에 있던 지인의 소개로 양산의 아가씨와 맞선을 보고 난 후 서로가 마음에 들어서 가족들끼리 인사를 나누는 자리까지 마련했는데, 그 자리에서 선생님의 마음이 변하여 결혼을 단념하고 서울로 돌아와서 다른 아가씨와 결혼할 뻔했다고 했잖아요. 그렇게 결혼할 뻔했던 아가씨는 어떻게 만났다고 했던가요?"

"친구 누이동생의 소개로 알았지요. 지난번에 얘기한 대로 군대에서 만났던 친구의 누이동생이었어요. 내가 논산훈련소에서 신병교육을 받다가 기진해서 의무대 침대에 누워 있을 때에는 그 친구도 내 옆에 누워 있을 경우가 많았지요. 또 부산 병참학교에서 교육을 받고 조치원 예비사단으로 배속돼 간 날 연병장에 모였을 때 대학교 재학생이나 출신자들을 앞으로 나오라고 해서 나갔더니 그 친구도 함께 나온 것을 봤는데, 거기서 나는 연대장한테 불려가서 알송달송한 담낭염이라는 병명으로 국군통합병원으로 후송을 가게 된 이후로 못 만났어요.

그랬는데 내가 후송병원에서 의병제대를 하고 원효로1가에 있던 연대장의 집에서 아이들의 가정교사로 있을 때 또 다시 그 친구를 만났어요. 당시에는 원효로에 군 장성들이 많이 살고 있었어요. 그 사람들 가운데 유명했던 김호국 중장의 집이 언덕길 입구에 있었고, 맞은편에 그 친구의 집이 있었어요. 그래서 그렇게 된 것인지는 모르겠지만, 그 친구는 조치원 예비사단에서 육군본부로 발령을 받고 서울로 올라와서 자신의 집에서 출퇴근하며 군 생활을 하고 있었어요.

그래서 하루는 내가 연대장의 집에서 시내에 나가 보려고 언덕길을 내려가고 있었는데, 그 친구가 퇴근하고 집으로 돌아오다가 마주치게 된 거예요. 이후로 저녁마다 그 친구는 퇴근하면 내가 입주해서 아르바이트를 하고 있던 연대장의 집에 와서 놀았어요. 자기 집에서는 부모와 형들이 있어서 담배도 마음대로 못 피운다고 하면서요. 그러니까 나도 가끔씩 그 친구의 집에 가서 놀기도 하고 밥을 먹고 잠을 자기도 했지요.

그런데 그 친구의 누이동생이 있었어요. 그 누이동생이 다니던 회사가 당시의 일류회사들 가운데 하나였던 K상사였는데, 그녀와 함께 근무하는 예쁜 언니가 있다면서 나한테 소개해 준 거예요. 그렇게 소개해 준 아가씨가 참하고 예쁘기는 했지만, 부모가 일찍 죽고 할머니하고 이모와 함께 살고 있었어요. 그 아가씨를 친구의 누이동생이 나에게 소개해 줘서 몇 번을 만나보고, 서로가 호감을 갖게 돼 일 년쯤 사귀다가 결혼할 뻔했지요."

김 작가는 저녁식사보다 노인의 이야기에 집중했다.

"결혼을 할 뻔했다는 말은 결혼을 못 했다는 것이잖아요. 지난번에도 그 이야기를 했지만, 다시 한 번 구체적으로 말씀해 주세요."

"그러니까 내가 가르치던 연대장의 아들이 대학교에 진학한 후 나는 그 집을 나와서 가회동에서 하숙하며 복학하여 학교를 졸업하고, 앞에서도 말했듯이 매형의 주선으로 정부간행물 취재기자로 취업했어요. 그 아가씨는 가회동에서 가까운 계동에서 할머니와 이모하고 생활하고 있었기 때문에 종종 찾아갔지요. 그녀의 할머니와 이모도 나를 싫어하지 않은 눈치였어요.

그래서 우리가 만난 지 얼마 후 그 아가씨와 함께 부산에 내려가서 우리 부모와 친척들한테 인사를 시키고 결혼 승낙을 받은 후 서울로 돌아와 결혼준비를 한 거예요. 일요일마다 신혼살림에 필요한 가재도구들을 사다가 내 하숙방에 쌓아 두고, 청첩장까지 인쇄해서 친척들과 지인들에게 배포한 후 내일 조선호텔에서 결혼식을 올리기로 돼 있었지요.

그래서 오늘 부산에서 부모와 친척들이 서울에 올라와 을지로의 H호텔에 모여 있었기 때문에 오후에 그 아가씨와 인사하러 가려고 그녀의 집으로 가 봤더니 그녀의 할머니는 그녀가 나와 함께 있는 것으로 알고 있었다면서 영문을 모르겠다는 듯 놀랐어요. 어제 저녁에 시내에 나갔다 오겠다면서 집을 나간 후 소식이 없다는 거예요.

나도 어떻게 된 영문인지 알 수 없어서 어리둥절하고 있었는데, 그때에 방안에서 전화벨이 울렸어요. 그녀의 이모가 전화를 받더니 지금 그녀는 병원에 있다면서 서둘러 병원으로 갈 채비를 하고 나섰어요. 나도 따라가겠다고 나섰더니 따라오지 말라고 했어요. 금방 돌아와서 자초지종을 말해 줄 테니 할머니와 집에서 기다리고 있으라는 거였어요. 나에게 따라오지 말라던 그녀 이모의 말이 단호했고, 할머니도 걱정되고 해서 집에서 기다리기로 했지요.

두어 시간쯤 후 그녀의 이모가 돌아왔어요. 그리고 나도 어차피 알아야 할 사정이라면서 하는 말에 기가 막혔어요. 어제 저녁부터 그녀가 병원에 있게 된 것은 그녀 자신의 몸이 불편한 까닭이 아니라 이전부터 그녀를 알고 있었던 남자가 내일 그녀의 결혼 소식을 듣고 어제 저녁에 그녀를 불러내 만난 자리에서 극약을 먹었다는 거예요.

그러면서 이모가 털어 놓은 이야기에 의하면, 본래 그녀가 대학 때부터 알게 된 남자와 결혼까지 약속했는데 그 남자의 부모가 보잘것없는 그녀의 집안 사정을 알고는 반대했다고 해요. 그 남자의 가까운 친척들 가운데 국회의원이 있었고, 대학교수도 몇 명이나 있어서 그녀의 집안과는 비교가 안 되는 대단한 집안이었대요.

그 남자는 서울 소재의 S대학교를 졸업하고 진해에 있는 비료공장에 취직이 돼 내려가 있었는데, 워낙 부모의 반대가 심해서 갈등이 있었던지 한동안 연락이 뜸했다고 합니다. 그래서 그녀도 그 남자를 단념하고 나를 만나게 됐다는 거예요.

그렇지만 그 남자가 어떻게 알았는지 우리가 결혼한다는 걸 알고서 어제 저녁에 그런 소란을 피워 놓고 그녀와 결혼을 부모가 허락해 주지 않으면 죽어 버리겠다는 말만을 되풀이하고 있대요. 그래서 그 남자의 부모도 어쩔 수 없이 두 손을 들고 말았는데, 내일 결혼하게 된 그녀의 사정을 알고는 그녀의 이모에게 발이 손이 되도록 빌면서 아들을 살려 달라고 매달리더랍니다.

그 남자의 부모가 나까지 만나 보고 싶어 한다고 해서 그녀의 이모를 따라서 병원에 가 봤더니 그의 부모가 내 손을 잡고 아들을 살려 달라면서 사정했어요. 참으로 어처구니가 없었지요. 을지로의 H호텔에서 기다리고 있던 내 부모와 친척들이 현재 세종문화회관의 뒤편에 있었던 다방으로 모이게 됐어요. 우리 친척들 앞에서 그 남자의 부모가 애원하던 말을 듣고 다 같이 자식을 키우는 입장에서 어쩔 수 없겠다고 생각했던지 아버지가 나한테 물었어요.

'우짤래?'

'내일이 결혼식이라고 청첩장까지 다 돌렸는데, 지금에 와서 무슨 다른 방법이 있을 수 있습니꺼?'

'그것보다 니 마음이 우떻노? 그 남자가 오죽했으면 극약까지 먹고 죽겠다고 했겠노? 그런 남자를 모른 척하고 아가씨가 내일 편안한 마음으로 니하고 결혼식을 올릴 수 있겠나?'

'그거야 그렇겠지만…….'

'고마 잊아 부리라!'

'그러면 내일 결혼식을 올리기로 호텔에 예약해 놓고 청첩장까지 다 돌렸는데 어떻게 해야 됩니꺼?'

'작년에 선을 봤던 양산의 아가씨는 우째 생각하노?'

'지금 그 아가씨에 대한 말은 왜 꺼내는 깁니꺼?'

'이 자쓱아, 지금 무슨 다른 방도가 있겠노? 그 아가씨가 시집을 안 갔으모 연락해서 지금 당장에 서울로 올라오라 캐라!'

내가 아버지의 말을 듣고 곰곰이 생각해 보니 그 방법밖에 다른 방법이 없겠다는 생각이 들었어요. 그래서 거기에 모였던 친척들 가운데 양산의 그 아가씨와 연줄이 있던 사람을 통해서 연락해 봤더니 그때까지 그 아가씨가 시집을 안 가고 있었던 거예요. 그래서 이쪽의 사정을 꾸며서 얘기하고 서울로 올라오라고 했지요.

그랬으니 양산에서는 난리가 난 거예요. 제대로 준비된 것 없이 밤을 새워서 그 여자가 부모를 포함한 가까운 친척들 몇 명과 서울까지 올라왔지요. 그래서 조선호텔에 준비돼 있던 결혼식에서 신부의 이름만 김성숙에서 김정숙으로 바꿔서 무사히 결혼식을 올렸던 거예요.

다행이라면 다행이라고 해야 할지 모르겠지만, 서울의 그 아가씨 이름은 김성숙이었고 양산의 아가씨 이름은 김정숙이었으니 그동안 준비됐던 결혼식의 모든 절차와 안내문의 이름에서 '성' 자의 ㅅ을 '정' 자의 ㅈ으로 바꾸기만 했더니 결혼식 자체는 문제가 없었습니다.

그렇게 결혼식을 올린 후 피할 수 없는 운명이라고 생각하고 부부의 인연을 맺어서 그 여자와 살게 됐는데, 어느덧 사십여 년의 세월이 흘러서 아내는 지난여름에 돌아오지 못할 길을 떠나고 말았어요. 그렇게 아내를 먼저 보내고 나니까 그동안 함께 살아오면서 고생만 시켰던 것 같아서 요즘에 혼자서 곰곰이 생각해 보면, 나도 모르게 눈물이 나와요.

가끔씩 집에서 내가 아코디언을 연주하면 옆에서 아내가 노래를 따라서 부르곤 했는데, 며칠 전 나 혼자 그 아코디언을 연주하다가 노래를 부르던 아내의 모습이 눈앞에 어른거려서 울음이 나오더라고요. 혼자서 한참 동안 울고 나서 그 아코디언을 장롱 깊숙한 곳에 보이지 않게 치워 버렸어요. 언제든지 누가 달라고 하면 줘 버릴 생각이에요. 김 작가는 아코디언을 배워 볼 생각이 없어요? 내가 악기는 줄게요."

박 노인이 미소를 머금었지만, 눈시울은 젖어 있었다. 그 둘은 대구탕의 맛도 모른 채 수저를 쥔 손을 움직이고 있었다.

"사모님께 무슨 고생을 시켰다고 그러세요? 정부간행물 취재기자를 했으면 생활에 큰 어려움은 없었을 것 아니에요?"

"그렇지 않아요. 그렇게 결혼해서 1년쯤 살았는데, 아들이 태어났어요. 그때는 행복이라는 말의 의미를 알 수 있을 것 같았지요. 그런데 얼마 후 일본을 방문했던 국무총리의 수행기자로 따라갔다가 그곳에 남아서 일본 후생성의 복지제도를 분석한 기사를 한국으로 써 보내기로 했지만 한 달 후 사직서를 제출하고 돌아오지 않았어요.

당시에 내 눈에 비쳤던 그곳은 낙원이었어요. 한국과 비교가 되지 않을 만큼 경제가 발달해 있었으니까 그랬겠지요. 그런 곳에서 무엇이든지 할 수 있을 것 같다는 생각이 들었어요. 돈도 얼마든지 벌 수 있을 것 같더라고요. 그래서 목돈을 모아서 귀국하기로 작정했던 거예요.

거기서 2년 정도 돈을 모아서 돌아와 명동에 다방을 개업했지만, 그때부터 고생길로 들어서게 됐어요. 그렇게 개업한 다방을 3년쯤 영업하다가 그만두고 일본으로 왔다 갔다 하면서 보따리장사를 시작했어요. 그러면서 사람들에게 속아서 피해를 입은 경우가 많았고, 속 썩은 일들도 많았지요."

"그때 명동에서 다방을 하셨다면 장사가 잘됐을 것 같은데요?"

"장사는 잘됐지요. '르놔르'라는 이름의 다방이었는데, 40여 평 정도의 실내를 흑백으로 꾸며서 문인들도 모이곤 했어요. 그때 유명한 소설가들도 찾아오곤 했는데 사진이라도 찍어뒀더라면 좋았겠지만, 워낙 내가 그쪽으로 문외한이라서 관심을 못 가졌어요.

그렇게 장사는 잘됐지만, 내 성격이 무엇이든지 한 가지를 끈기 있게 계속하지 못해요. 그래서 다방을 그만두고 보따리장사를 하면서 내가 고생을 했는데, 아내한테도 많은 고생을 시키게 된 거지요."

"그 다방이 지금의 어디쯤에 있었어요? 명동성당 쪽에서 내려오면, 사거리가 있잖아요. 그 근처였던가요?"

"소설에서는 그렇게 정확하게 안 써도 되지 않겠어요? 그런 것은 나중에 자서전을 쓸 때 포함시키면 좋겠어요."

"아, 그렇게 생각하세요?"

김 작가는 당황했다. 그동안 그는 박 노인의 살아온 과정에서 소설이 될 만한 소재를 찾을 수 있으면 그 소재로 한 편의 단편소설을 써 보려고 생각했는데, 노인은 김 작가가 자신의 자서전을 써 줄 것으로 기대하고 있다는 것을 알았다. 노인이 그렇게 생각하는 것도 무리는 아니었다. 지난번에 만났을 때 그가 노인으로부터 살아온 얘기를 들으면서 자서전 같은 소설을 써 보고 싶다는 얘기를 했었기 때문이다.

*

내가 박경민 노인을 처음으로 만나게 된 것은 종로에 있던 사우나의 헬스장에서 운동하고 있을 때였다. 그때 나는 매주 토요일 오후에 그곳에서 두 시간쯤 운동하고 목욕을 하곤 했다. 올봄이 시작될 무렵의 3월 초순경 토요일, 그날도 회사에 출근해서 일을 하는 둥 마는 둥하고 인터넷 신문을 훑어 본 후 오후에 퇴근하여 사우나 헬스장에서 운동을 하고 있었다. 토요일 오후에 두어 시간쯤 운동하는 것이 버릇처럼 돼서 운동을 못 하게 되면 몸이 뻐근하고 컨디션이 좋지 않은 느낌이 들기 때문에 운동을 거르는 경우가 거의 없었다.

그렇게 운동을 하고 저녁에 혼자서 고깃집으로 찾아가 불고기나 돼지갈비 2인분을 먹고 나면, 세상에 부러울 것이 없는 지복의 순간이 되었다. 내일이 아니라 당장에 병이 들어 쓰러지더라도 도움을 청할 수 있는 사람이 아무도 생각나지 않을 만큼 혼자서 살고 있었지만, 외롭다는 사치스러운 생각은 없었다. 오늘날은 외로움뿐만 아니라 모든 추상명사가 멸종돼 버린 시대이다. 그 눈부신 것들이 살고 있던 인간의 마음속에는 언제부터인가 우중충한 보통명사들만 우글거리고 있다.

어쨌든 사우나 헬스장에서 운동하면서 자주 만나던 사람들이 있었다. 수많은 사람들이 살아가는 도심이니까 라이프 사이클이 비슷한 사람들도 더러 있는 모양이어서 그 시간대에 함께 운동하는 사람들이 있었던 것이다. 그래서 서로가 인사를 주고받곤 하다가 몇 개월이 지나면 운동을 그만두는지, 아니면 다른 곳으로 옮겨가는지 안 보이게 되곤 했다.

그런 사람들 가운데 꾸준히 운동하러 오던 대머리 노인이 있었다. 내가 그 노인과 운동하는 시간대가 같아서 낡은 스피커에서 유행가가 끊이지 않은 헬스장에서 아령운동을 하거나 버티컬버터플라이를 팔락거리고 벤치프레스에 누워서 바벨을 들어 올리기도 하고 런닝머신 위를 걷는 동안에 최근의 뉴스거리나 정치인들을 대상으로 잡담을 나눴다.

그날도 대머리 노인과 이런저런 얘기를 나누면서 운동하고 있었는데, 빨간색의 런닝 셔츠와 초록색 트렁크 그리고 노란색의 운동화를 신고 운동하러 온 노인이 있었다. 그렇게 삼원색의 복장을 차려입어서 인상적이었을 뿐만 아니라 금목걸이도 목에 걸고 있었고, 반백의 짧지 않은 머리카락 몇 가닥을 갈색으로 브릿지를 한 인상이 특이했다. 첫 눈에 보기에는 체형도 날렵한 편이어서 나이트클럽 같은 곳을 들락거리는 늙은 제비족 같았다.

그런데 나와 대머리 노인과의 대화 사이에 그 노인이 끼어들어서 하던 말은 겉보기와 달랐다. 유대인들의 돈밖에 모르는 배금주의를 비판하고, 유럽의 유서 깊은 문화를 예찬하며, 앞으로 남북한의 관계가 어떻게 변화될 것이라고 나름대로 예측하는 등 해박한 식견이 범상치 않았다.

저녁때쯤에 목욕을 끝내고 나보다 먼저 돌아갈 때 보았던 그 노인의 옷차림새도 보통의 노인들과 달랐다. 하와이언풍의 꽃무늬가 수놓인 티셔츠에 귀부인이 입고 다닐 듯한 분홍색 반코트를 걸치고, 주름이 잡힌 바지 차림으로 흰색의 백구두를 신고 돌아갔다.

다음 주 토요일 오후에도 그 삼원색 노인이 헬스장에서 나와 대머리 노인의 대화에 끼어들어 해박한 식견을 털어놓았는데, 이후로 한 달쯤 보이지 않다가 다시금 나타났을 때에는 그동안 암으로 병원에 입원한 부인을 간병하느라고 올 수 없었다고 말했다. 그러면서 그날도 병원에 가 봐야 된다면서 일찍 돌아갔다. 이후로 또 다시 두세 달 동안 보이지 않았다. 대머리 노인이 삼원색 노인에 대해서 궁금하게 생각했다.

그 사이에 봄이 가고, 장마철도 지난 어느 토요일 오후에 삼원색 노인이 다시 헬스장에 모습을 드러냈다. 이전보다 많이 수척해 보였다. 부인의 병 간호가 힘들었던 모양이었다.

"사모님의 건강은 어떠세요?"

"죽었어요. 지지난 주 장례를 치르고, 장흥에 있는 공원묘지에 묻었지요. 그동안 간호를 하느라고 힘들어 내 몸도 정상이 아닌 것 같아서 오랜만에 운동을 해 보려고 나왔어요."

"그러셨군요. 안됐네요. 사모님의 명복을 빕니다."

대머리 노인과 나는 진심으로 조의를 표했다. 그날 저녁에 내가 삼원색 노인에게 선약이 없으면 저녁을 같이 먹자고 했다. 그동안 서너 번밖에 만나지 않았지만 나이 어린 나에게 함부로 말하지 않은 배려가 있어서 친근감이 느껴졌고, 사모님과 사별하게 된 슬픔을 조금이나마 위로해 주고 싶었다. 대머리 노인은 다른 약속이 있어서 일찍 돌아가야 된다고 말했다.

그날도 내가 두어 시간 운동하고 목욕을 한 다음에 수면실에서 잠깐 잠을 자고 나왔더니 삼원색 노인이 탈의실에서 텔레비전을 보면서 나를 기다리고 있었다. 시간은 7시가 가까웠다. 나는 서둘러 옷을 입고 기다리게 해서 미안하다며 그 노인과 함께 목욕탕을 나와서 가까운 삼계탕집으로 저녁을 먹으러 갔다.

그날은 노인이 슬리퍼를 끌고 검정색 반바지와 흰 바탕의 티셔츠를 입고 있었는데, 등에는 튤립 한 송이가 수놓아져 있었다. 그 삼계탕집에서 삼원색 노인이 살아온 지난날을 대충 말하고, 내가 출판사에 근무하고 있다고 했더니 자신의 자서전을 써 줄 수 있겠느냐고 물었다. 나는 자서전을 써 본 경험은 없지만 박 노인이 살아온 지난날을 소제로 해서 단편소설 한 편을 써 보고 싶다고 대답했다.

그러자 노인은 그 소설을 다 쓴 후 그것을 바탕으로 해서 자서전을 쓸 수 있지 않겠느냐고 말했다. 나는 그 노인의 말에 긍정도, 부정도 하지 않았다. 다만 단편소설 한 편을 쓸 수 있을 것 같다는 생각이 드니까 좀 더 구체적으로 지난날의 이야기를 듣고 싶다고 했더니 삼계탕을 먹으며 그의 과거를 털어놓았다. 그가 태어나서 초등학교와 사범학교를 거치고 대학을 나온 후 영화배우 오디션에 합격하여 배우협회의 회원으로 등록했지만 한 편의 영화에도 출연하지 못하고 모델로 변신한 이야기 등 평범하지 않은 과거의 삶이었다.

내가 그 노인의 희망대로 자서전도 될 수 있게끔 소설을 써 보려면 그날 삼계탕집에서 들은 이야기의 앞부분이 이

소설이 시작된 내용보다 먼저 나와야 한다. 그렇지만 시간의 순서대로 쓰게 되면, 소설의 긴장감이 없어질 것 같아서 노인의 결혼 이야기로써 이 소설을 시작하게 된 것이다.

이 소설이 완성된 후에는 다음에 이어지는 내용들까지 포함하여 다시 구상해서 그 노인의 자서전을 써 볼 생각이었다. 박 노인은 죽으면 남길 수 있는 것이 아무것도 없다면서 자서전 한 권이라도 남길 수 있다면 얼마나 좋겠느냐며 간절한 눈빛을 보였다. 그리고 칠순에 접어든 나이가 되고 보니 내일을 기약할 수 없는 것 같아서 가능하면 빨리 자서전이 간행될 수 있으면 좋겠다고 말했다.

그래서 나도 소설을 빨리 마무리하고 싶었지만, 그날 노인으로부터 들은 이야기가 삼사 개월이 지나도록 매끄러운 흐름으로 기억돼 있지 못했다. 회사의 일도 바쁜 때를 맞이했기 때문에 토요일이나 일요일에 조금씩 써 봤지만 진척되지 않았다. 이 소설 속의 김 작가는 나 자신인데 실제로는 등단하지 못하고 습작을 계속하는 작가 지망생에 불과하다.

*

여름철이라서 삼계탕집이 붐비고 있었다. 다행히 빈자리가 있어서 박 노인과 자리를 잡고 앉자마자 김 작가가 물었다.

"서울이 고향이세요?"

"아닙니다. 부산이 고향인데 젊었을 때 서울로 올라왔어요? 그쪽은 고향이 어딘가요? 아직 이름도 소개를 못 했네요. 나는 박경민이라고 해요."

"저는 김상묵이라고 합니다. 제 고향도 부산에서 멀지 않은 김해이고요."

"그래요? 고향 사람을 만났네요. 반가워요. 그런데 무슨 일을 하고 있어요?"

"조그만 출판사에서 월급쟁이 생활을 하고 있습니다만, 조만간 다른 일을 찾아 볼 생각입니다."

"그러면 자서전 같은 것도 출판하겠네요?"

"지금까지 한두 권 출판해 본 적이 있지만, 회사측에서 그쪽으로는 별로 관심이 없는 것 같습니다. 그런 건 인터넷에 찾아 보면 전문적으로 출판하고 있는 곳이 있을 겁니다. 박 선생님도 자서전을 출판하고 싶으세요?"

"지금까지 특별하게 살아온 것은 아니지만 자서전 한 권이라도 남길 수 있으면 좋겠다고 생각해 보게 됩니다. 한평생을 살았지만, 남은 게 아무것도 없어요."

"제가 출판사에서 일하면서 소설을 써 보고 싶어서 한두 편 습작은 해 봤지만, 자서전은 어떻게 쓰는지 모르겠습니다. 그런데 어떻게 부산에서 서울로 올라오게 됐어요?"

"내가 태어나기는 부산 동래에서 태어났어요. 당시에 아버지가 정미소를 운영하고 있었는데, 울산에 있던 대지주와 연분이 있어서 해마다 가을뿐만 아니라 일 년 내내 방앗간의 일이 바빴어요. 그래서 어렸을 때 먹고 사는 데에는 큰 어려움이 없었지만, 내가 초등학교에 들어갈 때쯤에 아버지가 정미소를 그만뒀어요.

그리고 구포로 이사를 가서 살게 됐고, 거기서 초등학교에 다녔어요. 그때는 일제시대였기 때문에 학교에서 우리말을 못 하게 했어요. 아이들끼리 놀다가 자신도 모르게 우리말을 하게 되면, 벌칙이 있었어요. 지금은 기억이 분명하지 않지만, 매학기 초 선생님이 마분지를 잘라서 만든 것 같은 조그만 딱지를 열 장씩 아이들에게 나눠줬어요. 그래서 누구든지 우리말을 하게 되면 그 딱지를 한 장씩 다른 아이들에게 빼앗겼어요. 나중에 그 딱지를 다 빼앗기게 되면 낙제를 하게 돼 있었던 거예요.

그러다가 내가 5학년이었던 여름에 해방됐어요. 해방된 때가 8월이었으니까 여름방학이었지만, 매일 학교에 나가서 뒷산으로 올라가 소나무에서 송진을 채취했어요. 큰 소나무의 겉껍질에 브이(V) 자로 상처를 내고 아래에 깡통을 받쳐 두었다가 다음날 다시 올라가서 그 아래에 똑 같은 상처를 내고 깡통을 받쳐 두기를 일주일 동안 반복하면 꽤 많은 송진을 채취할 수 있었습니다. 그렇게 송진을 채취해서 어디에 쓰는지 몰랐지만, 아이들은 방학에도 경쟁적으로 그 일을 했지요.

해방이 되던 그날도 내가 뒷산에 올라갔다 내려오니까 갑자기 주위에서 사람들이 만세를 부르며 길거리로 몰려나오고 있었어요. 나는 영문을 모른 채 집으로 달려갔더니 아버지가 방안에서 그리고 있던 태극기를 나한테 주며 밖으로 가지고 나가서 만세를 부르라고 했어요. 그래서 나도 집 밖으로 나가서 그 태극기를 흔들며 만세를 불렀는데, 그때의 감격은 지금도 잊을 수 없지요.

요즘의 사람들에게는 아무리 설명해 줘도 그때의 감격을 알 수 없을 거예요. 특별히 애국심이라든가 국가에 대한 무슨 생각이 있었던 것은 아니지만 거리마다 몰려나와서 만세를 부르던 사람들 틈에 끼어서 함께 만세를 불렀던 그 마음은 어떻게 표현도 할 수 없어요. 학교에서 우리말을 무의식중에 한 마디만 내뱉어도 벌칙이 있었던 상황에서 우리말로 만세를 불렀다는 것 자체만으로도 감동적이었습니다.

다음날 나는 친구와 함께 전날 오전에 뒷동산 소나무에 송진을 채취하기 위해서 매달아 놓았던 깡통이 궁금해서 올라가 보려고 학교 앞으로 지나가다가 담임선생님을 만났어요. 그 여선생님은 머리에 보따리를 이고 서둘러 어딘가로 가다가 우리를 보고 울먹이더군요.

'이제 송진 채취는 잊어버려라! 공부를 열심히 해서 훌륭한 사람이 되기 바란다. 나는 일본에 있는 고향으로 돌아간

다.'

어디에선가 확성기에서 백두산 뻗어나려 반도 삼천리라는 가사의 노래가 울려 퍼지고 있던 거리로 황급히 사라지던 그 선생님의 뒷모습이 오랫동안 기억에 남았어요."

"그렇게 해방된 이후에 어떻게 되셨어요?"

노인은 금방 삼계탕과 함께 나온 인삼주 한 잔을 마시고 아련한 추억을 떠올리는 듯 괜스레 주위의 사람들을 둘러보다가 젓가락을 들고 삼계탕의 살코기를 발라내며 말을 이었다.

"그렇게 해방된 후 6학년까지 학교를 다녀서 졸업하고 부산사범학교에 들어갔어요. 당시에는 초등학교를 졸업하고 사범학교에 진학해서 6년을 공부하면 초등학교 선생이 될 수 있었던 거예요. 그런데 몇 년 후 6·25전쟁이 발발하고 학재가 개편돼 6년제였던 사범학교가 중학교 과정 3년과 고등학교 과정 3년으로 나눠졌고, 나는 무사히 졸업하여 초등학교 선생이 될 수 있었습니다.

그러나 전쟁 중 부산에 와 있던 대학교들이 천막을 치고 학생들을 가르치고 있었는데, 내 눈에는 그런 학교에 다니던 학생들이 부러웠어요. 그래서 초등학교 선생이 된 후 한 학기도 제대로 아이들을 가르쳐 보지 못하고 그만두고 말았지요. 그리고 서울로 올라왔어요. 내가 초등학교 선생으로서 한평생을 살 수 없다. 서울에 가서 공부를 더 해서 좀 더 넓은 세상을 살아 보겠다고 생각했던 거예요.

그때 결혼해서 서울에 살고 있던 누님의 집에 기거하면서 대학에 다녔지만, 처음에 생각했던 것과는 다르게 공부에 흥미가 없더군요. 대학에 들어가자마자 배우협회에서 배우를 모집한다는 사실을 알고 응모했다가 영화배우로 발탁돼 배우협회증을 교부받고, 그때에 충무로에 있었던 협회에 날마다 출근하다시피 했어요. 그러면서 배역을 맡기 위해서 영화감독이나 배우들의 관심을 끌어야 했습니다.

그러던 중 몇 번쯤 조역이나 단역을 맡을 기회가 있었지만, 그렇게 시작하게 되면 조역이나 단역배우를 벗어나기 어렵다고 생각해서 거절했어요. 처음부터 비중 있는 배역을 맡아야 된다고 생각했지요. 최소한 조연을 원했던 것입니다.

마침내 '진시왕과 만리장성'이라는 영화에 출연하기로 결정돼 출연진들과 대사 연습을 열심히 했는데, 어느 날 갑자기 내 역할이 다른 배우로 바뀌게 됐어요. 왜 그렇게 된 것인지 몰랐지만, 내 나름대로 열심히 노력했는데 그렇게 되고 보니까 다른 길을 찾아야 되겠다는 생각이 들었어요. 이후로 일 년쯤 악극활동을 하다가 그 분야에 회의감을 느끼고, 그때까지 등한시하고 있었던 공부를 열심히 해 보기로 했지요.

그렇게 방황하면서 알게 된 사람들의 권유로 패션모델로

활동할 생각으로 몇 번 패션쇼에 나가 보기도 하고 잡지나 신문에 내 사진이 실리기도 했지만 본격적인 활동은 해 보지 못했고, 공부도 하는 둥 마는 둥 하다가 결국에는 대학교 3학년을 마치고 군대에 입대하게 됐어요. 그때의 젊은이들은 군대에 가기를 꺼려했지만, 나는 희망이 좌절된 입장에서 모든 것을 포기한다는 생각으로 군대에나 가자는 생각이었지요."

노인은 그때의 아쉬움을 느끼는지 함께 대사 연습을 했던 배우의 이름들을 줄줄이 되뇌었다. 그 배우의 이름들 가운데 김 작가도 기억하는 이름들이 있었다.

*

그날 삼계탕집에서 노인이 살아온 이야기를 마치고 자서전을 출판하고 싶다고 말했을 때, 나는 그 노인을 실망시키고 싶지 않아서 어떻게 대답해야 좋을 것인가를 생각하다가 그의 자식들은 무엇을 하고 있는가를 물어봤다.

그때 그의 하나밖에 없는 아들의 나이가 마흔이 넘었지만 여태껏 손자를 못 봤다고 하면서 또 다시 노인은 아쉬운 표정을 지었다. 그 아들 부부가 나름대로 아이를 갖기 위해서 온갖 노력을 다해 봤지만, 결과는 뜻대로 되지 않아서 입양까지 고려해 보기도 했으나 쉽게 결정하지 못하고 있다고 말했다.

"그러면 이렇게 하지요. 오늘 박 선생님이 이야기하신 내용을 그대로 컴퓨터에 입력하는 거예요. 정부간행물 취재 기자의 경험이 있으시니까 어렵지 않을 것입니다. 내일부터 하루에 원고지 5매 분량씩만 입력해 보도록 하세요. 처음부터 너무 욕심을 내면 며칠도 안 지나서 포기하게 됩니다. 매일 그 정도씩만 입력해서 토요일마다 일주일 동안 입력한 원고를 종로에 가지고 나오시면, 제가 그 원고를 봐드리도록 하겠습니다. 그동안에 저는 선생님의 자서전 같은 소설을 써 볼게요.

우선 스토리의 마무리는 이렇게 하면 어떨까 하고 생각합니다. 박 선생님이 자서전을 컴퓨터에 입력하기 시작하자 선생님의 며느리가 아이를 갖게 되는 신기한 일이 벌어져요. 선생님은 그 아이가 무사히 태어나기를 바라기라도 하는 듯 자서전을 정성스럽게 이어 나갑니다. 물론 매주 토요일마다 일주일 동안 그렇게 입력한 것을 저에게 보여 주면서 문장을 다듬어 나가는 것도 게을리 하지 않고 말입니다.

그런데 6개월쯤 지난 후 선생님이 병석에 눕게 돼서 회복하지 못하고 사모님이 계시는 곳으로 떠나게 돼요. 이후로 저는 선생님의 자서전에 대해서 궁금하게 생각하면서도 회사의 일 때문에 선생님한테 연락해 본다는 것을 차일피일 미뤄요. 그러다가 일 년쯤 지난 후 내가 선생님의 아드님으로부터 전화를 받게 되는 거예요. 그 아드님이 선생님의 컴퓨터를 열어 본 후 나한테 연락한 것입니다.

그 컴퓨터에 저장돼 있던 파일 속에 내 전화번호가 있었어요. 그동안 선생님이 입력했던 자서전과 나머지 부분을 나에게 부탁해서 완성시켜 달라는 문장도 포함돼 있었고요. 나는 그 파일을 메일로 받아서 자서전을 완성하게 됩니다. 그래서 선생님의 일주기 때 아들의 가족과 함께 묘소를 찾아가서 손자에게 그 자서전을 바치게 하는 거예요."

"소설은 재미있게 구성될 수 있을 것 같습니다. 그러면 자서전은 어떻게 해야 되지요?"

"소설이 끝나면, 그 내용을 정리해서 자서전으로 재구성할 수 있을지도 모르겠다는 생각이 듭니다만……. 그런데 자서전을 출판하겠다면 어떤 내용을 강조하고 싶으세요? 혹시 자서전에서 강조하고 싶은 내용이라도 있으세요?"

"지금까지 내가 살아오면서 한 가지라도 제대로 꾸준히 해 본 것이 없어요. 정부간행물 취재기자를 5년 동안 해 본 게 가장 오래된 거예요. 그래서 어떤 사람이 어떤 길을 가든지 간에 한 길을 꾸준히 가야 된다는 내용을 강조하고 싶어요."

나는 단편소설부터 한 편을 써 보고 싶다는 생각이 들어서 노인의 자서전 문제는 더 이상 언급하지 않았는데, 최근에 그 소설을 다시 써 봐야 되겠다는 생각으로 시작해 봤지만 조금도 진척되지 않고 있다. 매일 회사의 일을 마치고 집으로 돌아와 노트북의 뚜껑을 열고 앉아서 이력서와 자기소개서를 쓰다가 잠이 들면, 천진난만한 어린아이가 나타나서 재롱을 부리는 꿈을 꾼다. 박 노인의 손자를 꿈속에서 보게 되는 것일까?

지금까지 나와 결혼하기 전 아내가 알고 있었던 남자의 문제로 3년이 넘도록 별거생활을 하고 있는 중이다. 그녀에게 전화를 해 본 지도 언제였던지 기억나지 않는다. 어쩌면 아내가 다른 남자 아이의 엄마가 돼 있어서 내 꿈속에 그 아이가 나타나는 것인지도 모르겠다는 생각이 뇌리에서 떠나지 않고 있다.

어떤 고독사

기상관측사상 가장 무더웠다는 올 여름이 며칠 안 남았다. 오늘도 출판사에서 인쇄물의 교정 일을 아르바이트 하고 있는 나는 6시에 칼퇴근을 했다. 회사의 문을 열고 나서서 동네 사우나로 발걸음을 옮기며 저녁으로 비빔밥을 먹을까, 제육볶음을 먹을까를 고민하다가 쳐다본 저녁 하늘에 구름이 잔뜩 끼어 있었다. 소나기가 내릴지도 모르겠다는 생각에 사우나로 향하던 발걸음을 돌려서 회사의 근처에 있는 원룸으로 우산을 가지러 갔다. 방문을 열고 입구에 있던 3단 우산을 숄더백에 챙겨 넣자마자 뒤돌아 나왔다.

갑자기 평소에 다니던 동네의 사우나가 아니라 몇 개월 전 파견근무를 했던 마포에 있는 사우나로 가 보고 싶어졌다. 그래서 청파동에서 원효로 쪽으로 시내버스를 타고 가는데 휴대폰을 회사에 두고 나온 것 같았다. 숄드백을 뒤져 봐도 휴대폰이 보이지 않았다. 도중에 시내버스를 내려서 길 건너편으로 건너가 회사 쪽으로 되돌아오는 버스를 탔다. 청파동 정류장에서 버스를 내린 다음에 또 다시 길을 건너서 회사로 들어갔다.

그때까지 퇴근하지 않고 있던 조성호 위원이 나를 보고 왜 다시 출근하느냐고 물었다. 휴대폰을 안 가지고 갔다고 대답하면서 내 책상으로 다가가 봤지만, 책상 위에 휴대폰은 보이지 않았다. 서랍들 속에도 없었다. 조 위원에게 부탁해서 내 휴대폰 번호로 신호를 보내 봐도 아무런 소리가 들리지 않았다. 아침에 출근하면서 휴대폰을 회사에 가지고 오지 않았던 것이다. 나는 겸연쩍어하며 조 위원에게 왜 아직까지 퇴근을 안 하느냐고 물어보면서 회사를 나섰다.

조 위원도 두 달 전 비정규직으로 입사한 사람이다. 일간 신문사에서 사장의 비서실장까지 지내고 정년퇴직을 했지만, 아직 아들과 딸이 대학에 다니고 있고 육십도 안 된 나이라서 일거리를 찾다가 내가 다니는 회사에 들어오게 되었다. 정년퇴직을 하고 사오 년간 놀면서 실직의 쓰라린 경험을 했다고 말했다. 내가 아르바이트를 하고 있는 출판사의 편집부장과 알게 된 인연으로 입사했다.

이미 퇴근한 후 30분가량이 허비돼 버렸다. 매일 나는 칼퇴근을 한 다음 사우나에 가서 열탕에 들어앉아 땀을 빼는 것이 습관처럼 돼 있다. 마포에 있는 사우나까지 가기에는 시간이 늦었다. 용산역 근처에 있는 K사우나로 방향을 바꾸었다. 청파동에서 가까운 갈월동에서 용산역까지는 몇 개의 정류장을 거치는 거리이다. 갈월동 정류장에서 시내버스를 기다렸다. 한참을 기다려도 버스가 오지 않았다. 차라리 걸어가는 것이 빠르겠다는 생각이 들었지만, 그때까지 기다린 시간이 아까워서 포기할 수 없었다. 20분쯤 더 기다려서 버스를 탈 수 있었다.

용산역정류장에서 버스를 내려서 목욕부터 한 다음에 저녁을 먹기로 작정하고 사우나로 향했다. 매표소에서 입욕비를 받는 직원에게 체크카드를 내밀고 목욕만이라고 말했다. 자주 찾아오는 사우나이기 때문에 잘 알고 있는 직원이었다. 오늘은 왜 땀복을 달라는 소리를 안 하느냐고 물었다. 목요일 저녁이기 때문이라고 대답했다. 의미 없는 대답이었다. 사우나 안으로 들어가서 벽시계를 보니 7시가 다 됐다. 평소에 저녁을 먹고 올 때의 시각이었다.

오늘은 회사에서 퇴근한 후 올려다본 하늘에 구름이 끼어 있어서 소나기가 내릴 것 같다는 생각으로 원룸에 가서 우산을 가지고 나왔고, 마포에 있는 사우나로 향하여 시내버스를 타고 가다가 휴대폰 때문에 중도에서 내려 회사로 돌아갔다 나왔기 때문에 시간이 허비됐지만, 저녁 먹는 시간을 생략하고 사우나로 왔기 때문에 평소와 비슷한 시간에 목욕을 할 수 있게 되었다. 제시간에 목욕을 못 할 것 같아서 조급증을 느끼던 마음이 누그러졌다. 습관이 문제이다. 무엇이든지 평소의 습관대로 되지 않으면 까닭 없이 마음이 불안해진다.

목욕탕의 열탕에서 땀을 빼고, 냉탕에서 열기를 식힌 다음에 맨손체조로 하루 종일 회사의 의자에 앉아서 굳었던 몸을 풀었다. 머릿속까지 이완감이 느껴졌다. 샴푸를 하고, 비누칠로 얼굴과 몸을 씻고 나니 개운한 느낌이 들었다. 목욕탕에서 한 시간쯤 보낸 다음에 사우나를 나왔다. 8시가 가까웠다. 저녁으로 무엇을 먹을까를 고민했다. 청파동으로 돌아가서 원룸 근처에 있는 식당에서 김치순두부를 먹어 보고 싶었다. 시내버스를 타고 청파동까지 돌아가서 순두부집으로 갔더니, 손님들이 만원이었다. 나 혼자 들어가서 김치순두부 하나를 주문하기에는 미안할 것 같았다.

청파동 대로변에 다른 기사식당들 3개가 나란히 있지만, 그 식당들에는 가고 싶은 마음이 없었다. 철판볶음밥 식당은 이십여 년 전에 생겼다. 주 메뉴가 제육, 낙지, 오징어 철판볶음밥이다. 식당 앞 대로변에 오십여 미터 주차장도 마련돼 있어서 택시기사들이 자주 찾는다. 몇 년 후 그 식당의 옆에 다른 식당도 생겼다. 이후로 두 식당 앞 주차장에 차를 유도하기 위한 경쟁이 벌어졌다. 종종 두 식당의 경계에 차를 세워 놓고 내 손님이니, 네 손님이니 하면서 언쟁을 하기도 했다. 철판볶음밥 식당의 주인여자가 억세다. 보통 여자들보다 큰 키에 목소리도 세되다.

일 년 후 새로 생긴 식당의 주인이 바뀌었다. 묵은김치의 전골을 주 메뉴로 하고, 식당의 인테리어도 깔끔하게 바꿨다. 그 식당의 주인은 만만치 않았다. 점심때가 되면, 철판 볶음밥 식당의 여주인과 싸우는 광경을 자주 볼 수 있었다. 그렇게 티격태격하면서 두 식당이 이십여 년 가깝게 장사를 해 왔는데, 최근에는 또 다른 식당이 생겼다. 그 식당은 '쌍대포'라는 간판을 걸어 놓고 내부를 옛날의 주막집처럼 꾸며서 텔레비전 방송을 탔다. 그래서 저녁 손님들은 대부분 그 식당으로 몰린다. 그 식당의 주 메뉴는 껍데기이다. 저녁마다 돼지껍데기를 굽는 냄새가 진동한다. 먼저 생긴 두 식당의 주인들은 각자의 식당 앞에 나와 앉아서 껍데기 식당으로 들락거리는 손님들을 부럽게 구경한다.

이전에는 나도 가끔씩 그 두 식당을 이용했지만, 언제부터인가 어느 쪽의 식당에도 가고 싶은 마음이 없어졌다. 최근에 생긴 식당에도 나 혼자서 가기에는 미안한 생각이 들어서 좀처럼 가지 않는다. 한두 번 그 식당에 찾아가서 김치찌개나 된장찌개를 시켜서 먹어 봤지만, 종업원들조차 혼자서 찾아가는 손님을 공공연하게 냉대하는 느낌을 받았다. 그래서 순두부집에 손님이 만원이어서 다른 식당에 가서 저녁을 먹어야 하는데, 마땅히 갈 만한 식당이 없다. 이미 허기가 느껴졌다. 근처에 있는 원룸에 들어가서 라면을 끓여 먹을까 하는 생각도 들었지만, 무엇인가 맛있는 것을 먹어 보고 싶은 생각이 들었다. 그래서 시내버스를 타고 종로까지 나가 보기로 했다. 청파동에서 시내버스를 타면 이십 분도 안 걸린다.

262번 시내버스가 서울역환승센터, 남대문시장, 롯데백화점을 지나서 종로2가에 도착했다. 버스를 내려서 삼계탕집을 향하여 걸어가는 종로거리에 사람들이 붐비고 있었다. 이십여 년 전 내가 상경해서 처음으로 와 본 이후로 많이 변했다. 그때의 종로서적 건물이 지금은 다이소라는 5백원에서 5천 원 사이의 물건들을 팔고 있는 매장으로 바뀌었고, 종로3가에 있던 귀금속 상가들이 2가까지 진출했다. 그렇지만 YMCA를 비롯하여 대분의 건물들이 이전의 높이와 모양을 유지하고 있는 2가에 비하면, 종로1가의 변화는 그야말로 상전벽해이다.

이삼 년 전부터 마천루들이 들어서기 시작해서 종로1가의 스카이라인이 완전히 바뀌었다. 대로의 양쪽으로 즐비해 있는 빌딩들이 시야를 막고 있다. 피맛골의 맛집으로 알려져 있던 노포들은 흔적도 없이 사라져 버렸다. 가끔씩 그곳에서 소주잔을 기울이며 맛보던 삼겹살이나 갈매기살 같은 옛 맛이 그리울 때가 있지만, 이제는 그 맛을 다시 볼 수 있는 곳은 없다. 어떤 가게들은 옛날의 간판을 달고 새롭게 들어선 빌딩으로 이전해서 영업하고 있지만, 옛날의 그 맛을 느낄 수 없다. 똑 같은 주인과 주방장이 요리하고 있더라도 예전의 노포에서 먹던 맛과 지금의 맛은 다르다. 그 이유를 알 수 없다. 음식의 맛이 분위기에 따라서 달라지는 것 같다.

우여곡절 끝에 찾아간 삼계탕집에도 내일 모레가 말복이라서 사람들이 줄을 서서 차례를 기다리고 있었다. 겨우 곰탕집에서 곰탕으로 저녁을 먹고 인사동 사거리를 지나 조계사 앞 대로 쪽으로 나왔다. 지하철을 타고 서울역까지 가서 시내버스로 청파동으로 돌아갈 생각이었다. 대로까지 나와서 지하철역이 있는 방향으로 꺾어지는 지점을 돌 때, 건널목의 신호가 바뀌기를 기다리고 있던 택시의 창문이 열리면서 어떤 여자가 내 이름을 불렀다. 내가 쳐다보자 그녀는 막 출발하려던 택시에서 내렸다. 용산역 근처에 있는 K사우나 헬스실 관장이었다. 헬스로 다져진 날씬한 몸매에 훤칠한 키와 등까지 기른 머리카락을 뒤쪽으로 묶은 미모였다.

"여기는 웬일이야?"

"여기까지 저녁을 먹으러 왔다가 돌아가는 길인데, 관장이야 말로 이 시간에 택시를 타고 어디로 가는 길이야?"

"지금 퇴근해서 집에 가는 길이잖아."

"퇴근시간이 8시였어? 그런데 택시를 타고 퇴근해? 월급을 많이 받나 보네."

"오늘이 딸네미 생일이라고 택시비를 줄 테니 택시를 타고 빨리 집에 들어오라고 해서……."

"그러면 빨리 집으로 가지 않고 왜 여기서 내렸어?"

"여기서 상호 씨를 만나게 되니까 반갑잖아. 이렇게 만났는데 맥주 한 잔도 안 사 줘?"

"딸네미 생일이라며……?"

"딸네미 생일이야 이제 다 컸으니까 지가 알아서 하지 뭐……."

"그렇다면 아름다운 여인과 맥주 한 잔을 마다할 리 없지! 가까운 데 맥주집이 있나?"

"저기에 보이네!"

"눈도 밝다."

종로구청 쪽으로 나 있는 길 가에 호프집의 간판이 깜박거리고 있었다. 나와 그녀가 대로를 건너서 호프집으로 향했다. 나중에 본명이 김은경이라는 것을 알게 됐지만, 처음에는 김효숙이라고 가명을 알려 주었던 그녀는 이삼 년 전부터 용산역 앞 K사우나 헬스실 관장으로 근무하고 있다. 사우나에 들어오는 사람들이 헬스실을 찾아오면 운동기구를 다루는 방법을 가르쳐주거나 헬스기구들을 정돈하고 관리하는 것이 그녀의 일이다.

처음에 나는 청파동에 있는 회사에서 일을 하다가 수요일 저녁마다 K사우나에 가서 헬스실에 들러 한 시간 가량 운동하고 목욕을 하곤 했다. 그리고 토요일에는 오전 근무를 끝내고 사람들 구경도 할 겸 종로에 있는 B사우나의 헬스실에 가서 두 시간쯤 운동하고 목욕을 하면서 오후를 보내곤 했는데, 그곳에서 운동하면서 알게 된 사람들과 한두 번 저녁을 함께 먹다 보니 불편한 관계가 맺어지게 되었다. 그래서 토요일 오후에도 K사우나로 옮기게 된 이후로 관장과 친해졌다.

지난해부터 그녀가 구청에서 실시하는 교양강좌들 가운데 중국어 초급반에 등록했다면서 내가 헬스실에 갈 때마다 열심히 발음을 공부하고 있었다. 나도 한때 중국어에 관심을 가지고 중급정도의 실력이라는 말을 들을 만큼 공부한 적이 있어서 헬스실에 갈 때마다 그녀의 공부에 도움이 될 만한 말들을 해 줬다.

그러면서 수요일 저녁에는 헬스실에 있는 자전거를 함께 나란히 타면서 이런저런 이야기들을 주고받을 때도 있었다. 어떤 때에는 나와 그녀의 둘밖에 없을 경우에 그녀 자신도 운동할 시간이라고 하면서 매트 위에 무릎을 꿇고 앉아서 매직토소볼의 양쪽 손잡이를 잡고 앞으로 밀었다가 끌어당기는 동작을 반복하거나 '허리 혁명' 스트레칭대 위에 드러누워서 스트레칭을 하면서 섹시한 몸동작을 보여주었다. 나는 그녀의 그런 몸동작을 상상하면서 잠들었다가 몽정을 할 때도 있었다.

내가 그녀와 함께 들어선 호프집에도 사람들이 붐비고 있었다. 우리는 구석 쪽의 빈자리에 자리를 잡고 앉아서 생맥주 두 개를 시켰다.

"아, 시원하다."
"왜 여기까지 저녁을 먹으러 와?"
"오늘 저녁에 찾아가는 식당들마다 손님들로 만원이잖아. 그런 식당에 나 혼자 들어가서 밥을 달라고 할 수 있어? 그래서 돌고 돌다가 종로까지 오게 된 거지."
"아이고, 불쌍한 독신남! 그러니까 왜 혼자 살아? 여자가 있으면 잘해 줄 텐데……."
"혼자 살면 얼마나 편한지 알아? 먹고 싶은 것 마음대로 먹고, 가고 싶은 데 마음대로 가고……. 그리고 혼자 살면 한 여자가 아니라 여러 여자들을 거느리고 살게 된다는 것을 알아? 오늘은 이 여자 생각, 내일은 저 여자를 상상하면서 말이야."
"나도 그런 여자들 가운데 하나야?"
"그렇다고 봐야지!"
"이제 보니 상호 씨도 너무 엉큼하다. 그렇게 안 봤는데……."
"그러면 어떻게 봤어?"
"얌전하고 일밖에 모르는 고독한 남자로서 가끔씩 낭만을 즐기며 살아가는 특별한 사람이라고나 할까?"
"물론 그렇게 살고 있지!"
"그런데 여러 여자들을 거느리고 살게 된다는 것은 무슨 말이야?"

"결혼해서 살고 있는 남자들은 한 여자와 살아가지만, 혼자 사는 남자들은 필요할 때마다 이런저런 여자들을 상상하게 된다는 말이지."

"필요할 때가 언제야?"

"꼭 그걸 말로 해야 돼?"

"상호 씨가 필요할 때 나를 상상할 때도 있다는 말이지?"

"그렇다면……."

"오늘 저녁에는 상상만 하지 말고 실제로 나를 상호 씨의 여자로 만들어 봐."

"정말이야?"

"그렇다니까!"

"집에 빨리 들어가야 된다면서……?"

"아이고, 남의 집 걱정은 안 해도 돼."

"오늘 회사에서 퇴근한 이후로 모든 것이 꼬이고 꼬여서 여기까지 오게 된 것은 관장을 만나기 위해서였구나."

"나도 퇴근하면서 택시를 타기는 오늘이 처음이네!"

"어쩌면 오늘 저녁에 우리 둘은 만나지 않을 수 없도록 운명이 정해져 있었던 것이구나!"

"이렇게 만났으니 노래방에나 가 볼까?"

"그래, 스트레스 발산……!"

노래방으로 가자고 하면서 그녀와 함께 맥주 집을 나왔지만, 나는 음치이기 때문에 노래에는 흥미가 없었다. 술기운으로 풀어진 내 눈에 종로1가의 새롭게 솟아 있는 빌딩들 꼭대기에서 항공장애표시등이 깜박거리고 있었고, 멀지 않은 곳에 희미하게 매달려 있는 여인숙 간판이 보였다.

"우리 노래방에 가지 말고 저기에 들어가서 잠깐 쉬었다 갈까?"

"어디, 저기? 상호 씨가 나를 사랑해? 그렇다면 좋아!"

그녀도 술기운에 들떠 있었다. 나와 그녀는 여인숙으로 찾아 들었다. 예상보다 깔끔한 방안의 분위기가 기분을 안정시켜 주었다. 욕실의 욕조에 온수가 채워지는 동안 나는 관장에게 지난 며칠 동안 헬스장에서 보이지 않은 리모컨 노인에 대해서 물어봤다.

내가 헬스실에 갈 때마다 칠십이 넘은 그 노인은 당뇨병을 앓고 있다면서 피골이 상접한 몸으로 자전거에 올라앉아 운동을 하는 척하며 텔레비전을 보고 있었다. 그러면서 볼륨을 크게 틀어 놓아 다른 사람들로 하여금 신경을 쓰게 만들었다. 그래서 누군가가 리모컨 노인이라고 이름을 붙여 준 것이다.

가끔씩 관장은 리모컨 노인에게 텔레비전의 볼륨을 낮추라면서 짜증을 냈다. 그러면 노인은 토라져서 한동안 헬스실에 나타나지 않을 경우가 있었다. 이번에도 그 노인과 관장이 말다툼을 한 것인지 궁금했다.

"요즘에 리모컨 노인이 안 보이던데, 또 싸웠어?"

"지지난 주에 죽었어."

"그래? 어떻게 그렇게 됐어?"

"헬스실에서 갑자기 쓰러졌어. 그래서 구급차로 병원에 실려 가던 중 죽었는가 봐."

"가족은 없었어?"

"그런가 봐. 요즘에 연고가 없이 사우나에서 먹고 자면서 생활하는 사람들이 많은 것 같아. 우리 사우나뿐만 아니라 다른 사우나들에도 그런 사람들이 많다고 그래."

"종로에 있는 사우나에서도 그런 사람들을 봤어. 그런 사람들이 죽으면 어떻게 되는지 궁금해. 그렇게 리모컨 노인이 죽은 다음에는 어떻게 됐어?"

"몰라. 이후로는 아무런 말도 못 들었어."

"나중에 나도 그렇게 될는지 모르겠네."

"그러니까 미리미리 준비해야지……."

"만약에 내가 그렇게 되면 관장한테 전화하면 되겠지 뭐……."

"내가 상호 씨하고 무슨 인연이 있다고……?"

"하룻밤에 만리장성을 쌓는다고 하는데……."

"욕조에 물이 넘치지 않아?"

내가 먼저 옷을 벗고 팬티만 입은 채 욕실로 들어섰다. 욕조에 채워진 온수에 몸을 담그니 오늘 저녁에 꼬이고 꼬인 만사가 풀어지면서 술기운이 깨고 있었다. 차츰 맑아지는 정신에 리모컨 노인에 대한 미안한 생각을 금할 수 없었다.

나도 가끔씩 헬스장에서 자전거의 페달을 밟으면서 내 앞에 있는 텔레비전의 소리가 안 들린다며 그 노인이 보고 있던 텔레비전의 볼륨을 낮추라는 소리를 한두 번 한 적이 있었다. 더구나 무연고 노인으로 고독사를 하게 된 그 노인이 머지않은 내 미래의 모습과도 같아서 암담해지는 느낌을 금할 수 없었다.

먼저 내가 목욕을 마치고 욕실을 나와서 침대 위에 있던 배게 두 개를 포개어 기대고 비스듬하게 누워서 텔레비전을 켰다. 텔레비전 화면에 걸 그룹이 노래에 맞춰서 춤을 추고 있었지만, 별로 흥미가 없었다. 관장이 샤워를 마치고 나오면 섹스를 기대해 보지만, 내 생식기가 발기되지 않았다. 당황스러웠다. 두 손으로 생식기를 주물러 봐도 소용이 없었다. 난감했다.

그녀가 샤워를 마치고 타월을 몸에 두른 채 욕실에서 나왔다. 타월의 틈새로 그녀의 허벅지에 새겨져 있는 하트 모양의 문신이 보였다. 그래도 별다른 느낌이 없었다. 리모컨 노인의 고독사가 내 성욕을 완전히 증발시켜 버린 것 같았다.

"여인숙의 욕실이 깨끗하지?"

"호텔 방이나 마찬가지네. 이런 곳에 상호 씨하고 함께 들어와서 샤워까지 마치고 나니까 긴장이 돼서 가슴이 콩

닥거린다."

"그런데 미안해서 어떻게 하지? 오늘 저녁에 그게 안 될 것 같아. 안 서!"

"그래? 내가 한번 어떻게 해 볼까?"

"아니야. 소용이 없을 것 같아. 리모컨 노인의 고독사가 충격이었던가 봐. 오늘은 그냥 나가자."

"그래? 그러면 어쩔 수 없지 뭐……. 이런 곳까지 상호 씨하고 들어와 본 것만으로도 감사해야지……. 그만큼 우리가 가까워진 거잖아."

"그렇게 생각해 주니까 고마워."

"아니야, 미안하게 생각할 것 없어. 새삼스럽게 남자가 사랑의 주인이라는 걸 알겠네. 이렇게 남자가 사랑을 느끼지 못하면, 여자는 어쩔 수 없잖아."

"더 행복한 다음의 기회를 기대하게 만드는 것인지도 모르겠다. 오늘은 우리 그렇게 생각하자."

"그래, 다음에 더 행복한 시간을 기대하자."

나는 남자로서의 자존심이 상할 대로 상했다. 가끔씩 자위의 상대로 상상하던 여자와 실제로 섹스를 할 수 있는 기회를 갖게 됐는데도 불구하고 생식기가 발기되지 않아서 그 기회를 놓치게 되는 남자로서의 체면은 그 어떤 멸시와 굴욕감과도 비교되지 않았다. 회사에서 막내동생 같은 정규직원들에게 멸시당할 때의 참담함보다 더 굴욕적이었다.

그녀를 택시에 태워서 집으로 보낸 다음에 시내버스를 타고 내 거처로 돌아올 때에는 죽고 싶은 생각이 들 정도였다.

청파동주민센터 앞 시내버스정류장에서 버스를 내려 원룸으로 걸어오던 길 가의 쌍대포에는 손님들이 바글거리고 있었지만, 뜸팡이 집에서는 늙은 홀 아줌마가 밀대를 밀면서 청소를 하고 있었다. 철판볶음밥 식당에는 이미 불이 꺼져 있었다. 오늘 저녁에 비는 내리지 않았다. 내 원룸에 도착하자마자 숄더백에서 삼단우산을 꺼내 패대기를 치고 싶었다. 회사에서 퇴근한 이후로 만사가 뒤틀리게 된 동기가 그 우산이라는 생각이 들었다. 언젠가 시대버스 정류장에서 버스를 기다리던 사람이 잊어먹고 두고 간 것을 내가 주워 온 것이었다.

도어 투 더 라이트

구우구꾸쿠, 구우구꾸쿠, 구우구꾸쿠……! 대륙의 차가운 기운이 남해안의 따뜻한 고기압의 확장을 방해하고 있어서 한반도에 꽃샘추위가 계속되고 있다는 사월 중순의 아침, 서울 동대문구 광희동 주택가의 3층 전세방에서 늦잠을 깬 강여공이 삐꺽대며 열리지 않으려는 동향의 창문을 힘겹게 열어 젖힌다. 그러자 창틀에서 방바닥으로 걸쳐지는 노란 미끄럼틀 위로 난무하는 먼지알갱이들이 무수히 미끄러져 내리고, 남산에서 울고 있는 이름을 알 수 없는 새의 울음소리가 들려온다.

며칠 전부터 아침마다 구슬프게 들려오는 울음을 울고 있는 새를 무슨 새라고 하는지 궁금했다. 그가 어릴 때 시골에서 보리이삭이 필 무렵부터 산골짜기에 애절한 울음소리를 울려 퍼지게 하던 풀꾹새라는 이름이 기억났다. 그 이름이 정확한가를 확인해 보고 싶어서 방구석에 놓여 있는 노트북의 뚜껑을 열었다. 인터넷 검색창에 풀꾹새를 입력하고 검색해 보니 소설 태백산맥에 나오는 전설이 소개돼 있다.

풀꾹새는 강파른 보릿고개를 이기지 못하고 죽은 어린 자식들을 뒤따라 죽은 과부의 넋이 이 산골 저 산골을 자식들 찾아 헤매며 우는 목쉰 울음이라고 했고, 첫날밤 정을 나누고 과거를 보러 떠난 임이 아무 소식도 없이 몇 해를 돌아오지 않아 기다림에 지쳐 죽은 여인의 넋이 임을 찾아 그리도 섧게 운다고도 했다.

그렇게 새 한 마리를 두고 만들어진 두 가지 이야기는 완전히 달랐다. 하나는 배고파서 죽은 사연이었고, 다른 하나는 임 그리워 죽은 사연이었다. 배고픈 농민들이 지어낸 이야기와 배부른 양반들이 지어낸 이야기의 차이라고 하면서 그 울음소리를 듣는 사람에 따라서 다르게 해석된 것이라는 내용이었다.

그 전설을 읽고, 강여공이 생각해 보니 어떻게 새 울음소리만 그럴까 싶다. 자연 속의 숲도 병자가 바라보면 사후에 묻히게 될 곳으로 보이고, 전쟁터의 병사가 바라보면 적들이 잠복해 있을지도 모르는 곳으로 보이는 것이다. 무엇이든지 똑같은 것이라도 그것을 바라보는 사람에 따라서 다르게 보이고 해석되므로 말미암아 현실은 무한히 확장된다.

어쨌든 소설책에 소개돼 있다는 전설 속 새의 이름을 확인해 보고 싶었지만, 당장에 남산에서 들려오는 울음소리의 새를 풀꾹새라고 한 것인지 알 수 없다. 인터넷에 풀꾹새를 뻐꾸기의 경상도 사투리라고 설명해 놓은 사이트도 있지만, 지금 남산에서 들려오는 새의 울음소리는 뻐꾸기의 울음소리와 완전히 다르다. 다른 사이트에서 멧비둘기의 울음소리를 닮았다는 것을 확인하고, 우선 그 이름으로 기억해 두기로 한다.

그는 노트북의 뚜껑을 닫고, 윤은숙이 아침에 출근하면서 방바닥에 허울처럼 벗어 놓은 잠옷을 옷걸이에 꿰어 옷장 속에 건 후 텔레비전을 켰다. 이불을 개키면서 듣게 되는 일기예보에서 기온이 평년보다 밑돌고 있지만, 남산에 벚꽃이 만개했다고 한다. 그 소리에 오늘은 남산도서관에 가 봐야 되겠다고 생각한다. 내일의 강의를 준비하고 벚꽃길도 한 번 걸어보고 싶어진 것이다.

그는 오 년 전 대학원에서 박사과정을 마치고 시간강사가 됐다. 법정대학 3학년부터 준비했던 사법시험에 합격하지 못하고 대학을 졸업하게 되자 향후의 진로가 불투명하여 대학원까지 진학해서 노력해 봤지만 여의치 않았다. 결국 박사과정까지 마치고 강사의 길로 접어들게 된 것이다.

그동안 윤은숙이 학업의 뒷바라지를 해 줬다. 그와 그녀는 대학을 졸업할 때쯤에 만났다. 이후로 헤어질 뻔했던 적이 없었던 것은 아니지만, 그녀가 교육대학을 졸업하고 초등학교에서 아이들을 가르치면서 그의 공부를 위해서 뒷바라지하겠다고 고집했다. 그래서 동거를 시작하여 오륙 년 동안 이어져 왔다.

언제 그들의 우아한 결혼사진이 걸리게 될는지 알 수 없는 벽에는 그의 후줄근한 바지와 윗도리가 걸려 있다. 서둘러 세면을 끝내고 벽에 걸려 있던 외출복을 입은 후 책상 위 책꽂이에 꽂혀 있던 몇 권의 책들을 챙겨서 가방에 넣고 방을 나서려고 할 때, 윗도리의 안주머니에서 휴대폰이 진동했다. 윤은숙의 전화일 거라고 여기며 휴대폰을 꺼내 보니 그의 연락처에 등록돼 있지 않은 번호였다. 전화를 받지 않고 책가방의 바깥쪽 포켓에 넣어 버린다. 그는 휴대폰 연락처에 등록돼 있지 않은 번호의 전화는 거의 받지 않는다. 대부분의 경우에 그런 전화는 잘못 걸려온 것이거나 스팸 전화이다.

가끔씩 잘못 걸려 온 전화를 받을 때 전화를 건 쪽에서 아무런 말도 없이 전화를 끊어 버리면 황당해진다. 누가 전화를 했다가 이쪽의 목소리만을 확인하고 끊어 버리는 것은 아닌지 궁금한 것이다. 그에게 그런 궁금증을 일으킬 만한 경우가 없지 않다. 그는 형제들뿐만 아니라 모든 친척들과 연락을 끊고 산 지 오래됐다. 고향에 살고 있던 동생이 인근의 도시로 나가서 장사를 해 보겠다며 은행에서 융자를 받고 아는 사람들로부터 돈을 빌리는 데 보증을 서 줬다가 어려움을 겪었다. 그 어려움 때문에 윤은숙에게도 부담을 주게 돼서 주눅이 들었다. 고향의 집터까지 경매에 넘어가자 그는 뿌리가 잘린 초목과 같은 신세가 됐다.

그리고 작년에 어머니가 세상을 떠날 때까지 두 동생들의 맏형으로서 해야 될 책임을 못 함으로 말미암아 집안의 대소사 때문에 친척들이 모이지 않을 수 없을 때마다 죄인이 됐다. 차라리 형제의 인연을 끊어 버리자는 막말까지 동생들로부터 들었다. 결국 어머니가 별세한 이후로 동생들이나 제수씨들한테서 걸려오는 전화를 받지 않기로 작정했다.

그가 집을 나서서 골목길을 빠져나오자 어깨에 둘러맨 가방 속 휴대폰이 또 다시 진동했다. 가방에서 휴대폰을 꺼내서 확인해 보니 조금 전 걸려 왔던 그 번호였다. 이번에도 전화를 받지 않고 가방 속으로 집어넣으려다가 가로수 가지에 까치 한 마리가 날아와 앉는 것을 보고 휴대폰을 귀에 갖다 댔다. 그의 귀에 익숙하지 않은 여자의 목소리가 들렸다.

"여보세요, 강여공 씨의 전화인가요?"

"그렇습니다만, 누구신지요?"

"오랜만이에요. 안소영이에요."

"전화를 잘못 거신 것 같습니다."

"아니에요. 안소영이라니까요. 벌써 내 이름도 잊어버렸어요?"

"아, 안소영……!"

벌써 십여 년이라는 세월의 더께에 묻혀 있던 이름 하나가 길가의 잡초처럼 돋아나는가 싶더니 금방 한 그루의 거목이 되어 왕벚꽃 같은 꽃가지들을 늘어뜨리고 그의 머리 위에 그늘을 드리운다. 대학에 다닐 때 그는 그녀와 같은 학과의 클래스메이트로서 친구처럼 지냈다. 그가 그녀의 집에 놀러 가기라도 하면, 그녀의 부모가 아들처럼 반겨 주었다. 그녀의 아버지는 중소기업의 사장이었다. 그와 그녀가 함께 사법시험을 준비했지만 둘 다 졸업할 때까지 합격하지 못했다.

이후로 그들의 사이가 조금씩 멀어지다가 그가 대학원에 진학하면서 윤은숙과 가까워졌고, 그녀는 부모의 뜻을 따라서 의과대학을 졸업한 남자와 결혼한다는 말을 들은 이후로 만나지 않게 됐다. 그렇게 친구 같고, 애인 같고, 남매와 같이 지냈던 시절의 기억이 아련하게 떠올랐다.

"오랜만이다. 잘 지내니?"

"예, 잘 지내고 있어요."

"그런데 어떻게 오랜만에 전화를 하게 됐어?"

"다름이 아니고 오늘 저녁에 대학 동창들의 번개팅이 있는데, 여공 오빠도 나올 수 있을까 해서요."

"번개팅? 어디에서 어떤 친구들이 모이는데……?"

"옛날에 우리가 가끔씩 모이던 YMCA 건물의 뒤쪽에

ㅊ맥주집이 있잖아요. 거기서 저녁 7시에 모이기로 했어요. 아마 서울에 있는 동창들은 다 모이나 봐요. 오빠도 나와야 돼요."

"알았어. 시간이 되면……."

"시간이 되면이 아니라 꼭 나와야 된다니까요. 졸업하고 난 이후로 동창들이 어떻게 살고 있는지 궁금하지도 않아요? 그동안 가끔씩 모이던 동창들이 있었는데, 오늘 저녁에는 모두에게 연락해서 모일 수 있는 동창들은 다 모여 보기로 계획했는가 봐요. 그러니까 여공 오빠도 꼭 나와야 돼요."

"알았어. 그런데 요즘에 소영은 어떻게 살고 있어?"

"그냥 그렇지요, 뭐……. 강 교수님은 늘 바쁘세요?"

"아직도 시간강사인 내가 바쁠 게 뭐가 있겠어? 오늘은 텔레비전에서 남산에 벚꽃이 만발했다고 하기에 꽃구경도 할 겸 남산도서관에 들러 볼 생각이야."

"그래요? 오후에 나도 남산에나 가 볼까?"

"안 바쁘면 남산으로 와! 소영과 함께 꽃구경하고 저녁에 종로에 가면 되겠네!"

"그럴까요?"

"오후 3시쯤 팔각정에서 기다리고 있을게!"

"그럼 오후에 봐요."

"그래, 오후에 보자!"

그는 전혀 예상하지 못했던 전화를 받게 됐고, 터무니없는 약속까지 하고 말았다. 오후에 그가 소영을 만나게 될 것을 생각하니까 혼란스러웠다. 갑자기 그의 머릿속에 침전물처럼 가라앉아 있던 과거의 기억들이 뿌옇게 떠오르고 있었다. 한동안 똑바로 세워져 있던 구정물병이 흔들리며 넘어져서 구르기 시작하는 것 같았다.

지하철역으로 향하는 길가에 있는 대형교회의 건물을 뒤덮고 있던 담쟁이넝쿨의 잎들이 파랗게 빛나고 있었다. 교회 건물의 오랜 역사를 말해 주고 있는 것 같았다. 주변의 주택단지도 인근의 다른 지역들에 비해서 낙후된 상태이다. 수년 전 청계천이 복원되고 동대문운동장 철거 및 공원화사업으로 개발열풍이 불었지만, 길 건너 광희동 2가에는 주민들의 기대심리만 잔뜩 부풀려 놓았다. 그런 사정과 무관하게 강여공과 윤은숙이 이곳에 둥지를 틀었지만, 나날이 주민들의 인심이 각박하게 변해 가는 것을 느낄 수 있었다.

그가 이곳에서 남산의 반대쪽에 있는 도서관까지 가려면 지하서울역까지 지하철을 타고 가서 남대문에서 시내버스로 갈아타는 것이 가장 편리한 것으로 알고 있다. 동대입구역에서 지하철 3호선에 오르자 차 안이 만원이었다. 평일에도 뭘 하는 사람들이 어디로 그렇게 오가고 있는지 궁금했다. 사람의 혈액이 잘 돌아야 건강하듯이 서울의 시민들도 혈액처럼 순환이 활발해야 도시에 활기가 넘치는가 하는 생각도 들었지만, 실존주의자 사르트르의 '구토'에서 주인공 로캉탱이 자신의 죽음까지 잉여적인 것으로 생각할 만큼 지상에 존재물들이 차고 넘친다는 생각으로 메스꺼움을 느꼈다고 한 기분을 이해할 수 있을 것 같았다.

갑자기 지하철 안에 해맑은 아이들 목소리의 동요가 울려 퍼지는가 싶더니 곧바로 노랫소리가 작아지고, 판매원이 동요 CD 한 장에 만 원이라면서 통로를 오간다. 다음 주 어린이날에 아이들에게 가장 좋은 선물이 될 것이라고 한다. 그러고 보니 다음 주 월요일이 어린이날이다. 며칠 전부터 윤은숙은 그때 조용한 곳으로 여행을 다녀왔으면 좋겠다고 말했다.

강여공은 중학교에 다닐 때부터 부모의 슬하를 떠나서 한 번도 그가 태어난 생일에 축하를 받아 본 적이 없다. 그 사실을 늘 가슴속에 품고 살아오면서 그 자신의 삶이 어느 누구로부터 축하를 받을 만큼 지상에 존재하게 된 것이 기뻐할 수 있는 게 아니라는 생각을 해 왔다. 오히려 그 자신의 고통스럽고 번민스러운 삶이 저주스럽기까지 해서 또 다른 생명에게 그런 짐을 지운다는 것은 죄악이라고 여기고, 그 자신의 아이를 낳아 키운다는 것은 절대로 있을 수 없는 일이라고 다짐했다. 그러나 조금 전에 들었던 동요의 맑고 청아한 목소리가 그의 마음속으로 새 물처럼 흘러드는 것 같아서 판매원으로부터 CD 한 장을 샀다. 저녁에 윤은숙과 함께 들어 보고 싶었다.

그는 다음역인 충무로역에서 하차했다. 여기서 지하철 4호선으로 갈아타야 하는데, 그러기 위해서는 계단을 통해서 윗층으로 올라가야 한다. 지하철 3호선은 지하 4층을 통과하고, 4호선은 지하 3층을 지나가게끔 돼 있다. 지하철 3호선에서 함께 내린 사람들이 30, 40개의 계단을 꽉 메워서 올라간다. 이제 막 4호선이 지나갔는지 지하 3층에서도 사람들이 몰려서 내려온다. 지하 4층에서 계단을 메워서 올라가는 사람들이 지하 3층에 가까워질수록 위쪽으로부터 계단을 메워서 내려오는 사람들에 의해서 점점 좁혀진다. 그렇게 계단을 오르내리는 사람들이 대각선으로 구분되고, 두 개의 직각삼각형이 만들어진다. 아래쪽에 밑변이 있게 되는 안정된 삼각형과 위쪽에 그것이 있어서 거꾸로 서 있는 불안한 삼각형이다. 강여공은 두 삼각형의 대각선을 따라서 지하 3층으로 올라갔다. 거기서 지하서울역의 방향으로 가는 4호선을 기다려야 한다.

*

거기서 그는 지하 1층으로 올라가서 1번 출구로 나가게 되면 대한극장이 있다는 것을 기억한다. 그 극장에서 조금 전 전화를 받은 안소영과 영화를 본 적이 있다. 제목은 '아름다운 날'이었다. 방금 그가 올라온 지하 4층과 지하 3층 사이의 계단보다 높지 않은 고갯마루를 사이에 두고 음촌과 내곡이라는 두 마을에 살고 있던 호성이라는 소년과 희순이라는 소녀의 사랑 이야기를 나중에 호성이 어른이 돼서 회상하는 내용이었다.

한여름의 하루 동안 잿고개를 사이에 두고 음촌과 내곡에 살고 있는 농부들이 들판을 파랗게 물들인 벼논의 김을 매면서 날이 저물고 저녁이 되면, 집집마다 식구들이 등불을 밝히고 저녁상 둘레에 옹기종기 모여 앉아 밥을 먹을 때 앞산 언덕바지에서 다음날 아침에 봇도랑을 치러 나오라고 외치는 이장의 고함소리가 울려 퍼졌다. 동산에 보름달이 떠오르고, 마을을 덮고 있던 저녁 빛이 이장의 고함소리와 함께 희석돼 갈 때 두 마을 사이의 잿고갯길에서 뻐꾸기의 울음소리가 들려 왔다.

관객들이 너무 밝은 달빛에 아침이 밝아오는 것으로 착각한 뻐꾸기가 울고 있는 것으로 생각할 때, 달빛이 가득한 화면 속에서 두 손을 동그랗게 오므려 입에 갖다 대고 뻐꾸기 소리의 흉내를 내고 있는 어린 소년이 잿고개 위로 등장했다. 영화 속 주인공 호성의 어린 모습이었다. 그가 두 손을 오므려서 입에 갖다 대고 입김을 불며 바깥쪽으로 감싼 네 개의 손가락들을 폈다 오므리기를 반복하면서 뻐꾸기 울음소리를 흉내내는 것은 동네의 형들로부터 배웠다.

그렇게 뻐꾸기 울음소리의 흉내를 내는 방법을 호성에게 가르쳐 준 동네의 형들도 그의 뻐꾸기 울음소리에 감탄했다. 그가 흉내내는 소리는 뻐꾸기의 울음소리 그대로라는 것이었다. 그 형들은 호성에게 혼자 산 속에 들어가서 그런 소리를 내지 말라고 경고했다. 만약에 사냥꾼이 그 소리를 듣게 되면 사냥총에 맞아 죽게 될 것이라며 웃었다. 그런 칭찬의 소리를 들을수록 그는 더욱 더 열심히 흉내내기를 연습했다. 그러니 영화를 보던 관객들은 보름달이 떠오르는 저녁에 잿고개에서 호성이 흉내를 내는 뻐꾸기 소리를 아침이 밝아오는 것으로 착각한 뻐꾸기가 울고 있는 소리로 착각할 만했던 것이다. 뻐꾹, 뻐꾹, 뻐뻐꾹……!

점점 환하게 밝아 오는 달빛 속에서 뻐꾸기의 울음소리가 들리자 고개 너머 내곡마을에 살고 있는 희순이 부엌에서 저녁 설거지를 하다가 가슴을 두근거리며 안절부절못한다. 물에 헹구던 그릇을 부엌의 바닥에 떨어뜨려 깨지는 소리가 들린다. 마루에서 다음날의 반찬거리로 감자의 껍질을 벗기고 있던 엄마의 불호령이 떨어졌다.

"저것이 어디다 정신을 팔고 있길래 그릇을 깨묵고 그러는가 모르겄네?"

"옴마는……. 그릇이 미끄러운께네 그렇지 뭐!"

"오늘 저녁에도 마실 나갈라고 그라제? 오늘 저녁에는 할아버지의 제사 준비도 해야 된께네 밖으로 나갈 생각일

랑 꿈도 꾸지 말거라!"

그러고 보니 엄마가 엊그제 읍내 장터에 나가서 제사 준비를 해 온 것이 생각났다. 그런데 하필이면 오늘이 할아버지의 제삿날인 줄 몰랐다. 그렇다면 부엌 설거지를 끝낸 후 사나흘 빨랫줄에 매달아 놓았던 고기를 찌고, 전도 붙여야 한다. 그런데 호성의 삐꾸기 울음소리가 들리면, 그녀가 고갯마루로 나가서 그와 만나기로 약속이 돼 있었다.

보름 전 어두운 밤에 호성이 살고 있는 음촌마을 아이들과 희순이 살고 있는 내곡마을 아이들이 보리쌀 한두 되씩을 모아서 봉곡마을 원두막으로 수박을 사 먹으러 갔었다. 모두 다 배부르게 수박을 사 먹고 칠흑같이 어두운 밤길로 돌아오면서 한 살이 더 많은 희순이 호성과 나란히 걷게 되자 그렇게 만나기로 약속했었다. 그때는 읍내의 중학교 2학년에 다니던 희순도, 마산에서 중학교에 다니던 호성도 방학을 맞아서 오랜만에 만났다. 초등학교에 다닐 때에는 둘 모두 고향마을에서 가까운 외암초등학교에 다녔다.

그때부터 호성은 유별나게 똑똑한 소년으로 알려져 있어서 상급생이거나 하급생을 불문하고 계집애들 사이에서 인기가 많았다. 호성이 마산에서 중학교에 다니다가 방학이 돼 고향에 돌아와 오랜만에 두 동네의 아이들과 어울리게 되자 계집애들 가운데 희순이 특별히 그에게 관심을 보였다. 그래서 봉곡마을로 수박을 사 먹으러 갔다가 돌아오던 길에서 용기를 내어 그와 만나기로 약속했던 것인데, 오늘 저녁이 할아버지의 제삿날이 될 줄은 몰랐던 것이다.

호성의 뻐꾸기 소리가 희순의 귓가에 줄기차게 들려오고 있었다. 당장에 고갯마루로 올라가 봐야 한다. 그녀의 어머니가 마루에서 밖으로 못 나가게 말했음에도 불구하고 부엌에서 저녁 설거지가 끝나자 한시도 지체할 수 없었다.

"옴마, 방학숙제 때미네 숙자한테 잠깐 갖다 오께!"

"할아버지의 제사 준비를 해야 된다고 나가지 말라 안 쿠나?"

"금방 돌아오께!"

그렇게 희순이 밖으로 나가지 못하게 만류하는 어머니를 나무라는 아버지의 목소리를 뒤로 하고 부리나케 삽작을 나섰다. 환한 달빛 아래로 펼쳐진 새파란 들판 가운데로 나 있는 하얀 논두렁길을 따라서 숨 가쁘게 달려가는 희순의 발자국 소리에 소란스럽게 울어대던 개구리들의 울음소리가 문뜩문뜩 멎는다. 그녀는 아무도 오가지 않는 산발치의 밤길도 무섭지 않았다. 평소 같으면 혼자서는 무서워서 지나갈 엄두도 못 낼 길이지만, 그녀는 호성의 뻐꾸기 소리에 이끌리듯 한 걸음에 내달렸다. 저 멀리서 그렇게 달려오는 그녀의 모습을 보자 호성도 뻐꾸기의 울음소리 흉내를 멈추고 그녀에게로 마주 달려왔다.

"많이 기다렸제?"

"아이다."

"오늘 저녁에 할아버지의 제사가 있다고 옴마가 못 나가게 했는데 방학숙제 때미네 숙자한테 갔다 온다 쿰시로 안 나왔나."

"그라모 빨리 돌아가야 되겠네?"

"괜찮다. 숙제가 많다 쿠지 뭐……!"

"오늘 밤에 달이 밝아서 이 길로 누가 왔다 갔다 할랑가 모르겄다. 저 위의 뻔덕이 있는 데로 올라가 보자!"

호성이 앞장을 서서 올라간 뻔덕은 잿고개 길에서 오십 미터 가량 떨어진 산마루 쪽이었다. 큰 무덤 주위로 잡목들은 베어지고 집 마당의 넓이만큼 잔디들이 깔려 있었다. 주위에 큰 나무들이 없어서 아래쪽으로 두 마을의 밤경치가 평화롭게 내려다보였다. 그 둘은 무덤 앞에 놓여 있는 상석 위에 나란히 걸터앉았다. 서로 무슨 이야기를 꺼내야 할지 알 수 없었다. 두 가슴만 방망이질을 해 대고 있었다.

곧 호성이 희순의 어깨 위로 팔을 둘렀다. 희순도 호성에게 몸을 기댔다. 호성은 희순의 상체를 자신의 무릎 위로 뉘면서 그녀의 입술 위로 그의 입술을 포갰다. 서로의 이를 부딪치다가 혀까지 섞었다. 얼마 후 호성은 오줌이 마려웠다. 그의 무릎 위에 누워 있던 희순의 상체를 일으켜 앉히고 무덤의 뒤쪽으로 올라가 잡목 숲에 오줌을 누었다. 그가 희순이 앉아 있는 곳으로 돌아오자 희순이 일어서며 집으로 돌아가야 될 것 같다고 말했다.

"아무래도 오늘 밤에는 할아버지의 제사 때문에 빨리 집으로 가 봐야 되겠다."

"그라모 내일 또 만날 수 있겠제?"

"그래, 내일 다시 만나자!"

"저기에 날고 있는 반딧불을 좀 봐!"

"달빛 가루가 엉긴 알갱이가 허공에 굴러다니고 있는 것 같다."

"우리 둘이서 저 반딧불 같은 행복을 영원히 뒤쫓아갈 수 있으모 좋겠다."

"우리 그렇게 하기로 약속하자!"

"그래, 약속하자!"

그렇게 둘은 주위에 맴돌다 사라지는 반딧불을 바라보며 새끼손가락을 걸었다. 그 둘이 눈으로 뒤쫓던 반딧불은 훠이훠이 달빛 속으로 사라져 갔다.

다음 날 아침에 호성의 아버지가 외출할 준비를 하면서 그의 늦잠을 깨웠다.

"호성아, 그만 일어나거라! 오늘 아부지가 마산에 갔다 올 일이 있는데, 너도 같이 가자!"

"아직 방학이 며칠 더 남았는데예?"

"그래도 오늘 아부지하고 같이 가서 개학 준비를 해야지!"

"집에 며칠 더 있다가 가도 되는데……."

"잔소리하지 말고 오늘 같이 가자 안 쿠나! 오늘 내가 마산에 갔다 오모 운제 또 갈 수 있을랑가 모른다. 그런께네 오늘 아부지가 갈 때 같이 가자!"

오늘 마산으로 함께 가자는 아버지의 말에 잠자리에서 일어나 며칠 더 있다가 가고 싶다고 말해도 그의 아버지는 막무가내였다. 호성의 아버지는 아들의 공부를 위해서 호성이 초등학교를 졸업하자마자 마산에 살고 있는 삼촌댁에 부탁하여 거기서 중학교 공부를 할 수 있도록 조치했다. 그리고 외아들인 그에게 열심히 공부해서 판검사가 돼 주기를 바랐다. 그래서 아들이 초등학교에 다닐 때부터 공부를 위해서라면 아무것도 아까울 것이 없었다. 그러니까 여름방학이 끝나고 2학기가 시작되기 전에 미리 삼촌 집에 가서 다음 학기를 준비해야 된다는 것이었다.

그렇게 호성이 열심히 공부해서 마산에 있는 일류 고등학교에 진학해야 된다는 것이 아버지로서 그에 대한 첫 번째의 기대였다. 그래야만 먼 집안의 누구처럼 서울까지 유학할 수 있게 될 것이며, 그래야만 아들이 판검사가 될 수 있다고 그의 아버지는 생각했다. 그래서 아버지가 집안의 일 때문에 마산의 삼촌 집에 다녀와야 할 사정이 생겨서 갔다 와야 할 참에 호성도 데리고 가려고 생각한 것이다.

호성은 어쩔 수 없었다. 그날 저녁에 희순과 다시 만나기로 한 약속을 지킬 수 없게 됐다. 요즈음 같으면 전화 한 통화로 이쪽의 사정을 말하고 떠날 수 있었겠지만, 그때는 그렇게 할 수 없었다. 호성은 아버지와 버스를 타고 내곡마을 앞으로 지나가며 차창을 통하여 희순의 집 쪽으로 하염없이 바라보던 자기 자신의 어린 모습을 회상했다.

그러면서 그날 저녁에 그의 삐꾸기 소리를 기다리면서 그녀의 집 마루에 지치도록 앉아 있던 희순의 모습 위로 그의 과거를 회상하는 표정이 오버랩되던 영화 장면을 강여공은 충무로역에서 지하철 4호선을 기다리며 떠올렸다. 안소영은 그 영화를 다 보고 극장에서 나올 때, 호성의 삐꾸기 울음소리를 기다리던 희순이 달빛이 가득한 그녀의 집 마루에서 밤이 깊어 가는 줄 모르고 걸터앉아 있던 모습이 눈물겹도록 안타까웠다고 말했다.

*

여기서 이 소설을 쓰고 있는 작가의 에피소드 하나를 소개한다. 수년 전부터 모 출판사에서 일하고 있는 나는 이 소설을 쓰기 시작하면서 일요일에도 회사에 출근하기 시작했다. 이것을 끝내지 않으면 언제까지라도 숙제를 다 하지 못한 아이처럼 중압감에 시달리게 될 것을 알기 때문이다. 어제 아침에도 답답한 원룸을 나와서 멀지 않은 회사로 나왔다. 일요일이었기 때문에 다른 사람들은 아무도 출근하지 않았다. 조용한 회사 건물의 출입문을 열고 들어서서 엘리베이터를 탔다. 내가 일하는 편집실이 건물의 맨 윗층인 6층에 있기 때문이었다.

그런데 이 건물의 엘리베이터가 가끔씩 고장을 일으켜서 사람들을 곤란하게 만드는 경우가 있다. 지난 주 목요일 오후에도 내가 출장을 나갔던 사이에 어릴 때 소아마비를 앓아서 한쪽의 다리가 불편한 김 과장이 엘리베이터에 삼십 분 동안이나 갇혀 있었다는 말을 했다. 그래서 나는 엘리베이터를 타고 6층으로 올라가면서 나중에 돌아갈 때에는 계단으로 걸어서 내려가야 되겠다고 생각했다. 만약에 회사에 아무도 출근하지 않은 일요일에 엘리베이터에 갇히기라도 하게 되면 월요일 아침에 직원들이 출근할 때까지 꼼짝없이 갇혀 있어야 할 것이기 때문이다.

오전에 나는 강여공이 충무로역에서 지하철 4호선을 기다리면서 안소영과 함께 보았던 영화를 회상하는 부분까지 소설을 쓴 다음에 뒷부분을 어떻게 이어서 쓰면 좋을지 알 수 없어서 점심때쯤에 편집실을 나왔다. 오후에는 서대문에 있는 봉원사 뒷산인 안산을 돌아보며 사진을 좀 찍고, 거기의 사우나에 들러서 목욕도 할 생각이었다. 작년 여름에 DSRL 카메라를 구입한 이후로 시간이 있을 때마다 여기저기 사진을 찍으러 다니는 게 최근의 취미생활이다. 그동안 소위 똑딱이 카메라로 사진을 찍으러 다니다가 새롭게 구입한 카메라로 사진을 찍어 보니 선명도나 감도가 비교되지 않을 정도로 좋았다.

그렇게 나는 오후의 즐거운 시간을 생각하며 편집실을 나서서 엘리베이터에 오르고 말았다. 평소의 습관이었다. 아침에 1층에서 엘리베이터를 타고 편집실로 올라오면서 돌아갈 때에는 계단으로 걸어서 내려가야 되겠다고 생각했지만 무의식적으로 6층까지 올라와 있던 엘리베이터를 타 버린 것이다. 그렇게 엘리베이터를 타고 1층으로 내려가는 동안 왠지 모르게 불안했다. 지난 목요일 오후에 김 과장이 30분 동안 엘리베이터에 갇혀 있었다고 한 말이 떠올랐다.

그러나 내가 탄 엘리베이터는 무사히 1층까지 내려왔다. 그런데 문이 열리지 않았다. 당황스러웠다. 전화의 그림이 있는 노란 비상버튼을 눌러 봤다. 아무런 반응이 없었다. 엘리베이터의 밖에서 울리는 경고음만 들렸다. 층별의 버튼들을 아무렇게나 눌러 봐도 엘리베이터는 꼼짝도 하지 없었다. 갑자기 절망감이 엄습했다.

그렇게 되자 암담한 마음으로 엘리베이터의 바닥을 내려다봤다. 대각선으로 몸을 누이더라도 똑바로 누울 수 없을 만큼 비좁은 곳에서 월요일 아침까지 갇혀 있어야 할 것을 생각하니 기가 막혔다. 엘리베이터 안의 불빛은 희미하여 내 몸 속에서 오감을 다스리고 있는 온갖 귀신들이 제 세상을 만난 듯 금방이라도 뛰어나와 날뛸 것 같았다.

만약에 화장실에 가야 할 경우에 참다 못 참으면 엘리베이터의 바닥에 오줌을 눌 수밖에 없게 될 것이고, 그러면 바닥에 눕기는 커녕 엉덩이를 붙이고 앉지도 못 할 것이며, 더구나 월요일 아침에 출근하는 회사원들에게 창피를 당할 것을 생각하면 금방이라도 얼굴이 화끈거리는 것 같았다.

그럴 때 휴대폰이라도 호주머니에 있으면 회사원들 가운데 도움을 받을 수 있는 사람에게 전화를 해서 곤경을 벗어날 수 있었겠지만, 나는 휴대폰을 가지고 다니는 경우가 드물다. 서울에 살고 있는 천만 명이 넘는 사람들 가운데 한 사람이라도 마음 편하게 전화를 할 수 있는 사람도, 나에게 전화를 해 주는 사람도 없다. 한때 글 쓰는 사람들의 모임에 출석할 때 술자리에서 언제 어디에서든지 내가 갑자기 쓰러지면 누구에게 도움을 청해야 될지를 모르겠다고 했더니 자기에게 전화를 하라면서 애교를 보이던 여자들과도 멀어진 지 오래됐다. 내가 휴대폰을 가지고 다니면 휴일에도 회사로부터 호출이 있는 경우가 있어서 휴대폰을 안 가지고 다니는 게 마음 편하다는 결론을 내리고 있었다.

그렇게 엘리베이터 속에 한 시간쯤 갇혀 있다 보니 머릿속의 자율신경계가 교란되기 시작하면서 발작이라도 일으킬 것 같았다. 서서히 갈증도 느껴졌다. 머리 위에서 끊임없이 쏟아지는 에어컨 바람에 머리카락과 모든 체모의 끝마다 서서히 얼어붙으면서 마비돼 들어오는 것 같았다. 혹시 최근에 나도 모르게 저지른 잘못이 있어서 그 죄값을 치르는 것인가 하는 생각도 해 봤다. 그러나 아무리 생각해도 엘리베이터에 갇혀서 일요일 오후부터 월요일 아침까지 고통을 받을 만큼 지은 큰 죄는 없는 듯했다.

지난밤 꿈속에서 내가 월셋방을 얻어서 살고 있는 건물 앞 구멍가게 주인의 생각이 좀 모자라는 바보 같은 딸과 간음한 것이 죄가 됐던가? 그것을 죄라고 한다면, 이 땅 위의 모든 살아 있는 것들을 미물로부터 인간까지 암수의 쌍으로 만들어 놓고 한 남자를 오십이 넘도록 홀아비로 살아갈 수밖에 없도록 만들어 놓은 조물주의 잘못이 더 클 것 같았다. 그런 온갖 잡생각들이 나를 괴롭히고 있었다.

끝까지 양손으로 엘리베이터 문을 열어 보려고 온 힘을 다 쏟으며 애를 써 보다가 여전히 꼼짝도 하지 않는 문짝을 절망적으로 두 주먹을 불끈 쥐고 탕탕탕 두들겨댔다. 바로 그때 거짓말처럼 엘리베이터의 문이 열렸다. 두 주먹으로 두들겨댄 충격이 어떤 영향을 준 모양이었다. 그 순간에 눈앞에 펼쳐지던 바깥이 눈부시었다. 한 시간 만에 보게 된 황홀경에 이끌려 무의식적으로 밖으로 뛰쳐나왔다. 회사의 건물 안에는 경고음만 계속해서 윙윙거리고 있었다.

그렇게 갇혀 있던 엘리베이터에서 탈출하게 되자 뒤돌아보지 않고 회사의 현관문을 열고 바깥으로 나섰다. 길옆의 연립주택 벽돌담 위에 활짝 피어 있는 장미꽃 덩굴이 얼마나 아름답게 보이던지 말로 다 표현할 수 없을 정도였다. 가까운 곳에 있는 교회에서 주일 대예배를 끝내고 몰려나오는 젊은 남녀들이 천사의 모습이었다. 처음에 회사의 편집실을 나서면서 생각했던 대로 봉원사 뒷산으로 사진을 찍으러 가고 사우나에 가서 목욕을 할 기대감에 들떠서 회사로부터 가까운 내 방으로 돌아오자마자 카메라를 가방 속에 챙겨서 되돌아 나왔다.

그렇지만 시내버스 정류장으로 향하면서 호주머니와 가방 속을 뒤져 보고 실망하지 않을 수 없었다. 회사의 내 책상 서랍 속에 지갑을 두고 나온 것 같았다. 혹시나 하는 생각으로 방으로 되돌아가 방안을 샅샅이 뒤져 봐도 지갑은 보이지 않았다. 회사에 두고 나온 것이 분명했다. 그렇다고 회사로 돌아갈 수도 없는 노릇이었다. 회사의 현관문에 세콤이 장치돼 있는데, 그 문을 열 수 있는 카드까지 지갑 속에 있었기 때문이다.

그렇게 되니까 수중에 돈이 한 푼도 없었다. 봉원사까지 갈 수 있는 시내버스비도 없었다. 당장에 점심은 커녕 저녁과 내일 아침까지 어떻게 해결해야 될지도 알 수 없는 처지였다. 손바닥만한 방바닥에 누워서 이 궁리 저 궁리를 해보다가 두 발로 걸어서 갈 수 있는 가까운 효창공원으로 사진을 찍으러 가 보자는 생각을 하게 됐다. 청파동에서 효창공원으로 가는 길 가에 심어져 있는 이팝나무들이 하얗게 꽃을 피우고 있었다.

회사에 지갑을 두고 나왔기 때문에 돈이 없어서 처음에 생각했던 대로 봉원사로 가지 못하고 효창공원으로 향하는 발걸음이었지만, 하마터면 월요일 아침까지 엘리베이터에 갇혀 있어야 했을지도 몰랐던 것을 생각하면 눈에 보이는 모든 것들을 새롭게 태어나서 보는 것 같았고, 점심시간이 지나도록 밥을 못 먹어도 배가 고픈 줄 몰랐다. 오 분쯤 걸어서 효창공원의 입구에 들어서니 짙푸른 초록의 나무숲 그늘 아래서 흙먼지를 날리며 배드민턴을 치는 사람들과 농구 코트에서 땀을 흘리며 게임을 하고 있는 청소년의 모습들이 지금까지 본 적이 없는 아름다운 풍경으로 두 눈에 비쳤다.

효창공원을 한 바퀴 둘러보고 저녁 무렵에 방으로 돌아와 오래 전에 사 뒀던 라면 한 봉지를 찾아서 끓여 먹은 후 공원에서 카메라에 담아 온 사진들을 노트북에 옮겨서 확인해 봤다. 여기저기 무리를 지어서 만개해 있던 수선화의 노랑 꽃송이들, 광장 쪽에 흐드러졌던 자양화, 그리고 호수가의 작약 등이 아웃포크스로 찍은 사진 가득히 클로즈업돼 있었다. 뿐만 아니라 사람들을 피하여 화단의 싱고니움 이파리들 사이에서 과자 부스러기를 먹는 데 정신이 팔려서 자신도 모르게 내 카메라 앞에서 모델이 돼 준 다람쥐 한 마리도 손으로 잡아 보고 싶도록 깜찍한 모습으로 찍혀 있었다. 결과적으로 회사의 고장 난 엘리베이터가 주위의 모든 것들을 새로운 아름다움으로 느낄 수 있게 해 줬던 하루였다.

*

이처럼 액자와 같은 에피소드의 뒤쪽에서 이 소설의 주인공인 강여공은 충무로역에서 지하철 4호선을 타고 명동역과 회현역을 지나서 지하서울역에서 내렸다. 남산도서관으로 가는 시내버스를 타기 위하여 남대문에 있는 버스정류장까지 지하도를 통과하여 걸어가는 동안 지하철의 좌석에 앉아 있던 한 아가씨에 대한 생각이 그의 뇌리에서 지워지지 않았다.

그가 충무로역에서 지하철에 오를 때부터 그 아가씨는 그 자리에 앉아 있었다. 줄곧 스마트폰을 들여다보고 있었고, 이어폰까지 귀에 꽂았다. 명동역에서 60대 아주머니가 지하철에 올라 그 아가씨 앞에 서 있었다. 그 아가씨는 모르는 척했다. 그 차량의 노약자석에도 빈자리가 없었다. 그 모습을 바라보지 않을 수 없었던 그의 마음이 불편했다. 그는 지하서울역에서 지하철을 내렸지만, 주위에서 지켜보던 다른 사람들의 마음도 불편하게 만들고 있던 그 아가씨와 아주머니의 모습은 어디까지 그대로 계속될지 알 수 없었다.

그가 대학원을 수료하고 시간강사가 되어 첫 학기의 강의를 위하여 강의실에 들어갔던 어느 날이었다. 그 시간에 예정된 강의가 끝난 후 학생들에게 수업교재를 돌아가면서 읽어 보라고 했다. 그러면서 해설이 필요한 부분이 있으면 보충설명을 해 줬다.

에이, C8……! 잠시 후 한 여학생의 입에서 욕설이 튀어나왔다. 강의실의 뒤쪽에 앉아 있던 다소 뚱뚱해 보이는 여학생이 읽고 있던 교재를 팽개치면서 얼굴이 붉으락푸르락하고 있었다. 그는 그 비만의 여학생이 책을 읽기에 호흡이 부담스러웠다는 것을 알았다. 그의 실수를 깨달았다.

“오늘날 모든 분야에서 포스터모더니즘의 사조가 주류를 이루고 있습니다. 이 사조는 이전의 모더니즘과 다르게 일체의 중심을 부정합니다. 모더니즘의 사조에서는 어떤 분야에서든지 모델이나 전범이 있어서 그것을 중심으로 인간의 사고가 구심력을 형성했지만, 포스터모더니즘에서는 그것이 부정당하고 인간 개개인의 사고가 원심력의 작용을 일으켜서 개인을 중심으로 사고하고 그 개인이 중심이 되는 것입니다. 그래서 모든 가정에서는 자식들 사이에서 아버지의 권위가 상실되고, 학교에서는 스승과 제자들 사이에 불신의 벽이 가로막혀 있습니다.

오늘날의 이러한 현상은 제1, 2차 세계대전을 거치면서 기존의 이성중심 사고방식에 대한 오류가 확인된 까닭입니다. 이전까지 이성을 중시해 왔던 인간의 사고가 양차의 세계대전을 초래하여 피비린내 나는 대량학살과 핵폭탄에 의한 비극을 초래했다는 것이지요. 그렇게 이전과 같은 중심을 상실한 오늘날의 인간은 정체를 알 수 없는 불안감을 안고 있습니다. 각자의 삶에 대한 확신을 가질 수 없습니다. 내가 제대로 살아가고 있는 것인지 알 수 없다는 것입니다.

그래서 누구든지 믿을 것은 돈밖에 없다고 생각하고 경제동물이 돼 보지만, 아무리 돈을 많이 벌어도 만족하지 못합니다. 그 과정에서 빈부의 격차가 있게 되고, 그래서 못 가진 자들의 불만이 사회문제를 야기하게 됩니다. 우리가 법학을 공부하는 이유는 그런 사회문제를 근본적으로 해결하고, 궁극적으로는 법이 없더라도 이상적으로 유지될 수 있는 사회를 건설하는 데 있습니다……."

그 자신의 수업진행에 대한 미숙함을 스스로 인정하고 두서없는 이야기로써 서둘러 그 시간의 수업을 마무리했다. 이후로 그 여학생에게는 수업교재를 읽기에 부담스럽지 않도록 배려했지만, 요즈음 학생들의 교수에 대한 사고방식을 생각해 보지 않을 수 없었다. 다행히 그 여학생이 중간고사와 기말시험의 성적이 우수하게 나올 수 있도록 노력해 줘서 고맙게 생각했지만, 그 시간의 수업이 오래도록 그의 기억에 남았다.

그렇게 지하철에 앉아 있던 아가씨 때문에 시간강사를 시작하던 시절을 떠올리며 남대문출구 쪽으로 걸어가는 지하 통로에 서 있는 보관함들이 그의 시선을 끌었다. 어쩌면 문들이 굳게 닫혀 있는 그 보관함들 가운데 토막 난 사람의 시체가 들어 있는 보관함도 있지 않을까 하는 섬뜩한 의구심이 들었다. 그가 공부한 범죄의 사례들 가운데 그런 경우가 없지 않았다. 실제로 정신병을 앓았던 한 남편이 아내를 살해하여 사체를 토막 내어 무인보관함 속에 넣어 뒀다가 발각된 것이다.

그 사례를 통하여 그는 어떻게 남자와 여자의 관계가 사랑에서 죽음을 초래하는 최악의 상태로 변질될 수 있는 것인지 알 수 없었다. 인간 마음의 정체가 궁금했던 적이 있었다. 그 마음은 몸과 어떤 관계를 맺고 있는 것인가, 인간의 몸과 구분되는 마음이라는 것이 있기는 있는 것인가, 몸이 수명을 다하게 되면 마음은 어떻게 되는 것인가 하는 궁금증들이 꼬리를 물고 맴돌다가 인간은 실존 이외의 것에 대해서는 알 수 없는 존재라는 결론을 내리고 더 이상 생각하지 않기로 했었다.

그는 남대문시장 쪽의 4번 출구를 빠져나와 백여 미터 떨어져 있는 버스정류소에서 405B번 시내버스가 남산도서관이 있는 방향으로 간다는 것을 확인하고 기다렸다. 그쪽으로 가는 다른 버스는 없는가를 확인하기 위하여 다시 살펴보는 안내표지판에 남대문정류소가 아니라 숭례문정류소라고 표기돼 있었고, 버스정류장 맞은편 빌딩에는 기타를 둘러메고 노래하는 가수의 전국 콘서트 안내 휘장이 바람에 팔분음표의 꼬리처럼 흔들리고 있었다.

잠시 후 그는 서울역 쪽에서 굴러온 405B번 시내버스에 올랐다. 그 버스는 숭례문을 감싸고 90각도로 우회전해서 남산 순환도로로 올라갔다. 남대문시장 액세서리 전문상가 정류장과 힐튼호텔 앞 정류장을 지나서 세 번째 정류장인 남산도서관 앞에서 버스를 내렸다. 횡단보도를 건너가는 맞은편 도서관 앞에 다산 정약용 선생의 동상이 서 있었다. 갓을 쓰고 도포를 입은 동상 전체가 새까맣다. 어쩌면 오늘날을 살아가는 사람들을 내려다보는 답답함으로 속을 태우다가 겉모습까지 타 버린 것 같았다.

다산이 유배지에서 두 아들에게 보냈다는 편지 가운데 "이 늙은 아비가 세상살이를 오래 경험하였고 또 어렵고 험난한 일을 고루 겪어 보아서 사람들의 심리를 두루 알게 되었는데, 무릇 천륜(天倫)에 야박한 사람은 가까이해서도 안되고 믿을 수도 없다."고 한 내용을 되뇌며, 요즘에 형제들과 전화연락까지 끊고서 살아가고 있는 그 자신을 생각해봤다. 천륜에 야박한 사람이라고 하지 않을 수 없다. 그렇다면 그는 다른 사람이 가까이해서도 안 되고 믿을 수 없는 사람이다. 그런 사람으로 살아가지 않을 수 없는 그 자신이 안타까웠다. 그는 무거운 마음으로 5층 건물의 남산도서관으로 들어섰다.

도서관 입구로 들어서자 곧바로 계단을 통해서 5층으로 올라갔다. 맨 위층에 열람실이 있다는 것을 알고 있었다. 작년 이맘때쯤에도 여기에 온 적이 있었다. 그때는 윤은숙이 쉬었던 일요일이어서 그녀와 함께 왔다가 각층의 내부를 돌아보기만 하고 되돌아 나와서 건물의 뒤쪽을 돌아 분수대광장을 통하여 전망대가 있는 남산의 정상으로 올라갔었다.

도서관 건물의 5층 열람실은 남자 열람실과 여자 열람실로 구분돼 있는데, 총 840석으로 다른 도서관들보다 많은 인원을 수용할 수 있게 돼 있다. 그만큼 인원을 수용할 수 있는 공간임에도 불구하고 열람실을 이용하는 사람들이 많아서 대기표를 받고 기다려야 했던 시절도 있었다는데, 그런 경우는 오래 전의 일이었다는 사실을 인터넷을 통하여 알 수 있었다. 오늘도 4백 석이 넘는 남자 열람실에 절반 가량의 좌석들이 비어 있었다.

그는 창문 쪽 빈자리에 가방을 내려놓은 채 열람실에서 나왔다. 아침에 잠 깨어 일어나 창문을 열고 들었던 멧비둘기의 울음소리에 대한 내용이 소개돼 있다고 한 소설을 확인해 보고 싶었기 때문이다. 그래서 3층 어문학실로 내려갔다. 거기에 문학서적들이 소장돼 있었다. 그는 어문학실로 들어서자마자 소설책들이 꽂혀 있는 서가를 찾았다. 그 소설이 꽂혀 있을 것 같은 서가를 찾아서 각 단마다 꽂혀 있는 책들을 꼼꼼히 살펴보다가 그의 시선을 끄는 책 한 권을 발견했다. 하늘색 책등에 하얀색으로 '끝 없는 사랑'이라고 제목이 적혀 있었다. 그가 대학에 다닐 때 안소영으로부터 빌려서 읽은 책이었다. 그 책을 뽑아 들고 열람석의 빈자리에 가 앉았다.

그 책을 펼치고 첫 페이지를 읽어 보는데, 여주인공의 죽음으로부터 시작되는 소설의 줄거리가 어렴풋했다. 그 죽은 여주인공은 사랑했던 남자의 그녀에 대한 기억이 흐려지지 않도록 끊임없이 꿈속이나 환상으로 나타나서 그들의 사랑을 환기시켰다. 처음에는 남자 주인공이 사랑하던 애인을 잃은 슬픔에서 헤어나지 못하고 꿈속이나 환상으로 보는 그녀의 모습을 반가워했지만, 나중에는 시간이 갈수록 잊으려고 애를 쓰도 잊어지지 않은 괴로움에 시달렸다. 다른 여자를 만나서 결혼해도 그녀의 몽상이나 환상 때문에 이혼을 하지 않을 수 없게 되는 불행을 겪게 됐고, 결국에는 삶을 포기하고 사찰로 들어가게 된다는 내용이었다.

그 소설책을 다 읽고 안소영에게 돌려줄 때 그런 줄거리를 이야기해 주자 그녀도 그렇게 되면 그럴 거라며 눈을 흘겼다. 그는 그녀의 그런 눈길을 떠올리며 소설책을 다시 한 번 읽어 볼 생각을 했다. 멧비둘기의 울음소리에 대한 내용이 실려 있다고 한 소설책의 확인은 나중으로 미루고, 내일의 강의준비도 저녁으로 미룬다. 처음에 안소영의 방에서 그 책을 시간 가는 줄 모르고 읽다가 밤이 깊었을 때 그녀와 나눴던 첫 키스의 짜릿함이 오래도록 기억에 남았었다. 오후에 안소영과 만나기로 약속한 시간까지 눈으로 훑어보듯 속독으로 읽으면 다 읽어 볼 수 있을 것 같았다.

그가 점심 먹을 생각도 하지 않고 옛 기억을 더듬으며 소설을 훑어 본 후 주위를 둘러보면서 벽시계를 찾아 봐도 보이지 않았다. 요즘에 벽시계들은 다 어디로 갔는지 보기 드물다. 언제든지 휴대폰을 가지고 다니면서 시간을 확인할 수 있기 때문에 벽시계를 찾는 사람은 없다. 그래서 벽을 기어오르던 벽시계들이 멸종된 것이다. 어쩔 수 없이 그는 책상 가운데로 팔을 뻗어 가볍게 톡톡 두들겨서 맞은편에 앉아 있는 대학생인 듯한 청년에게 몇 시인가를 물어보고 2시가 지났다는 대답을 들었다. 도서관에서 이용한 책들을 위한 카트에 그가 읽은 소설책을 올려놓고 5층에 있는 열람실로 올라갔다. 그의 책가방이 창가의 책상 위에 무료하게 얹혀 있었다. 그렇게 무료하게 만들어 버린 책가방을 미안한 마음으로 둘러메고 열람실을 나섰다.

지하의 식당에서 시간이 늦은 점심을 먹고 도서관을 나서니 건물 앞에 공부하러 왔는지 놀러 왔는지를 알 수 없는 사람들이 모여 앉아서 담배를 피우며 잡담들을 나누고 있었다. 팔각정으로 올라가는 벚꽃 길 입구에 가꿔 놓은 화단에 사람들이 모여서 사진을 찍고 있었고, 벚꽃나무 사이로 환하게 뚫려 있는 포장도로를 따라서 오가는 사람들이 실루엣처럼 떠돌고 있었다. 바람이 불 때마다 꽃잎들이 눈보라처럼 휘날리기도 했다.

강여공도 그 꽃보라 속으로 들어서며 시간을 계산해 본다. 그 길로 팔각정이 있는 정상까지 천천히 걸어서 올라가려면 이십여 분이 걸릴 것이다. 거기에서 안소영과 3시에 만나기로 했으니까 시간은 충분한 것 같았다. 그가 길 중간쯤 올라갔을 때, 그 길을 오르내리는 사람들이 갑자기 부는 바람에 눈보라처럼 휘날리던 낙화에 탄성을 질렀다.

사람들이 카메라와 휴대폰으로 사진을 찍느라고 호들갑을 떨 때, 그도 책가방에서 휴대폰을 꺼내들었다. 오늘도 그녀의 교실에 있는 아이들을 자신의 아이들처럼 생각하며 열심히 보살피고 있을 윤은숙에게 남산에 왔다는 문자와 함께 벚꽃의 풍경을 휴대폰으로 찍어서 전송해 주고 싶었다. 그런데 그의 휴대폰 초기화면에 부재중 전화와 문자의 표시가 있었다. 그가 휴대폰을 넣어 둔 채 책가방을 도서관의 5층 열람실에 놓아 뒀을 때 걸려온 것 같았다. 먼저 문자를 확인해 보니 안소영이 춘천에서 남산으로 출발한다는 내용이었다. 그에게 걸려온 전화는 등록돼 있지 않은 번호였기 때문에 누구로부터 온 것인지 알 수 없었다.

그의 가방 속에서 휴대폰이 진동할 때 가까운 좌석에서

독서하던 사람에게 방해가 됐을 것이라는 생각이 들었다. 그가 가방을 메고 나올 때 의자의 등쪽에 앉아 있던 사람이 삼각형 눈으로 그를 쳐다본 것 같았다. 그런 줄 알았더라면 그 사람에게 미안하다는 말 한 마디쯤 전하고 나왔더라면 좋았을 것이라고 생각해 보지만, 때는 늦었다. 요즘에 휴대폰 때문에 다른 사람들에게 피해를 주는 경우가 드물지 않다. 언제든지 길을 걷다가 등 뒤에서 여보세요, 하는 소리에 놀라서 뒤돌아보면 휴대폰으로 통화를 하는 경우가 많다. 그렇게 통화를 하면서 걷다가 부딪치는 사람들도 있다.

그가 안소영의 문자를 확인하고 꽃보라의 풍경을 찍으려고 휴대폰을 쥔 팔을 뻗었다 굽혔다 하면서 구도를 잡아보려고 애쓰고 있을 때 자전거를 타고 길을 내려오던 사람과 부딪치고 말았다. 그때 그의 휴대폰이 땅바닥으로 내팽개쳐지듯 나가 떨어졌다. 그와 부딪친 사람은 자전거의 브레이크를 잡으며 쓰러질 듯 멈춰섰다. 그리고 자전거를 길바닥에 넘어뜨려 놓은 채 그의 휴대폰을 집어 들고 난처하다는 표정으로 그에게로 다가왔다.

강여공도 할 말이 없었다. 도서관 열람실에서 휴대폰 때문에 다른 사람에게 피해를 준 입장이었다. 그에게 길바닥에 떨어진 휴대폰을 주워서 건네며 연신 허리를 굽히는 사람을 대하여 화를 낼 수 없었다. 그냥 괜찮다는 말로써 돌려보낸 후 휴대폰을 확인해 보니 먹통이었다. 뒤쪽의 커버를 벗기고 배터리와 USIM 카드를 뽑았다가 다시 끼워서 초기화 버튼을 누르고 기다려 봐도 소용이 없었다. 윤은숙에게 남산의 벚꽃 길 사진을 찍어서 전송하려던 생각을 포기하고 팔각정이 있는 정상을 향하여 발걸음을 계속했다.

남산 순환버스의 승강장까지 올라와 음료수를 사러 들어간 편의점의 벽시계가 2시 40분을 가리키고 있었다. 안소영과 만나기로 약속한 시간까지 이십여 분 남아 있음을 확인했다. 거기서 팔각정까지 걸어서 올라가려면 2~3분도 걸리지 않을 것이다. 길 중간에 있는 화장실에 들렀다가 팔각정 앞에 있는 광장까지 올라가니 길옆에 '서울 지리적 중심점'이라는 푯말이 서 있는 평지가 보였다.

그 평지 안쪽에 서울의 중심점을 나타내는 상징물이 만들어져 있었다. 원통형의 석재로 만들어진 30센티미터 정도의 상징물이 둥근 원형으로 만들어져 세워져 있었고, 지름이 2미터쯤 돼 보이는 바탕의 가장자리로 25개 자치구의 이름들이 새겨져 있었으며, 원판에는 서울의 지형이 그려진 가운데로 한강이 굽어 흐르는 디자인으로 돼 있어서 역동적인 서울을 상징하고 있었다.

그는 둥근 원형의 상징물을 두 발 사이에 끼우고 서 봤다. 그 순간에 그가 서울에 살고 있는 모든 시민들의 중심에 서 있는 것 같았고, 수많은 행성들을 거느린 태양이 된 듯한 느낌이었다. 오늘날에는 서울 시민들뿐만 아니라 모든 인간들 개개인이 스스로를 중심으로 여기고 살아간다. 코페르니쿠스가 지동설을 주장했던 시대의 이전으로 되돌아가서 살고 있다. 태양까지도 지구를 중심으로 돌고 있다고 생각했던 시대의 사람들처럼 우주의 모든 것들이 자기 자신을 중심으로 운행되고 있다고 여긴다. 자기 자신이 존재하고 있음으로 말미암아 우주가 존재하고, 자기 자신이 존재하지 않으면 우주도 존재하지 않는다고 생각하는 것이다.

그래서 오늘날의 인간들은 이기적이다. 처음에는 순수하게 시작되는 사랑도 나중에는 이기적인 것으로 변한다. 갑자기 인간 역사에 있어서 16세기로부터 21세기까지의 시간이 썰물처럼 빠져나가고 공허해진 것 같았다. 그는 남산타워 아래쪽을 한 바퀴 돌아보면서 봄빛으로 단장한 남산을 한 번 내려다보고 싶었지만 안소영을 만나서 함께 돌아보기로 생각하고 광장을 가로질러 팔각정으로 향했다. 거기에 만들어 놓은 벤치와 계단들마다 사람들이 넘치고 있었다.

그는 광장이 내려다보이는 계단의 빈틈에 자리를 잡고 앉았다. 그녀와 만나기로 약속한 3시까지는 십 분쯤 남아 있을 것 같았다. 광장의 귀퉁이에서 길이가 다른 대나무관을 나란히 엮어서 묶은 남미의 악기로 기억하는 산뽀니아의 칠갑산 멜로디가 애잔하게 흐르고 있었다. 사월 하순의 햇살 아래 바람소리처럼 흐르는 멜로디에 벚꽃의 낙화들이 실려서 떠도는 팔각정 앞 광장의 풍경이 꿈속과 같았다.

산뽀니아의 칠갑산 멜로디에 이어서 두서너 곡의 노래가 끝나도록 안소영은 나타나지 않았다. 아무리 그녀를 만나본 지 오 년에 가까운 시간이 흘렀다고 하더라도 서로가 못 알아볼 만큼 다른 모습으로 변하지는 않았을 것이다. 줄곧 그가 광장으로 올라오는 입구 쪽으로 눈을 고정시키고 있었지만, 그녀와 비슷한 모습도 보이지 않았다.

그의 옆에 앉아 있는 연인들에게 시간을 물어보니 3시 20분이라고 대답했다. 그의 휴대폰이 먹통이 되기 전 그녀가 보낸 문자를 확인했을 때, 분명히 그녀가 춘천에서 서울로 출발한다고 했었다. 그녀가 무슨 일로 춘천까지 갔는지는 알 수 없지만, 거기서 서울로 오려면 예정된 시간에 도착하지 못하는 사정들이 있게 마련일 것이라고 생각하고 더 기다려 보기로 한다. 남미의 안데스 산 계곡에서 들을 수 있을 것 같은 메아리처럼 애수 어린 멜로디가 계속됐다. 그 음악을 들으며 한참 동안 더 기다려 봐도 그녀는 나타나지 않았다. 그의 휴대폰을 먹통으로 만들어 버린 사람이 원망스러웠다. 그렇게 한 시간쯤 계단 위에 앉아 있으니 지루한 느낌이 들었다.

*

그는 안소영이 팔각정까지 오지 못하는 사정이 생긴 것

으로 판단하고 혼자서 남산타워 아래쪽을 돌아보며 시간을 보내기로 작정한다. 그렇게 한 시간쯤 시간을 보내고 저녁에 동창생들이 모이기로 한 종로의 ㅊ맥주집으로 가 볼 예정이다. 거기에 가면 안소영을 만나게 될 것이다. 평소에는 휴대폰이 없어도 아무런 불편함을 못 느끼는데, 지금은 휴대폰이 고장 난 게 아쉽다. 어쩌면 그녀도 그와 통화가 되지 않는다는 사실을 안타까워하고 있을지 모른다고 생각하자 미안한 생각이 들었다.

그가 남산타워 아래쪽을 돌아보며 남산 자락의 봄 경치를 내려다보려는 생각으로 사랑의 자물통들이 매달린 트리가 일곱 개 나란히 서 있는 쪽으로 돌아가는데, 요정 같은 아이가 비누방울을 날리고 있었다. 그 비누방울들이 갖가지의 색깔로 물들어서 하늘로 날아올랐다. 그 아이까지도 비누방울처럼 날아오를 것 같았다. 남산을 내려다볼 수 있도록 유리벽이 세워져 있는 엔테라스에 나란히 놓여 있는 의자들마다 연인들이 앉아서 사랑을 속삭이고 있었다.

그 연인들 사이로 들어서서 유리벽을 통하여 내려다보는 남산의 봄기운이 절정이었다. 한 시간 전 그가 걸어서 올라온 벚꽃 길이 꾸불꾸불 흘러내리다가 남산 아래로 뻗어 있는 도심의 대로와 연결돼 한강으로 이어지고 있었다. 하늘로부터 남산타워를 따라서 흘러내리는 쪽빛이 여인의 치마폭처럼 온 산을 알록달록 물들이고, 그 끝단인 한강이 무늬처럼 파랗게 흐르고 있었다. 주위의 다른 연인들처럼 안소영과 함께 그 풍경을 내려다볼 수 있었더라면 좋았을 것이라며 아쉬움을 금할 수 없었다. 그렇게 타워의 아래쪽을 돌아서 푸드클록, 포토스토리, 콜드스톤, 데디베어, 올리브영을 지나서 타워에 올라가 볼 수 있는 티켓을 판매하는 매표소가 있는 쪽으로 걸어 나오자 그 가게들의 지붕을 이어서 만들어 놓은 테라스 위로 사람들이 올라가고 있었다.

그 사람들을 따라서 올라가 보는 계단 입구에 '루프테라스'라고 쓰여 있는 안내판이 서 있었다. 그야말로 지붕 위의 테라스라고 하는 곳이다. 그곳으로 올라가 보니 눈앞에 조그만 우체통이 앙증맞은 사이즈로 세워져 있었다. 우편물 투입구 아래의 빨강 문에 '사랑은… / 사랑으로 이어진다'고 하얀 글씨로 새겨져 있었고, 자물통과 열쇠의 그림이 그려져 있었다. 그 우체통을 보자 남산도서관을 나와서 벚꽃 길을 올라오며 윤은숙에게 눈보라처럼 휘날리던 낙화의 아름다움을 휴대폰으로 찍어서 문자에 첨부하여 보내려고 하다가 보내지 못했던 사실을 떠올리고 엽서라도 한 장을 보내 주고 싶었다.

그러나 엽서를 어디서 살 수 있는가를 알 수 없었다. 다시 아래쪽으로 내려가 봤다. 먼저 올리브영에 들어가서 계산대에 서 있는 점원에게 우편엽서를 어디서 살 수 있느냐고 물어보니 맞은편에 있는 팬시매점에 가 보라고 한다. 올리브영의 바로 앞에 있는 타워 건물의 기프트샵에 들어가 남산 벚꽃 길 낙화의 풍경이 그려져 있는 엽서 한 장을 골라서 계산대로 가지고 갔다.

"우표는 어디서 팔아요?"

"예?"

"저 위의 루프테라스에 우체통이 있던데, 이 엽서를 보내려면 우표도 있어야 될 것 같아서……."

"그 우체통은 우편물을 취급하기 위한 것이 아니라 그냥 세워 놓은 것입니다."

잠시 엽서를 사야 할지 말아야 할지를 망설이다가 엽서 값을 지불했다. 다시 루프테라스로 오르면서 그 엽서를 어떻게 하면 좋을 것인가를 생각했다. 우선 테라스의 안쪽으로 걸어가서 사랑의 자물통벽 너머로 남산을 다시 한 번 내려다본다. 조금 전 엔테라스에서 내려다본 것보다 조망이 더 넓게 펼쳐져 보였다. 그는 엽서를 우편으로 보낼 수 없지만 그 혼자 남산에 오게 된 아쉬운 마음을 적어 뒀다가 저녁에 집에 돌아가면 그녀에게 직접 읽어 주기로 작정한다. 그러나 어떤 문장으로 쓰면 좋을지 알 수 없었다.

그는 사람들 사이로 기웃거리며 사방으로 벽처럼 빼곡하게 걸려 있는 자물통들을 하나씩 들여다봤다. 그 자물통들에 새겨져 있는 두서너 글자들에 무한한 사랑과 애절함들이 표현돼 있었다. 거기에는 자물통뿐만 아니라 휴대폰의 케이스들도 더 많은 사랑의 사연들이 새겨진 채 걸려 있었다. 그렇게 사랑의 자물통들과 어울려서 걸려 있는 휴대폰 케이스들 가운데 하나를 유심히 들여다봤다. 최근에 왔다 간 연인이 걸어 놓은 것이었다.

<table>
<tr>
<td>
100일을 기념하며~!∨
2016년 4월 16일 토요일^^
남편~! 사랑해ㅎㅎ
우리 100일이에요!
벌써 시간이 이렇게 되었네요~~
그만큼 알아 온 것두 많구요.
앞으로도 서로를 알아 가구
이해하구 생각하면서
이쁘게 사랑해요∨
남산이 만~~약 무너진다 하더라도
이 휴대폰 케이스가 없어진다 해도
전 항상 옆에 있을 게요.
기념일 때 이 휴대폰 케이스를 확인하러 와요~∨
저한테 오빠가 제일 최고예요~∨
사랑합니다!^^
</td>
<td>
2016
04
16 내년에
토요일 운전..
SW 내가 운전해서
∫ 남산에 올 거다!!
♡
AR
</td>
</tr>
</table>

그는 휴대폰 케이스에 새겨져 있는 대로 그 사랑이 영원히 변하지 않기를 기원하면서 루프테라스에서 내려와 팔각

정의 계단으로 돌아와 앉았다. 거기서 저녁에 집에 돌아가서 윤은숙에게 읽어 줄 엽서를 쓴다.

은숙아, 오늘 나 혼자 남산에 왔다.

도서관에도 들릴 겸 와 봤는데, 벌써 만개한 벚꽃들이 지고 있다.

바람이 불 때마다 벚꽃 길에는 낙화들이 눈보라처럼 휘날린다.

당신에게 그 풍경을 휴대폰 카메라로 찍어서 보내려고 했는데,

다른 사람과 부딪쳐서 휴대폰이 길바닥에 떨어지는 바람에 먹통이 돼 버렸다.

그래서 루프테라스에 우체통이 서 있는 것을 보고 우편엽서로 대신하려고 했지만,

그 우체통은 우편물을 취급하지 않는다는 말을 듣고 나중에 직접 읽어 주려고

이렇게 엽서를 써 보는데 어떻게 쓰면 좋을지 모르겠다.

작년에 여기에 우리가 함께 왔을 때

데디베어에서 산 곰 인형을

그토록 당신이 좋아할 줄 몰랐다.

마치 우리의 아이라도 되는 것처럼

당신은 그 곰 인형을 아끼고 사랑했지만

지금 이 시간에 그것은 우리의 빈 방안에 갇혀만 있구나.

왠지 늘 당신에게 미안한 마음뿐이다.

오늘도 남산의 봄 경치를 나 혼자 와 보게 되니까

더욱 더 미안한 마음을 금할 수 없다.

아, 오전에 남산으로 지하철을 타고 오면서 동요 CD 한 장을 샀다.

아이들의 노랫소리가 참 맑고 청아하더라.

저녁에 우리 가족 셋이서 함께 들어보고 싶다.

오늘도 당신에게 감사한 마음으로…….

그렇게 쓴 엽서를 가방 속에 동요 CD와 함께 소중하게 챙겨 넣고 그가 자리에서 일어섰다. 시간은 5시 반쯤이 됐을 것으로 추측하고 버스승차장으로 내려갔다. 저녁에 대학 동창들이 모인다고 한 장소로 7시까지 가려면 시간은 충분한 것 같았다. 버스승차장에 지붕이 땅콩 모양으로 생긴 전기버스가 서 있었다. 수년 전 남산 순환노선에 전기버스가 운행을 시작한다는 뉴스를 본 것 같은데 실제로 타 보기는 처음이다. 순전히 전기로만 운행되기 때문에 배기가스가 배출되지 않은 버스로서 친환경 교통수단이라고 하며 서울시는 2020년까지 시내버스의 절반을 전기버스로 교체할 것이라고 발표했었다.

최근에는 언제부터 봄이 시작돼 벚꽃이 피었다가 지고 있는지 알 수 없을 정도로 계절이 애매해졌다. 이미 개나리와 벚꽃은 만개한 때를 지나서 낙화로 떨어지고 있는데 날씨는 완연하게 풀리지 않았고, 이런 날씨가 풀리는가 싶으면

곧 더워질 것이다. 몇 년 전부터 우리나라 기후가 아열대성으로 변하고 있다고 한다. 그렇게 기후가 변하게 되면 생태계가 변화될 뿐만 아니라 인간의 체질도 변화에 적응하기 위한 과정을 거쳐야 하지만, 그런 변화를 달갑게 생각할 사람은 아무도 없을 것이다. 한 가지의 어줍잖은 습관을 바꾸는 데에도 대단한 결심이 필요할 경우가 있다.

여러 번 사법고시에 낙방하다가 얼마 전부터 법학전문대학원이 생겨서 국가의 법조인 충원 시스템이 시험을 통한 선발에서 교육을 통한 양성으로 바뀌게 됨으로 말미암아 그는 공부를 포기하지 않을 수 없었다. 이후로 한두 해 알코올 중독자가 될 만큼 술을 마셔댔다. 나중에 그 술을 끊으려고 시도해 봤지만 실패를 거듭했다. 윤은숙이 집요하게 금주를 강요했고, 모든 것이 그녀에게 미안하기만 했던 그는 그때마다 술을 마시지 않겠다고 다짐했지만 며칠을 버티지 못했다.

그러다가 몇 달 전에도 아침에 기상하여 까닭 없이 술부터 마시고 싶은 마음을 억제할 수 없어서 집 앞의 구멍가게에서 소주 한 병을 사 가지고 돌아오다가 대문간에서 시선이 마주친 멍멍이가 그를 측은하고 불쌍하게 쳐다보는 것 같았다. 순간적으로 그는 개보다 못한 인간이라는 생각이 들었다. 그 자리에서 손에 들고 있던 소주병을 시멘트 바닥에 내리쳤다. 개가 놀라서 컹컹 짖었다. 그렇게 개 짖는 소리가 소주병이 깨지는 소리를 커버해 주었기 때문에 주위에서 그에게 주의를 기울이는 사람은 없었다. 그날 이후로 술을 입에 대지 않았다.

그는 버스승차장에서 05번 순환버스를 타고 남대문시장까지 와서 시내버스로 갈아타고 두 정류장을 더 지나서 종로2가에서 하차하여 휴대폰 서비스센터부터 찾았다. 그곳의 직원은 휴대폰이 충격으로 내부의 부품이 깨졌는데, 그 부품을 교체하는 데 칠만 원이 든다고 했다. 휴대폰을 수리하려면 며칠이 걸릴 것이라고 예상하고 있었는데, 곧바로 부품의 교체가 가능하다는 말에 가방 속에 숨겨 뒀던 비상금을 털었다. 서비스센터에서 부품을 교체해 준 휴대폰을 켜자 대기화면에 부재 중 전화가 세 번이나 걸려 왔다는 표시가 떴다. 모두 다 안소영의 전화번호였다. 그녀에게 미안함을 금할 수 없는 마음으로 전화를 연결해 보니 전화를 연결할 수 없다는 안내 멘트가 들렸다. 곧 ㅊ맥주집에서 만나게 될 것이라는 생각으로 한두 번 통화를 시도해 보다가 계속해서 연결되지 않아서 그만뒀다.

대로변에 있는 화장품가게의 옆 건물에 '임대'라고 쓴 종이가 붙어 있는 지하에 한때 '헬'이라는 디스코클럽이 있었다. 십오 년쯤 전이었을 것이다. 안소영과 당시의 종로서적에 책을 사러 왔다가 가끔씩 기분전환이 필요하다면서 들렀던 적이 있었다. 날씨가 추웠던 겨울날 저녁 무렵에 들러서 두어 시간 맥주를 마시며 다른 젊은이들 가운데 뒤섞여 스타일 없는 춤으로 흥겨운 시간을 보냈다. 둘 모두 유쾌한 기분으로 바깥으로 나와 인사동까지 가서 저녁을 먹고 발걸음이 옮겨지는 대로 낙원동으로 걸어가다가 따뜻한 불빛의 유혹에 이끌려서 낙원빌딩 옆 골목에 있던 미성여관으로 들어갔다. 세상에서 가장 아름답고 성스러운 곳에서 둘의 첫 사랑을 나누기로 약속했지만, 그날 저녁에 아름다운 별이라는 간판이 걸려 있던 그 여관에서 첫사랑을 맺었다.

첫눈이 내리기 시작하던 밤 깊은 시간에 여관을 나와서 택시를 타고 그녀의 집 앞까지 바래다주고 그의 자취방으로 돌아올 때에는 세상의 모든 것들이 이전과 다르게 보였다. 그녀와 나눈 사랑의 열정에 눈동자가 타 버리고 다른 눈동자로 바뀐 것 같았다. 그것은 하얗게 내려 쌓이던 눈 때문만은 아니었다. 다음날 저녁에는 종묘공원 주위에 있던 귀금속상가에서 커플링 반지를 맞춰서 서로의 손가락에 끼워 줬다. 그 둘의 손가락에 끼워진 반지의 빛깔로 온 세상이 물드는 것 같은 환희를 느꼈다.

그처럼 아름다운 사랑도 오래가지 못했다. 이듬해 대학 4학년을 마치고 졸업하게 되자 그는 대학원에 등록해서 공부를 계속해 보기로 했지만, 그녀는 부모의 강요에 못 이겨 다른 남자와 결혼하게 됐던 것이다. 그러자 그는 윤은숙을 만나서 안소영과 헤어진 아픔을 달랠 수 있었다.

그 디스코클럽이 있었던 쪽에서 지하도를 건너 YMCA 건물이 있는 쪽으로 나오자 거기에도 줄지어 있는 귀금속상가들이 지난날을 떠올리게 했다. 곧 그녀와 다시 만나게 된다는 생각에 가슴이 두근거렸다. 휴대폰으로 시간을 확인해 보니 7시 5분 전이었다. 거리에는 하루를 마감하는 사람들로 붐비기 시작했다.

*

YMCA 건물의 옆 골목으로 꺾어들어 십여 미터쯤 들어가자 ㅊ맥주집의 간판이 보였다. 1층은 식당으로 돼 있고, 동창들이 모이기로 한 맥주집은 2층이다. 그 시간에 찾아오는 다른 동창생은 없을까 하는 생각에 뒤돌아봐도 이층으로 올라가는 계단으로 들어서는 사람은 없었다. 혼자서 계단을 밟고 올라갈수록 심장의 두근거리는 소리가 더욱 크게 들리는 것 같았다.

조용히 맥주집의 문을 열자 안쪽에서 들리는 음악소리가 심장의 고동소리를 진정시켜 주었다. 세 줄로 놓여 있는 탁자의 끝에 앉아 있던 또래들 네댓 명이 이쪽을 바라보고 손짓을 했다. 낯선 듯 눈에 익은 듯한 얼굴들이었다. 그가 다가가자 모두 다 알아보고 손을 내밀며 반가워했다. 안소영은 보이지 않았다. 아직 여자 동창생들은 아무도 오지 않은 것 같았다.

“강 샌님, 안 죽고 오래 살다 보니 강 샌님을 만나게 되는 날도 있네.”

“박재윤인가? 반갑다.”

“나도 누구인지 알아보겠어? 김해철이다.”

“김해철, 멋있는 중년이 됐구나! 너는 송수철이고, 그리고 너는 안재욱이지?”

“오랫동안 못 만났지만, 우리의 이름은 안 잊어먹었구나!”

“송수철하고 안재욱은 학교에 다닐 때의 모습 그대로이다. 조금도 안 변했다.”

“그래? 너도 학교에 다닐 때 샌님처럼 하고 다니던 그대로네!”

“그런데 오늘 우리만 모이는 거야?”

“그럴 리가 있나? 이제 시간이 됐으니 사모님들도 등장하겠지.”

그때 입구의 문이 열리고, 한 남자의 뒤를 따라서 네 명의 여자들이 재잘대며 들어섰다. 그는 아무도 알아볼 수 없는 얼굴들이었지만, 같은 테이블에 둘러앉아 있던 동창들이 손을 흔들며 반가운 인사를 건넸다. 그들에게로 다가온 남자와 여자들이 서로 반가운 인사를 나누다가 강여공을 쳐다보며 이름을 기억해 냈다.

“너, 강여공이지?”

"그런데……."

"그런데는 무슨 그런데야? 그동안 콧배기도 안 보이길래 죽은 줄 알았더니 살아 있었네. 나, 정민희! 이름도 기억이 안 나지? 쟤는 송월숙, 얘는 안미숙, 얘는 조 마담! 호호호……"

"나는 오민철, 오랜만이다."

오민철이 손을 내밀어 그와 악수를 나누는 사이에 모두 다 옆 테이블을 끌어다 붙여서 합석을 만들어 자리를 잡고 앉았다. 종업원을 향해서 큰소리로 맥주를 주문하고, 테이블 위에 있던 생맥주잔들에 남아 있던 맥주를 물 컵에 따뤄서 지금 들어온 사람들에게 건네 준다.

"이상하다. 아직 회장하고 이성희가 안 보이네. 안소영도 온다고 하지 않았어?"

"글쎄, 언제든지 제일 먼저 와서 기다리던 애들인데……?"

"오겠지 뭐……. 누구한테 전화도 없었어?"

"금방 올 거야. 그런데 해철이 너, 미국에 가 있다고 하더니 언제 나왔어? 미국 물이 좋기는 좋은 모양이구나. 얼굴이 훤하다."

"말도 마라! 뭐니 뭐니 해도 여기에 살고 있는 너희들이 편하게 살고 있는 줄이나 알아라. 한 달쯤 시간의 짬이 생겨서 나왔다가 내일 모레 돌아가야 하는데, 전혀 돌아가고 싶은 마음이 없다."

"배부른 소리하지 마라. 엊그제 텔레비전의 뉴스도 못 들었어? 이 박재윤처럼 골목빵집 하나에 가족의 목줄을 걸어 놓고 살고 있는 사람의 사정이 어떤가를 너 같은 사람은 짐작도 못 할 것이다. 재벌들이 사방에 체인점을 개업하는 바람에 우리 같은 사람들은 올가미에 매달려서 바둥거리고 있는 신세다. 그 절박한 사정을 너 같은 사람이 어떻게 알 수 있겠어?"

"자자, 그런 얘기는 관두고 술이나 한 잔씩 해!"

웨이터가 주문한 생맥주를 탁자 위에 갖다 올려놓자 모두 다 한 모금씩 목을 축이려고 할 때, 또 다시 출입문이 열리며 한 남자와 여자가 들어섰다. 곧바로 그들은 동창들이 앉아 있는 곳으로 달려왔다.

"안소영이 죽었어!"

"뭐? 무슨 뚱딴지같은 소리를 하는 거야?"

"방금 병원에서 왔는데, 안소영이 오늘 저녁에 우리를 만나려고 춘천에서 차를 운전해 오다가 추돌사고가 생겨 실려 간 병원에서 한 시간쯤 전에 숨을 거뒀다. 구급차에서 간호원이 나한테 전화를 했더라. 그래서 내가 성희한테 전화를 해서 우리 둘이서 병원에 갔다 왔다."

"어디의 병원이야?"

"구리에 있는 ㄱ병원이다. 우리 어떻게 할래? 아무래도 오늘은 병원에 가 보기가 모두 다 여의치 않을 것이다. 내일 저녁에 병원에서 다 모이자. 오늘은 회장하고 나하고 갔다 왔으니까 내일 가 보면 되지 않겠어? 지금 가족들이 모여서 정신을 못 차리고 있을 텐데, 우리까지 들이닥치면 혼란스러워할지 모르겠다."

"그게 좋겠다. 어떻게 그런 일이……."

강여공은 머릿속이 혼란스러웠다. 그의 가방 속에서 휴대폰을 꺼내서 안소영이 전화를 걸어 왔던 시간을 확인했다. 그의 휴대폰이 먹통이었던 시간에 그녀로부터 세 번의 전화가 걸려 온 것을 기억했다. 5시, 5시 10분, 그리고 5시 25분이었다. 그녀가 마지막으로 그에게 전화를 걸었던 시간과 추돌사고가 발생한 시간이 궁금했다. 혹시 그에게 전화를 건 시간에 사고가 일어났던 것은 아닐까 하는 의문이 생겼다. 혹시 그렇다면……, 하는 생각이 들자 그의 온 신경이 무감각해지는 것 같았다. 주위에 앉아 있던 동창들이 하나둘 자리에서 일어나고 있었다. 여자 한 명이 그에게 다가왔다.

"여공 오빠, 오랜만이에요. 나, 이성희예요."

"성희 씨, 정말로 오랜만이다."

"그런데 소영이 때문에 어쩌죠? 오늘 저녁에 오빠를 만날 수 있게 될 거라며 좋아했어요."

"나도 설레는 마음으로 왔는데……. 어떻게 그런 일이 소영한테 일어나게 됐는지 이해가 안 간다."

"일단 우리도 여기서 나가요."

"그래, 다 같이 나가자!"

그날 저녁에 모인 열 서너 명의 동창들은 다음날 저녁에 소영의 빈소가 있는 병원에서 만나기로 약속하고 맥주집에서 나오자 묵묵히 헤어졌지만, 강여공과 이성희는 그대로 헤어질 수 없었다. 그들이 학교에 다닐 때 강여공은 안소영의 친구이자 애인이었던 동시에 오빠였으며, 이성희는 그녀의 단짝친구였다. 그들 세 명이 오누이처럼 지냈지만, 다른 급우들은 그들의 관계를 잘 알지 못했다. 그만큼 강여공과 안소영의 사랑은 소문 없는 달콤함이었고, 이성희까지 함께해 준 우정이었다.

이성희는 얼마 전 문예지를 통해서 등단한 시인이다. 대학에 다닐 때부터 문학에 관심을 가지고 시를 습작할 때마다 강여공과 안소영에게 읽어 주곤 했었다. 학교를 졸업한 이후에도 계속하여 창작 서클에 소속돼 열심히 노력하고 있다는 소문이 있었다.

오늘 저녁에는 그녀가 정호재와 함께 안소영이 구급차로 실려 간 병원으로 달려가 그녀의 마지막 모습을 지켜 볼 수 있었다. 이성희가 병원 응급실에 들어설 때 안소영이 알아보는 것 같았는데, 결국 그녀의 손을 잡고 숨을 거뒀다. 그녀는 안소영의 마지막 표정에서 오랫동안 만나 보고 싶어했던 강여공을 만나지 못하는 아쉬움을 읽을 수 있었다. 더 이상 그녀는 안소영의 곁에 있지 못하고 정호재의 옷자락을 끌고 병실을 나왔다. 뒷수습은 가족들에게 맡겨두고, 그녀는 정호재와 함께 택시를 타고 종로로 달려왔다. 바로 강여공을 만나야 한다는 생각 때문이었다.

"여공 오빠, 오늘 저녁에 잘 왔어요. 오늘 저녁의 모임에도 오빠가 안 왔더라면, 소영이 너무나 불쌍하게 갔을 거예요."

"오늘 오후 3시에 남산에서 만나기로 했는데……."

"나한테 소영이 전화했어요. 남산에서 오후에 오빠를 만나기로 했다던데, 춘천에서 일 때문에 시간을 맞추기가 어려웠던가 봐요. 그래도 오빠한테는 일부러 연락을 안 하겠대요. 저녁에 만날 때까지 오빠를 놀려 주고 싶었던 거였죠."

"그랬었구나! 내 전화가 먹통이 되는 바람에 소영한테 전화도 못 해 봤다."

"오빠가 전화를 했더라도 일부러 안 받았을지도 몰라요. 그만큼 오늘 저녁에 오빠를 만난다는 생각에 들떠 있었어요."

"어떻게 해야 좋을지 모르겠다. 지금 당장에 병원에 가 보고 싶지만, 거기에 가면 소영의 부모님이 계실 것이고……."

"오늘 저녁에 오빠가 찾아가면, 소영은 무척 좋아하겠지요. 그렇지만 부모님을 뵙기가 난처하겠네요. 내일 저녁에 동창들과 함께 가 봐도 좋을 것 같다는 생각이 들어요."

"아직 저녁밥을 안 먹었지? 우리 인사동 쪽으로 가 볼까? 시간이 괜찮아?"

"예, 괜찮아요. 거기에 가서 저녁을 함께 먹기로 해요. 이대로 오빠와 헤어질 수 없을 것 같아요."

그 둘은 다른 동창들과 헤어져서 종로 쪽으로 나가지 않고 뒷골목을 돌아서 하나로 빌딩이 있는 쪽으로 빠져나와 인사동으로 들어섰다. 사거리에 이르자 강여공은 실성한 사람처럼 밤하늘을 올려다보며 큰소리로 웃어 제꼈다. 언젠가 그가 안소영과 인사동에 왔을 때 무슨 까닭에서였는지 알 수 없지만 둘이서 박장대소를 했던 기억이 떠올랐던 것이다. 주위의 사람들이 그와 이성희를 힐끗거리며 쳐다보았다.

"여공 오빠! 왜 그래요, 갑자기?"

"아무것도 아니다. 이렇게 헛웃음이 나오도록 슬퍼지는구나. 이런 허허로운 마음을 어떻게 표현하면 좋을지 모르겠다. 성희는 학교에 다닐 때부터 시를 썼으니까 이런 내 기분을 표현 좀 해 줘 봐라."

"얼마 전 시인이라고 등단을 했지만 이럴 때의 마음을 어떻게 표현하면 좋을지 모르겠어요. 지금까지 습작해 온 모든 것이 헛것이었던가 봐요."

"어쨌거나 식당에 가서 저녁부터 먹자. 산 사람은 때가 되면 허기가 져서 먹을 것을 찾아야 된다는 사실이 왠지 모르게 슬프다."

"우리 저기에 가 봐요."

사거리에서 가까운 골목 안 식당으로 들어간 둘은 김치찌개를 주문했다. 식탁 위에서 찌개가 끓고 있는 동안에 이성희가 소주 한 병을 시켰다.

"이런 날 맨 정신으로는 견딜 수 없어요. 나 소주 한 잔 할 거예요."

"그래, 내가 따뤄 줄게!"

"오빠는 안 마셔요?"

"술 끊은 지 일 년도 안 됐다."

"무슨 소리예요? 소주병 이리 줘요. 내가 따뤄드릴 게요."

"자, 안소영의 명복을 위하여……!"

빈속으로 소주잔을 기울이는 그 둘의 눈시울이 붉었다. 강여공은 하마터면 눈물을 쏟을 뻔했다.

"고 계집애, 불쌍도 하지!"

"어쩌면 안소영이 나 때문에 죽었는지도 모르겠어."

"왜 그런 생각을 해요?"

"내 휴대폰에 부재 중 마지막으로 전화가 걸려온 게 5시

25분이었거던. 그 시간에 안소영이 추돌사고를 일으켰는지도 몰라. 자꾸 그런 생각이 들어."

"소영이 오빠한테 전화를 하다가 교통사고를 일으켰다는 거예요? 그럴 리 없어요. 괜한 생각으로 괴로워하지 마세요."

"우리가 헤어지고 난 후 소영이 결혼해서 행복하게 살 줄 알았는데……"

"삼 년도 못 살고 헤어졌잖아요. 이후로 의료기판매업을 하면서 그럭저럭 살아가는 것 같았는데, 오빠가 보고 싶을 때마다 나한테 찾아와서 술 마시며 울기도 했어요. 오늘 춘천에 간 것도 그 일 때문이었을 거예요."

"나는 그것도 모르고 결국에는 합격하지 못할 사법고시를 준비하느라고 헛고생만 하면서 살았다."

"소영은 오빠가 어디서 어떤 여자와 살고 있는지 알고 있었어요. 몇 년 전 오빠가 대학교 도서관을 나설 때 뒤따라가 봤다고 했어요. 지금 광희동에서 살고 계시죠?"

"내가 너무 무심했다."

"이렇게 일찍 소영이 세상을 떠날 줄 알았나요, 뭐? 언젠가는 소영도 오빠를 잊고 좋은 남자를 만나게 될 날이 있을 거라고 생각했죠."

"성희는 어떻게 살고 있어?"

"지금까지 나도 헛살았네요. 시인이 돼 보겠다는 신기루 같은 희망을 뒤쫓아왔어요. 이제부터 시고 뭐고 다 집어치우고 좋은 남자를 만나서 알콩달콩 살아 보고 싶어요."

"아직 성희도 결혼을 하지 않았다는 말이야?"

그렇게 늦은 저녁을 먹으며 곁들인 소주에 강여공은 몽롱했다. 안소영의 죽음 때문에 그와 이성희도 살아온 지난날의 모든 것들이 헛것으로만 생각돼 자조 섞인 이야기들을 주고받았다. 저녁을 다 먹고 식당을 나설 때, 그는 정신을 차릴 수 없을 정도로 취해 있었다. 소주 두 병을 이성희와 나누어 마셨지만 몇 개월 동안 술을 마시지 않았던 탓에 완전히 취하고 말았던 것이다.

다음날 아침에 그가 눈을 떴을 때, 방 천장이 낯설었다. 좌우로 고개를 돌려보니 여관방이었다. 그가 혼자서 빈방에 누워 있었다. 머리가 지끈거렸다. 밤새도록 펄펄 끓어오르는 강물 속에서 안소영을 안고 지독한 사랑을 나눈 꿈을 꾼 것 같았고, 손가락과 발가락들부터 육신이 녹아 내리는 연옥의 어디쯤을 지나온 느낌이었다. 어제 죽은 안소영을 생각하자 엘리베이터 속에 갇혀 있는 것처럼 가슴이 답답했다. 고장으로 열리지 않고 꼭 닫혀 있는 엘리베이터의 문을 두들기듯 두 주먹으로 그 자신의 가슴을 두들겼다.

잠자리에서 몸을 일으켜 부스스한 머리카락을 손가락으로 빗질하며 들여다보는 거울에 미성여관이라는 글씨가 새겨져 있었고, 거울 앞에 메모지가 놓여 있었다.

"오늘 피치 못할 사정이 있어서 저 혼자 새벽에 먼저 나가요.

어제 저녁에 오빠가 이곳으로 오자고 우겨서 누추한 곳에서 주무시게 했네요.

오빠의 지갑이 비어 있는 것을 알았어요.

그래서 수표 한 장을 넣어 두었습니다.

쾌념치 마시고 맛있는 해장국이라도 드세요.

그럼, 저녁에 병원에서 뵐게요."

그는 세수도 하지 않은 채 서둘러 옷을 챙겨 입고 가방을 어깨에 둘러메고서 여관방을 나섰다. 305호실, 안소영과 첫사랑을 나눈 방이었다.

이후로 십여 년이 지난 뒤 이성희가 문인들과 함께 문학기행을 떠나게 된 중국 상하이의 용화사에서 강여공을 만났다. 그때 그는 붉은 승복을 입고 다른 승려들 서너 명과 함께 손수레를 밀면서 용화탑 쪽으로 가고 있었다. 문인들과 함께 길을 걷던 그녀가 맞은편에서 다른 승려들과 이야기를 나누며 손수레를 밀고 오던 그와 눈이 마주치게 된 것은 그 둘의 사이로 날아가던 한 마리의 흰나비 때문이었다. 그때 이성희가 강여공을 알아봤고, 분명히 그도 그녀를 알아본 것 같았지만 태연하게 손수레를 밀면서 낙화가 휘날리는 속으로 멀어져 갈 뿐이었다.

후기

Q. 이 소설집은 어떤 장르에 속합니까?

A. 소설의 내용에 따라서 역사소설, 탐정소설, 환타지소설, 성장소설, SF, 애정소설 등으로 나눌 수 있다면 이 소설집은 제목에서 알 수 있듯이 당연히 애정소설에 속한다고 볼 수 있겠습니다. 그러나 남녀 간의 애정관계를 중심으로 한 내용이 아니라 주로 젊은 주인공들의 순수한 사랑을 묘사한 소설들로써 구성돼 있습니다.

Q. 중심 기법은 무엇입니까?

A. 메타픽션의 기법이 중심입니다. 즉 소설 자체를 소재로 한 것입니다. 예를 들어 본 소설집에 수록돼 있는 '아칸바나의 향기'처럼 다른 소설을 소재로 하여 그 소설에 대해서 소설을 쓴다는 것입니다. 이 기법에는 광범위하게 책을 소재로 하는 소설까지 포함되는 경우도 있는데 '책의 길'을 그 예로 들 수 있겠습니다. 그 외에도 소설가를 비롯한 문인을 소재로 하는 경우도 있습니다.

Q. 이 소설집을 준비한 동기는 무엇입니까?

A. 어렸을 때부터 시에 관심을 가졌습니다. 그래서 십대 후반부터 해마다 신춘문예에 응모하기도 했지만 예심에도 오르지 못했습니다. 그렇게 습작하던 과정을 통해서 문학에 관심이 깊어졌고, 직업도 출판사에서 30여 년 동안 근무했습니다. 그런데 시를 쓰려면 전문적인 학습과정이 필요하다는 생각으로 뒤늦게 대학원 박사과정에 입학하여 공부할 수 있었는데, 지도교수가 정년퇴임을 하면서 본의 아니게 전공을 소설로 바꾸게 됐습니다. 그래서 단편소설로써 졸업작품집을 준비하던 과정에서 본 단편집에 수록된 몇 편의 소설들이 창작됐지만, 당시에 여러 가지 사정으로 마무리하지 못하고 미뤄뒀다가 최근에 또 다른 소설들을 쓸 수 있게 돼 한 권으로 묶을 수 있었습니다.

Q. 독자들에게 기대하는 것은 무엇입니까?

A. 오늘날에는 개인주의 풍조가 만연하여 남녀 간의 순수한 사랑은 드문 것이 현실입니다. 그 이유가 무엇이든 간에 인간관계의 근본인 남녀 간의 순수한 사랑조차 불가능하다면 건전한 가정이 이뤄질 수 없고, 사회와 국가도 유지될 수 없습니다. 그런 의미에서 남녀 간의 사랑은 영원해야 되며 인간의 모든 것이어야 합니다. 곧 사랑이 인간 삶의 동기요, 과정이요, 결과가 돼야 한다는 것입니다. 그런 삶

이 아름답고 멋진 인생이라고 말할 수 있겠습니다. 혹자는 무슨 시대에 뒤떨어진 소리냐고 반문하겠지만, 이 소설집을 통하여 독자들이 그런 사랑의 순수하고 근본적인 의미를 되새겨볼 수 있기를 희망합니다.